Obras da autora publicadas pela Editora Record:

Avalon High
Avalon High — A coroação: a profecia
de Merlin
Cabeça de vento
Sendo Nikki
Como ser popular
Ela foi até o fim
A garota americana
Quase pronta
O garoto da casa ao lado
Garoto encontra garota
Todo garoto tem
Ídolo teen
Pegando fogo!
A rainha da fofoca
A rainha da fofoca em Nova York
A rainha da fofoca: Fisgada
Sorte ou azar?
Tamanho 42 não é gorda
Tamanho 44 também não é gorda
Tamanho não importa
Liberte meu coração
Insaciável

Série O Diário da Princesa
O diário da princesa
Princesa sob os refletores
Princesa apaixonada

Princesa à espera
Princesa de rosa-shocking
Princesa em treinamento
Princesa na balada
Princesa no limite
Princesa Mia
Princesa para sempre

Lições de princesa
O presente da princesa

Série A Mediadora
A terra das sombras
O arcano nove
Reunião
A hora mais sombria
Assombrado
Crepúsculo

Série As leis de Allie Finkle para meninas
Dia da mudança
A garota nova
Melhores amigas para sempre?

Série Desaparecidos
Quando cai o raio

Meg Cabot

garoto encontra garota

Tradução de
ANA BAN

6ª EDIÇÃO

Rio de Janeiro | 2011

CIP-Brasil. Catalogação-na-fonte
Sindicato Nacional dos Editores de Livros, RJ.

C116g
6ª ed.

Cabot, Meg, 1967-
    Garoto encontra garota / Meg Cabot; tradução Ana
Ban – 6ª ed. – Rio de Janeiro: Galera Record, 2011.

Tradução de: Boy meets girl
ISBN 978-85-01-07426-3

1. Departamento de pessoal – Empregados – Ficção.
2. Pessoal – Dispensa – Ficção. 3. Jornais – Publicação
– Ficção. 4. Ficção americana. I. Ban, Ana. II. Título.

06-1191

CDD – 813
CDU – 821.111(73)-3

Título original norte-americano
BOY MEETS GIRL

Copyright © 2004 by Meggin Cabot

Capa: Izabel Barreto/Mabuya

Composição: DFL

Publicado mediante acordo com Avon, uma divisão de Harper
Collins, Publishers

Todos os direitos reservados. Proibida a reprodução,
no todo ou em parte, através de quaisquer meios.

Direitos exclusivos de publicação em língua portuguesa para o Brasil
adquiridos pela
EDITORA RECORD LTDA.
Rua Argentina 171 – Rio de Janeiro, RJ – 20921-380 – Tel.: 2585-2000
que se reserva a propriedade literária desta tradução

Impresso no Brasil

ISBN 978-85-01-07426-3

Seja um leitor preferencial Record
Cadastre-se e receba informações sobre nossos lançamentos e nossas promoções.

Atendimento e venda direta ao leitor
mdireto@record.com.br ou (21) 2585-2002

Para Benjamin

Agradecimentos

Agradeço às muitas pessoas que me ajudaram e contribuíram com este livro (quaisquer erros que possa haver são da própria autora):

Beth Ader
Jennifer Brown
Elizabeth Claypoole
Carrie Feron
Michele Jaffe
Laura Langlie
Todd Sullivan
Stephanie Vullo
David Walton
Dan Wasser

THE NEW YORK JOURNAL
A publicação fotográfica líder de mercado em Nova York

Kathleen A. Mackenzie
Representante de Funcionários
Recursos Humanos
The New York Journal
216 W. 57th Street
Nova York, NY 10019
212-555-6891

Ida D. Lopez
Serviços de Alimentação
The New York Journal
216 W. 57th Street
Nova York, NY 10019

Cara sra. Lopez,

Na semana passada, fizemos uma reunião para tratar dos seguidos problemas que a senhora tem apresentado na execução de suas funções, relacionados ~~à distribuição de à entrega de~~ à maneira de servir as sobremesas do carrinho que é de sua responsabilidade no refeitório executivo do jornal. Os problemas persistem apesar das várias sessões de aconselhamento ~~comigo com minha chefe Amy Jenkins~~ com supervisores e também por meio da participação de programas de treinamento profissional. Para ser mais precisa, o fato de a senhora se recusar a ~~distribuir entregar~~ servir sobremesa a certos integrantes da equipe executiva do jornal resultou em diversas reclamações por escrito da administração ~~deste estabelecimento deste jornal~~ desta empresa.

Sra. Lopez, sua recusa em servir sobremesa a certos integrantes da equipe do jornal atrapalha as operações do serviço de alimentação, e as explicações que a senhora forneceu para seu comportamento não foram ~~satisfatórias coerentes compreensíveis~~ aceitáveis. Esta carta tem como objetivo servir de advertência por escrito para que haja melhora imediata e consistente da sua ~~atitude no trabalho entrega de sobremesa~~ *performance* profissional. Caso este objetivo não seja cumprido, ações disciplinares mais sérias serão tomadas.

Falando de uma maneira mais direta, sra. Lopez, por favor, pare de se recusar a servir sobremesa para funcionários de nível executivo, mesmo que a senhora ache, como explicou na semana passada, que eles "não mereçam". Não é tarefa da senhora decidir quais funcionários merecem ou não comer sobremesa! E seria terrível vê-la sendo convidada a deixar o setor de serviços de alimentação devido a uma coisa tão boba! Eu sentiria muita falta da senhora — e dos seus *cookies* com pedacinhos de chocolate!

Que se dane.

Mensagem de
Kate Mackenzie

Lista de afazeres:

1. Lavar roupa!!!!!!!!!
2. Terminar a carta de advertência disciplinar para Ida Lopez.
3. Pegar remédios na farmácia — Allegra, Imitrex, Levlen.
4. Comprar o pó compacto novo da Almay.
5. Encontrar um apartamento novo.
6. Encontrar um namorado novo.
7. Arrumar um emprego melhor.
8. Casar.
9. Ter uma carreira de sucesso.
10. Ter filhos/netos/uma bela festa de aposentadoria.
11. Morrer dormindo aos 100 anos.
12. Pegar as roupas na lavanderia!!!!!!!!!

Kathleen A. Mackenzie
Representante de Funcionários, L-Z
Recursos Humanos
The New York Journal
216 W. 57th Street
Nova York, NY 10019
212-555-6891
kathleen.mackenzie@thenyjournal.com

Sleaterkinneyfan:	O que você está fazendo?
Katydid:	TRABALHANDO. Pára de me mandar mensagem, você sabe muito bem que a T.P.M. não gosta que a gente fique conversando pelo computador no horário do expediente.
Sleaterkinneyfan:	A T.P.M. que se dane. E você não está trabalhando coisa nenhuma. Dá para ver a sua mesa daqui. Você está fazendo mais uma daquelas listas de coisas que precisa fazer, não está?
Katydid:	Pode até parecer que eu estou fazendo uma lista dessas, mas, na verdade, estou refletindo a respeito da série de derrotas e de escolhas erradas que compõem a minha vida.
Sleaterkinneyfan:	Ah, meu Deus. Você tem 25 anos. Ainda nem viveu de verdade.
Katydid:	Então, por que sinto tanta angústia mental e emocional?
Sleaterkinneyfan:	Porque você ficou acordada até tarde ontem, assistindo a reprises de Charmed. Nem adianta tentar negar, ouvi você babando pelo Cole.
Katydid:	Ai, meu Deus, sinto muito!!!!!!!! Eu não deixei você e o Craig dormirem?
Sleaterkinneyfan:	Fala sério. O Craig não acordaria nem com uma explosão nuclear. E eu só escutei você porque me levantei para ir ao banheiro. Estes hormônios fazem com que eu precise ir a cada cinco minutos.
Katydid:	Desculpa mesmo. Juro que vou sair do seu sofá e da sua casa assim que eu encontrar algum conjugado que tenha condições de pagar. A Paula vai me levar para dar uma olhada em um amanhã à noite, em Hoboken. US$ 1.100 por mês, terceiro andar, sem elevador.
Sleaterkinneyfan:	Dá para parar com isso? Eu já disse, a gente gosta de ter você em casa.

Garoto Encontra Garota   13

Katydid: Jen, você e o Craig estão tentando ter um FILHO. Não precisam de uma antiga colega de quarto de faculdade empoleirada no sofá da sala enquanto tentam procriar. Você já fez bastante me arrumando este emprego, para começo de conversa.

Sleaterkinneyfan: Você mais do que compensa a hospedagem com toda a limpeza que faz na casa. Não pense que eu não reparei. O Craig até comentou hoje de manhã que você tinha tirado o pó da parte de cima da geladeira. Aliás, você não está ficando um pouco obsessiva? Quem é que olha a parte de cima da geladeira?

Katydid: Bom, o Craig olha, é ÓBVIO.

Sleaterkinneyfan: Tanto faz. Você não tem dinheiro para pagar US$ 1.100 por mês com o seu salário. Eu sei quanto você ganha, está lembrada?

Katydid: Foi o lugar mais barato que a Paula conseguiu encontrar para mim até agora. Que não fica no mesmo quarteirão de uma clínica de metadona.

Sleaterkinneyfan: Não sei por que VOCÊ teve de sair. Por que você não mandou ELE passear?

Katydid: Não posso ficar naquele apartamento. Não com todas as lembranças dos momentos felizes que o Dale e eu compartilhamos.

Sleaterkinneyfan: Ah, você está falando de todas aquelas vezes em que você chegou em casa depois do trabalho e descobriu, tipo, que um dos caras da banda dele tinha confundido o *closet* com o banheiro e tinha mijado em cima das suas botas de camurça?

Katydid: POR QUE VOCÊ TEM DE TOCAR NESSE ASSUNTO NO TRABALHO? Você sabe que isso sempre me dá vontade de chorar. Eu adorava mesmo aquelas botas. Era uma falsificação perfeita da Coach.

Sleaterkinneyfan: Você devia ter jogado as coisas dele pela saída de emergência e trocado as fechaduras. "Acho que, no final das contas, não dá para a gente se casar, eu preciso fazer uma coisa de cada vez." Tipo, isso lá é coisa que um cara diga?????

Katydid: Hmm, é o tipo de coisa que um ex-maconheiro que está prestes a assinar um contrato milionário diria para a namorada que está com ele desde o tempo da escola. Fala sério, Jen. Agora Dale pode ficar com quem ele quiser. Por que iria ficar com a namoradinha da escola?

Sleaterkinneyfan: Ai, meu Deus, juro que se a T.P.M. não estivesse de olho em mim como um falcão só para ter uma desculpa qualquer para me ferrar, eu iria até aí lhe dar uns tapas. Você é a melhor coisa que aconteceu na vida do Dale, com ou sem contrato com gravadora, e, se ele não sabe disso, é porque não vale a pena. Você está me entendendo, Katie? ELE NÃO VALE A PENA.

Katydid: É, mas o que isso tudo diz a respeito de MIM? Afinal de contas, fui eu quem fiquei com ele durante dez anos. DEZ ANOS. Com um cara que agora não tem certeza se quer ou não se casar comigo. Quer dizer, o que isso diz de minha capacidade de perceber os sinais? Falando sério, Jen, acho que eu nem deveria estar trabalhando aqui. Como é que podem esperar que eu diga aos meus empregadores quem eles devem ou não contratar, levando em conta que eu sou péssima para julgar o caráter dos outros?

Sleaterkinneyfan: Katie, você não é péssima para julgar o caráter dos outros coisa nenhuma. O seu problema é que você...

AmyJenkinsDir: log on

Garoto Encontra Garota

AmyJenkinsDir: Desculpem-me pela interrupção, senhoras, mas por acaso não existe uma proibição departamental a respeito de troca de mensagens instantâneas durante o expediente? Sra. Sadler, por favor, traga para mim o formulário azul da nova contratação do departamento de arte. Srta. Mackenzie, preciso falar com você na minha sala imediatamente.

Sleaterkinneyfan: log off

Katydid: log off

AmyJenkinsDir: log off

Sleaterkinneyfan: log on

Katydid: log on

Sleaterkinneyfan: A TIRANA PERVERSA E MALDOSA TEM DE MORRER

Katydid: A vida pessoal dela deve ser muito insatisfatória.

Sleaterkinneyfan: log off

Katydid: log off

> Para alugar na zona leste, perto da rua 30
> Está de graça! Conjugado US$ 1.100.
> Sem taxas. Ligar para Ron 718-555-7757

Oi! Aqui é o Ron. Deixe o seu recado.

(Sinal)

Hmm, oi, Ron? Oi, aqui é a Kate, Kate Mackenzie. Estou ligando por causa do apartamento. O apartamento para alugar na zona leste, perto da rua 30. É. Por favor, me ligue para falar a respeito. Posso ir lá dar uma olhada em qualquer horário. Mesmo. Tipo daqui a cinco minutos, se você quiser. Bom, sabe como é. Me liga. Vou estar no 212-555-6891 até às cinco, depois pode ligar para 212-555-1324. E obrigada. Pode ligar em qualquer horário. Mesmo.

Se fizer pipi no assento,
Não cause tormento
Seja uma gracinha,
E dê uma limpadinha!

Esta mensagem chega a você por meio da
Divisão de Recursos Humanos do *New York Journal*

THE NEW YORK JOURNAL
A publicação fotográfica líder de mercado em Nova York

Divisão de Reportagem
The New York Journal
216 W. 57th Street
Nova York, NY 10019

Divisão de Recursos Humanos
The New York Journal
216 W. 57th Street
Nova York, NY 10019

Nós, abaixo-assinados, do Departamento de Reportagem do *New York Journal*, estamos, por meio desta, devolvendo este aviso, encontrado nos banheiros do andar da nossa divisão. Compreendemos que esta seja a maneira bem-humorada que a Divisão de Recursos Humanos encontrou para lidar com as reclamações sobre o estado dos toaletes no prédio da W. 57th Street, nº 216, mas consideramos o aviso ofensivo pelas seguintes razões:

1) Nós, aqui do Departamento de Reportagem, não "fazemos pipi". Nós urinamos.
2) Nós, aqui do Departamento de Reportagem, não nos referimos a nós mesmos, nem a mais ninguém, como uma "gracinha". (Exceção: a Dolly Vargas que, de vez em quando, chama as pessoas de gracinha, mas isso não tem nada a ver com hábitos de higiene.)
3) Nós, aqui do Departamento de Reportagem, não falamos em "assento", mas em tábua da privada.

A ação mais apropriada para manter o padrão de higiene nos nossos banheiros seria mandar o pessoal da limpeza fazer visitas mais freqüentes ao local.

Por favor, NUNCA mais coloque avisos como este em nossos banheiros.

Atenciosamente,

George Sanchez
Melissa Fuller-Trent
Nadine Wilcock-Salerno
Dolly Vargas

✉

Para: Jen Sadler <jennifer.sadler@thenyjournal.com>
De: Kate Mackenzie <kathleen.mackenzie@thenyjournal.com>
Assunto: Os avisos dos banheiros da Amy

Ai, meu Deus, o depto. de reportagem devolveu aqueles avisos que a T.P.M. mandou as faxineiras colocarem em todos os reservados dos banheiros! Muito engraçado! Quer estar presente quando eu contar para ela? Digo, para a Amy.

Kate

✉

Para: Kate Mackenzie <kathleen.mackenzie@thenyjournal.com>
De: Jen Sadler <jennifer.sadler@thenyjournal.com>
Assunto: Os avisos dos banheiros da Amy

É CLARO que eu quero estar presente quando você contar. Você sabe muito bem como ela vai ficar decepcionada quando descobrir. Ela diz que espalhava avisos assim por toda a casa da irmandade dela na faculdade e que as meninas adoravam. Vai ser tão legal...

Garoto Encontra Garota

Relatório de incidente com funcionários do
New York Journal

Nome/Função do relator:
Carl Hopkins, Responsável de Segurança

Data/Hora do incidente:
Quarta-feira, 13h30

Local do incidente:
Refeitório executivo do *NY Journal*

Pessoas envolvidas no incidente:
Stuart Hertzog, consultor jurídico do *NY Journal*, 35 anos
Ida Lopez, responsável pelo carrinho de sobremesa do Serviço
de Alimentação, *NY Journal*, 64 anos

Descrição do incidente:
S. Hertzog pediu mais torta para I. Lopez.
I. Lopez respondeu "Não tem mais torta".
S. Hertzog disse "Mas estou vendo a torta bem ali, me dá um
pedaço".
I. Lopez respondeu "Não tem mais torta para você".
S. Hertzog perguntou "Por que não?"
I. Lopez respondeu "Você sabe muito bem por quê."
S. Hertzog chamou a segurança.
A segurança deu-lhe torta.

Ações tomadas:
O incidente foi relatado, enviado para A. Jenkins de Recursos
Humanos.

✉

Para: Kate Mackenzie <kathleen.mackenzie@thenyjournal.com>
De: Amy Jenkins <amy.jenkins@thenyjournal.com>
Assunto: Ida Lopez

Kate ...

Obrigada por sua opinião a respeito de Seja uma gracinha/E dê uma limpadinha. No entanto, como tenho certeza de que você já percebeu, temos
uma coisa bem mais séria com que nos preocupar do que as objeções do
Departamento de Reportagem a respeito dos meus avisos.

Recebemos mais uma reclamação relativa a Ida Lopez, a operadora do carrinho de sobremesa no refeitório executivo do jornal. Parece que a situação
está piorando. Hoje ela se recusou categoricamente a dar a Stuart Hertzog,
da Hertzog, Webber e Doyle, o consultor jurídico da empresa, um pedaço
de torta de limão. Como você sabe, a quantidade de sobremesas no refeitório executivo é supostamente ilimitada. Quando perguntaram a ela por que
tinha se recusado a dar uma fatia de torta para o sr. Hertzog, a sra. Lopez
respondeu: "Ele sabe muito bem por quê".

O sr. Hertzog, obviamente, não faz a menor idéia do que ela está falando.
Antes de hoje, nunca tinha visto aquela mulher.

Como a sra. Lopez está atualmente sob observação disciplinar devido à sua
violação anterior e similar, acredito que possamos dar início ao processo de
demissão. Portanto, peço que, por favor, interrompa o trabalho na carta
de advertência disciplinar dela relativo à infração da semana passada e dê
início aos procedimentos de demissão. A sra. Lopez deve ser informada
hoje, até as 17 horas, de que seus serviços não serão mais necessários aqui
no *Journal*. Por favor, providencie para que a segurança a acompanhe até
seu armário e que ela o esvazie completamente. A segurança não deve tirar
os olhos dela até que as chaves e o crachá de identificação sejam confisca-
dos e ela tenha deixado o edifício.

Garoto Encontra Garota

Fui informada pela gerência do Serviço de Alimentação que Ida Lopez é muito querida, inexplicavelmente, entre os funcionários de cargos com menos importância na empresa. Portanto, o melhor é que este caso não seja discutido fora do departamento. Por favor, tenha em mente que os assuntos relativos aos funcionários são confidenciais.

Aguardo os documentos relativos à demissão da sra. Lopez na minha mesa até as 15 horas de hoje, impreterivelmente.

Amy

Amy Denise Jenkins
Diretora
Recursos Humanos
The New York Journal
216 W. 57th Street
Nova York, NY 10019
212-555-6890
amy.jenkins@thenyjournal.com

Esta mensagem, incluindo seus anexos, contém informações legais privilegiadas e/ou confidencias, não podendo ser retransmitida, arquivada ou copiada sem autorização do remetente. Caso tenha recebido esta mensagem por engano, por favor informe o remetente respondendo imediatamente a este *e-mail* e em seguida apague-a do seu computador.

....

✉
Para: Kate Mackenzie <kathleen.mackenzie@thenyjournal.com>
De: Tim Grabowski <timothy.grabowski@thenyjournal.com>
Assunto: Ida Lopez

Oi, Katie, é você quem cuida da Ida, certo? Se for, você tem de fazer tudo o que for possível para que essa história da torta com o Hertzog se resolva. A Ida é o sangue que corre nas veias do *NY Journal*. Sem ela e sem seu carrinho de sobremesa, eu, por exemplo, não vou conseguir trabalhar. E acho que falo em nome de muita gente ao dizer que, se tem alguém que não merece torta, é o Stu Hertzog.

Conto com você, já que é o único ser humano no Recursos Humanos (sem contar a Jen, claro), para fazer O Que É Certo...

T.

....

✉
Para: Kate Mackenzie <kathleen.mackenzie@thenyjournal.com>
De: Nadine Wilcock-Salerno <nadine.salerno@thenyjournal.com>
Assunto: Ida Lopez

Diz que é mentira! As fofocas estão dizendo que a Amy Jenkins quer a cabeça da nossa doceira em uma bandeja de prata. NÃO ENTREGUE A ELA!!!!!!!! A GENTE PRECISA DO BOLO DE CENOURA DA IDA! Se possível, na veia.

Falando sério, Kate, não deixe que ela seja demitida.

Nad ;-)

....

✉
Para: Kate Mackenzie <kathleen.mackenzie@thenyjournal.com>
De: Melissa Fuller-Trent <melissa.fullertrent@thenyjournal.com>
Assunto: Ida Lopez

Cara Kate,

Eu estava no refeitório executivo hoje quando a Ida Lopez se recusou a servir torta para o Stuart Hertzog, o consultor jurídico do jornal. A única coisa que posso dizer é que o sr. Hertzog foi mesmo muito grosso com a sra.

Lopez, de maneira imperdoável, mesmo antes de ela se recusar a servi-lo —
quer dizer, ele agiu como se tivesse algum direito inalienável à torta —, e se
você quiser que eu faça uma declaração assinada para defendê-la, ou alguma coisa do tipo, estou à disposição. Mas, por favor, não deixe eles demitirem a sra. Lopez... seus *cookies* com pedacinhos de chocolate são do outro
mundo.

Atenciosamente,

Mel Fuller-Trent
Reportagem
The NY Journal

....

✉

Para: Kate Mackenzie <kathleen.mackenzie@thenyjournal.com>
De: George Sanchez <george.sanchez@thenyjournal.com>
Assunto: A senhora dos *cookies*

Não demita esta senhora.

Estou falando sério. Somente suas bolachinhas de gengibre conseguem me
deixar são neste lugar. Além de refrigerante Mountain Dew.

George Sanchez
Editor-chefe
The NY Journal

....

✉

Para: Kate Mackenzie <kathleen.mackenzie@thenyjournal.com>
De: Dolly Vargas <dolly.vargas@thenyjournal.com>
Assunto: Aquela senhora da lanchonete

26   Meg Cabot

Querida, você simplesmente não pode deixar demitirem aquela senhorinha
do carrinho de sobremesa. Eu MORRERIA por seus *muffins* de iogurte de
poucas calorias. Eu mesma já a contratei para serviços de bufê em diversos
eventos e só recebi elogios... o bolo de cenoura dela é simplesmente DIVI-
NO (apesar de não ser exatamente a coisa mais fácil de se evitar para nós
que seguimos dietas de baixos carboidratos).

E, falando sério, se a mandarem embora, quem é que vão colocar no lugar?
Empregados competentes não crescem em árvores, sabe como é.

Bjs

Dolly

P.S. Obrigada por ter me ajudado a escapar daquele probleminha com o
Aaron Spender. Você não acha terrível quando alguém vem dar uma de
assassino para cima de você? Ainda bem que ele aceitou aquele emprego
na *Newsweek*, nem me diga! Bjks —D

....
⊠
Para: Kate Mackenzie <kathleen.mackenzie@thenyjournal.com>
De: Jen Sadler <jennifer.sadler@thenyjournal.com>
Assunto: A senhora do carrinho de sobremesa

O prédio inteiro está comentando que a T.P.M. vai mandar embora a
senhora do carrinho de sobremesa por não ter dado um pedaço de torta
para o Stu Hertzog no almoço, hoje. É verdade?

J

....
⊠
Para: Jen Sadler <jennifer.sadler@thenyjournal.com>
De: Kate Mackenzie <kathleen.mackenzie@thenyjournal.com>
Assunto: Ida Lopez

Garoto Encontra Garota 27

É verdade. A T.P.M. disse que *eu* tenho de mandar a Ida embora hoje. Jen, como é que eu vou conseguir demitir aquela senhora tão simpática? Ela deve ter se enganado. A língua materna dela não é inglês. Talvez tenha havido alguma confusão. Quer dizer, ela sempre me chama de querida quando cruza comigo no corredor, e me dá *cookies* com pedacinhos de chocolate escondido, apesar de eu ser recém-contratada e não ter permissão nem para entrar no refeitório executivo. Além do mais, todo mundo — TODO MUNDO — no jornal a adora.

Todo mundo, menos o Stuart Hertzog, ao que parece.

Mas ele é advogado. *ADVOGADO.* O que isso significa em termos de capacidade de julgamento de caráter? Hein?

Ai, meu Deus, bem que eu gostaria de ter ficado em casa hoje.

Kate

....

☒
Para: Kate Mackenzie <kathleen.mackenzie@thenyjournal.com>
De: Jen Sadler <jennifer.sadler@thenyjournal.com>
Assunto: A senhora do carrinho de sobremesa

A Amy é mesmo uma vaca. Você sabe que ela é completamente apaixonada pelo Hertzog, não sabe? O Tim, da informática, disse que viu os dois no Il Bucco sábado passado, um com a língua enfiada na garganta do outro Quer dizer, agora só falta colocar na lista o conjunto de jantar de porcelana que ela quer ganhar de presente. Esta é a única razão pela qual ela se incomoda com a Ida.

Fico aqui me perguntando se ela vai trocar o nome quando chegar a hora. Se existe alguém que merece ser a sra. Stuart Hertzog, este alguém é a T.P.M.

Sabe o que eu ouvi dizer? Que o Hertzog tem um daqueles índios de madeira de charutaria no escritório dele. Ele acha que só porque tem um cargo importante no escritório do papai — igual ao pai dele antes dele, e ao pai dele antes dele e assim por diante —, ninguém vai ter coragem de dizer para ele como isso é politicamente incorreto, nem que ele é um falso pedante inacreditável.

Talvez seja por isso que a Ida não quis dar torta para ele.

A única coisa que tenho a dizer é o seguinte: aquele terno que ele estava usando hoje deve ter custado no mínimo três mil. Era Armani.

Mas, por mais que ele tente se vestir bem, não faz diferença nenhuma. Ele continua com a cara do Barney, dos *Flintstones*.

Você já tentou conversar com a T.P.M.? Imagino que não vá adiantar nada, mas você consegue ser bem persuasiva quando pisca estes seus olhões azuis de bebê.

J

••

✉

Para: Amy Jenkins <amy.jenkins@thenyjournal.com>
De: Kate Mackenzie <kathleen.mackenzie@thenyjournal.com>
Assunto: Ida Lopez

Amy, tem certeza de que demitir a sra. Lopez é a melhor solução? Quer dizer, como você mesma disse, os funcionários a adoram. Minha caixa-postal foi inundada com *e-mails* do pessoal — inclusive de algumas pessoas com cargos executivos — pedindo para que ela não seja mandada embora.

É possível que a sra. Lopez se beneficie com mais um curso de treinamento de atendimento ao cliente. Quem sabe, se enviarmos a carta de advertência referente à infração da semana passada, pode ser que ela tome jeito. Como

Garoto Encontra Garota 29

você mesma disse na reunião do Comitê de Relações entre os Funcionários do mês passado, a demissão significa não apenas um fracasso por parte do funcionário, mas também o fracasso de seu supervisor.

Kate

....

✉

Para: Kate Mackenzie <kathleen.mackenzie@thenyjournal.com>
De: Amy Jenkins <amy.jenkins@thenyjournal.com>
Assunto: Ida Lopez

Sinceramente, espero que você não esteja questionando a minha autoridade a respeito deste assunto, Kathleen. Na posição de alguém que trabalha aqui no *Journal* há menos de um ano, é de se imaginar que a última coisa que você queira fazer seja questionar as ações de sua supervisora direta — principalmente levando em conta que você ainda está em período de experiência.

Ida Lopez só tem causado problemas para esta empresa desde o dia em que foi contratada. A minha predecessora não conseguiu se livrar dela, mas eu conseguirei. Desta vez, a Ida foi longe demais. Antes de ir para casa hoje, deixe na minha mesa a transcrição completa da conversa que você vai ter com ela.

Amy Denise Jenkins
Diretora
Recursos Humanos
The New York Journal
216 W. 57th Street
Nova York, NY 10019
212-555-6890
amy.jenkins@thenyjournal.com

Esta mensagem, incluindo seus anexos, contém informações legais privilegiadas e/ou confidencias, não podendo ser retransmitida, arquivada ou
copiada sem autorização do remetente. Caso tenha recebido esta mensagem por engano, por favor informe o remetente respondendo imediatamente a este *e-mail* e em seguida apague-a do seu computador.

✉

Para: Jen Sadler <jennifer.sadler@thenyjournal.com>
De: Kate Mackenzie <kathleen.mackenzie@thenyjournal.com>
Assunto: Ida Lopez

Não adiantou nada, a T.P.M. nem quis saber. Ai, meu Deus, Jen, a coitada
da sra. Lopez vai dançar daqui a dez minutos! O que eu vou dizer para ela?
POR QUE eu tinha de ficar com os funcionários de L a Z??? POR QUÊ???

Kate

✉

Para: Kate Mackenzie <kathleen.mackenzie@thenyjournal.com>
De: Jen Sadler <jennifer.sadler@thenyjournal.com>
Assunto: A senhora do carrinho de sobremesa

Agora chega. Vamos ao Lupe para tomar uns *mojitos* depois do trabalho.
Danem-se os hormônios, eu preciso de uma bebida.

J

Diário de Kate Mackenzie

O professor Wingblade, da minha aula de sociologia na faculdade, dizia que escrever o que a gente sente ajuda a organizar os pensamentos e faz com que consigamos resolver nossos problemas de maneira racional. Mas eu não me sinto lá muito racional. O que eu vou fazer? Não posso demitir a sra. Lopez.

Certo, tudo bem, ela se recusou mesmo a servir o principal consultor jurídico do jornal. Mas eu já vi o Stuart Hertzog em ação, e a verdade é que, como a maior parte dos advogados – pelo menos dos que eu conheci –, ele é um porco. Uma vez, tive de ir no mesmo táxi que ele para uma audiência e ele gritou com o motorista por ter ido pela Lexington Avenue em vez de pela Park, apesar de o taxista ter explicado que a Park estava em obras. Daí, quando chegou a hora de pagar, o Stuart não quis dar gorjeta para o cara e disse que não suporta imigrantes porque eles acham que sabem tudo e que, mesmo que em seu país natal o taxista fosse cirurgião, como ele disse, isso não significa que ele tenha capacidade para circular pelas ruas de Manhattan em um veículo automotor, e quis saber por que todos eles (os imigrantes, acho que foi o que ele quis dizer) não ficavam no país deles.

Fiquei morrendo de vontade de observar que Hertzog não é exatamente um sobrenome norte-americano de verdade, o que significa que, em algum ponto da história, os parentes do Stuart devem ter imigrado para este país também e, vai saber, talvez um deles tenha trabalhado como taxista ou motorista de ônibus ou qualquer coisa assim, e será que ele iria ficar feliz se soubesse que algum advogado de terno elegante falou assim com o tataratataratataratataravô dele?

Só que eu não pude dizer nada do tipo porque a Amy estava junto e ela teria me demitido. Na verdade, não sei se dizer algo assim é motivo para demissão por justa causa – tem o negócio da liberdade de expressão e tudo o mais –, mas tenho certeza de que a Amy teria dado um jeito.

Não dá para acreditar que EU vou ter de demitir a sra. Lopez. Quer dizer, por que EU? Nunca demiti ninguém. Certo, tudo bem, eu demiti aquele porteiro que tentou passar a mão em uma menina de 17 anos que estava visitando a redação do jornal no passeio da escola, mas ele mereceu mesmo — tipo, a defesa dele foi dizer que não pôde resistir porque ela estava bonita demais com aquela sainha xadrez. Fala sério! Quer dizer, foi um prazer demitir aquele cara.

Mas e agora? Isto aqui é totalmente diferente. Eu adoro a sra. Lopez e, de verdade, não a culpo nem um pouquinho pelo que ela fez. O que deviam fazer é mandar embora o Stuart Hertzog, isso sim. Uma vez eu o vi com um charuto — um CHARUTO — no corredor do 3º andar, enquanto esperava o elevador, e quando a Mel Fuller da reportagem chegou nele e pediu que apagasse o charuto porque ela está grávida, ele só falou assim: "Não está aceso", o que só era meio verdade porque estava totalmente aceso na sala do sr. Hargrave, e ainda estava saindo um pouco de fumaça dele. Quem faz uma coisa dessas, quem fuma charuto dentro de um prédio público? E grita com um coitado de um taxista inocente? Quer dizer, fala sério.

E agora a Jen quer sair para beber, e pode ser que ela JÁ esteja grávida, e isso significa que daí o filho dela vai nascer meio prejudicado, e a culpa vai ser minha. Ai, meu Deus, preciso encontrar outro lugar para ficar, não posso continuar dormindo no sofá deles. Eles são tão legais, mas dá para ver que o Craig já está cansando de ter de dividir o banheiro não só com uma mulher, mas com duas. O momento para este negócio com o Dale acontecer não podia ser pior. Quer dizer, a Jen e o Craig estão tentando ter um filho desde que se casaram, e agora que a Jen está tomando aquele monte de remédios — e, falando sério, ela já tem de me ver o dia inteiro no trabalho, e depois em casa —, e a gente nunca fica longe uma da outra. Não sei como ela ainda não teve um ataque...

Se eu conseguisse arrumar um apartamento para dividir por um preço decente, eu sairia de lá no mesmo segundo, mas eu sim-

Garoto Encontra Garota   33

plesmente acho que não ia conseguir dividir apartamento com alguém que não conheço. Quer dizer, aquela garota com quem dividi apartamento na East 86th era um horror — eu admiro gente que tem objetivos e tudo o mais, mas será que as mulheres do século XXI não deviam estar lutando para melhorar o planeta, ou pelo menos o lugar onde moram, com qualquer pequena ação, em vez de concentrar toda a energia que têm em arrumar um marido? Acho que eu devia aceitar melhor os sonhos das outras pessoas, mas, falando sério, não acho que casar com um investidor do mercado financeiro vai acabar com todos os problemas de alguém. Simplesmente acho que não. Quer dizer, pode ser que AJUDE, a longo prazo, com o preço do aluguel e tudo o mais, mas a gente não pode simplesmente se contentar em ser a sra. Investidor do Mercado Financeiro. Quer dizer, a gente precisa encontrar o nosso lugar no mundo como indivíduo, e não se transformar em uma sombra do marido, seja ele quem for.

E, francamente, por mais bares chiques que você frequente no sábado à noite, não há a menor garantia de que você vá encontrar alguém decente em algum deles. Nem todas as revistas de noiva do mundo podem mudar este fato. Quer dizer, seria muito mais útil trabalhar como voluntária em algum lugar. Pelo menos, assim, você iria fazer alguma coisa para melhorar o mundo, além de caçar homem. Então, não seria um desperdício de tempo TOTAL...

Aí, meu Deus, talvez eu esteja sendo idiota, talvez eu devesse voltar para ele. Quer dizer, até que não é TÃO ruim assim estar em um relacionamento com alguém que não quer se comprometer. Quer dizer, muitas garotas matariam para ter um namorado igual ao Dale. Pelo menos ele nunca me bateu nem me traiu. Acho que ele me ama de verdade, e isto é MESMO só uma convenção social. Estou falando de casamento.

Só que me lembro muito bem de quando o professor Wingblade disse na aula de sociologia que em TODAS as civilizações do mundo — até em lugares como a Micronésia, onde as pessoas passaram centenas de anos sem ter contato com culturas externas — existe algum tipo de cerimônia em que os casais apaixonados se apresentam à sociedade e declaram sua devoção um ao outro. Quer dizer, em essência, o Dale está desprezando milhares de anos de tradição quando diz que a gente não precisa disso para ter um relacionamento romântico satisfatório e recompensador. Isso simplesmente não é verdade.

Mas isso não quer dizer que, se o Dale concordasse em se casar comigo hoje, eu iria voltar para o apartamento com ele amanhã. Quer dizer, não quero que ele me peça em casamento só para me deixar feliz. Quero que ele queira se casar comigo porque sincera e verdadeiramente não consegue imaginar um futuro sem a minha companhia...

Mas o negócio é que o Dale parece incapaz de imaginar qualquer tipo de futuro, isso sem contar, quem sabe, um futuro em que a geladeira não esteja cheia de cerveja Rolling Rock, que é a única coisa que ele parece se lembrar de comprar. Mas, eu, acho que ele não me vê no futuro dele...

E nem tenho certeza se ainda quero ficar com ele, porque, para falar a verdade, depois de ver como a Jen e o Craig são juntos, eu sei como é o amor de verdade, e não tem nada a ver com a minha relação com o Dale, e acho que eu mereço ter um amor de verdade na minha vida. Acho que ele está por aí, em algum lugar, não sei onde, mas está por aí...

Ai, meu Deus, ela chegou.

Garoto Encontra Garota   35

Transcrição de sessão com funcionário

Funcionário: Ida Lopez
Data: Quarta-feira
Representante de RH: Kathleen Mackenzie
Horário: 15h15

KM: Hmm, aguarde só um segundo, sra. Lopez. Preciso ligar este negócio... hmmm... Testando. Ah, espera um pouco. Ops. Pronto. Acho que está ligado. Será que ligou?

IL: As rodinhas estão girando.

KM: Hmm, certo. Bom, eu sou Kathleen Mackenzie, e esta é uma... é uma sessão com a funcionária Ida Lopez. Sra. Lopez, devido à política do departamento de Recursos Humanos, eu sou obrigada a gravar nossa conversa, tanto para a sua proteção quanto para a minha.

IL: Compreendo, *carina*.

KM: Certo. Muito bem. Agradeço por a senhora ter vindo aqui falar comigo, sra. Lopez. Eu... é... acho que eu...

IL: Ah, que coisa, você sabe que não tem nada que me agrade mais do que uma conversinha com a minha Kate. E veja só como você está bonita hoje, com esta blusinha cor-de-rosa.

KM: Muito obrigada, sra. Lopez. Eu...

IL: Linda como uma artista de cinema. Magrinha como uma artista de cinema também. Magra demais, se quer a minha opinião. Não sei o que essas moças de hoje têm na cabeça, morrendo de fome para ficarem mais magras. O que tem de tão bom em ser magra? Vocês acham que os homens querem ir para a cama com um palito? Que graça tem isso? Você ia querer ir para a cama com um palito? Não, não ia. Pronto, é melhor você comer um *cookie*.

KM: Ah, muito obrigada, mas realmente não posso...

IL:	Não pode o quê? Colocar um pouco de carne em cima desses ossos?
KM:	Não, quer dizer, não posso... Sra. Lopez, a senhora sabe que estas sobremesas são apenas para os funcionários executivos do jornal...
IL:	Não sei por que, se fui eu quem fiz, não posso resolver quem merece ou não merece um dos meus *cookies* com pedacinhos de chocolate. E você merece um *cookie*. Toma.
KM:	Mas, sra. Lopez...
IL:	Olha, é o seu preferido. Sem nozes. Mas é claro que a maior parte das pessoas prefere com nozes. Eu recomendo noz-pecã. Vamos. Dê uma mordidinha.
KM:	Sra. Lopez, de verdade, eu...
IL:	Um pedacinho nunca fez mal a ninguém. E até parece que aquele seu namorado bonitão vai ligar se você engordar um pouquinho. Aquele com quem eu vi você no saguão de entrada depois da festa de Natal do ano passado. Desculpa, a festa de *fim de ano*. Ele parecia ser o tipo de homem que gosta de uma mulher com um pouco de carne por cima dos ossos.
KM:	Ah, bom, para falar a verdade, ele e eu meio que...
IL:	Ah, não! Vocês terminaram?
KM:	Bom, é, já faz um tempinho. Quer dizer... a gente não terminou exatamente... Ai, meu Deus, sra. Lopez. Este é o melhor *cookie* com pedacinhos de chocolate que eu já comi na vida.
IL:	E é claro que você conhece o segredo, não é?
KM:	Hmmm, espera, deixa eu pensar. A senhora derrete a manteiga antes de colocar na massa?
IL:	Não, *carina*. Bom, eu deixo a manteiga ficar na temperatura ambiente. Mas estou falando do segredo para fazer um homem assumir um compromisso.
KM:	Não, qual é?
IL:	Encontrar o homem certo. O seu — aquele que eu vi com você — não é o certo para você. Eu percebi no mesmo minuto que coloquei os olhos nele. Ele nunca vai saber dar valor a você. Ele só se preocupa com o próprio umbigo. Deu para ver, só

Garoto Encontra Garota

pelo jeito como ele ficava falando daquela banda dele. Parecia que a banda era mais importante do que você!

KM: (*Barulho de engasgo*) Desculpe.

IL: Ah, pronto, acho melhor tomar um pouco de leite para engolir. Não, não venha me dizer que engorda. Faz bem. Ajuda a fortalecer os ossos. Pronto. É tão simples, dá para fazer em casa, mesmo. Pronto, vou escrever a receita para você.

KM: Ah, sra. Lopez! A sua receita secreta? A senhora não pode...

IL: Claro que posso. Então, pegue uma tigela grande, bata 200 gramas de manteiga sem sal até ficar homogêneo. Junte uma xícara de açúcar mascavo, um quarto de xícara de açúcar granulado, um ovo grande e duas colheres e meia de chá de essência de baunilha. Bata bem, até que tudo fique bem misturado. Depois, junte e bata com cuidado metade — só a metade — de uma mistura de uma xícara e três quartos, mais sete colheres de sopa — isto é importante — de farinha de trigo comum, três quartos de colher de chá de fermento em pó, um terço de colher de chá de bicarbonato de sódio, um quarto generoso de colher de chá de sal...

KM: Sra. Lopez, de verdade, isto aqui não é...

IL: Então misture o restante da farinha com os outros ingredientes — mas não bata demais. Depois, coloque os pedacinhos de chocolate e as nozes-pecã. Coloque os *cookies* na forma de colherada — com cerca de cinco centímetros de distância uma da outra — em tabuleiros untados, então asse por oito a dez minutos. Lembre-se de deixar os tabuleiros descansando durante mais ou menos um minuto depois de tirar do forno. Se não, os *cookies* vão perder o formato. Então, use uma espátula — você tem uma espátula, não é mesmo, Kate? — e coloque os *cookies* em cima de um aramado para esfriar. Está vendo? É fácil! Pronto. Então, acho que agora é bom você falar logo o que tem de falar.

KM: O quê? Ah. Claro, sra. Lopez. A razão por que eu pedi à senhora que viesse até aqui hoje está relacionada ao incidente que ocorreu hoje à tarde no refeitório executivo da empresa...

IL:	Sim, claro. O *señor* Hertzog.
KM:	É, exatamente. Sra. Lopez, a senhora sabe que já tivemos uma conversa anterior devido a uma situação parecida...
IL:	É, eu lembro. Eu não queria dar torta de pêssego para aquele homem do gabinete do prefeito. Ah, a sua chefe ficou mesmo muito brava comigo daquela vez. Aquela... Como é mesmo o nome dela? Ah, Jenkins. Amy Jenkins. Sabe o quê? Já que estamos falando de comida, aquela lá tem mesmo muito problema neste departamento. Já vi a sua chefe engolir três dos meus *muffins* de *cheesecake* de chocolate, e depois ir direto para o banheiro...
KM:	*Muito bem*, sra. Lopez, isto é muito interessante, mas não é por isto que estamos aqui hoje. Estamos aqui hoje para falar sobre o sr. Hertzog...
IL:	Claro que sim. Eu não quis dar um pedaço da minha torta de limão para ele.
KM:	Mas, veja bem, sra. Lopez, este é exatamente o ponto. A senhora não pode, sabe como é, simplesmente tomar decisões arbitrárias a respeito de quem pode ou não pode comer torta no refeitório executivo. A senhora tem de dar torta para qualquer pessoa que lhe peça uma fatia.
IL:	Bom, eu sei que é isso que eu devo fazer. Mas você já comeu as minhas sobremesas, *carina*. E sabe muito bem que são preparadas de um jeito todo especial — posso até dizer que são feitas com amor — para pessoas especiais. Não acho que deva compartilhar os meus doces com qualquer um.
KM:	Mas veja bem, sra. Lopez, o fato é que a senhora deve sim. Por que, se não, nós recebemos reclamações, e então eu sou obrigada a pedir que a senhora venha até aqui e...
IL:	Ah, eu sei, *carina*. Não estou colocando a culpa em você.
KM:	E, sabe como é, seria diferente se a senhora tivesse a sua própria confeitaria ou o seu restaurante e se recusasse a servir adv... quer dizer, pessoas como Stuart Hertzog. Mas a senhora é funcionária do *New York Journal*, e a empresa não pode aceitar que a senhora se recuse a servir...

Garoto Encontra Garota

IL: O principal consultor jurídico deles. Eu compreendo, querida. Entendo mesmo. E você já tinha me avisado a respeito disso. E agora, acredito que aquela sua chefe quer que você me demita.

KM: Sra. Lopez, a senhora sabe que...

IL: Está tudo bem, Kate. Não precisa se aborrecer. Ela gosta do *señor* Hertzog. Eu sei disso.

KM: Se eu pudesse fazer alguma coisa... quer dizer, por acaso o sr. Hertzog faltou com a educação para com a senhora? Ele foi grosseiro? Porque se eu pudesse dar à Amy — quer dizer, aos meus superiores — uma razão pela qual a senhora pode ter se recusado a servir o sr. Hertzog...

IL: Ah, ele sabe.

KM: Bom, a questão é exatamente esta. Quer dizer, ele afirma que não sabe.

IL: Ah, não. Ele sabe.

KM: Bom, talvez se a senhora pudesse me dizer...

IL: Ah, eu não posso fazer isso! Agora, é melhor você chamar a segurança para me colocar para fora.

KM: Sinto muito, sra. Lopez. Mas, sim, eu vou ter de...

IL: Está tudo bem. Um deles vai ser aquele rapaz Hopkins. Ele adora meus bolinhos de *cranberry*. Vou ter de conferir para ver se tenho um aqui... pronto, aqui está. Foi muito agradável conversar com você, *carina*. Vamos ver, você é amiga daquela *señora* Sadler, muito simpática. Não se esqueça de dar isto aqui para ela. Minhas bolachinhas de gengibre são as preferidas dela, e eu sei que, com as injeções de bebê e tudo o mais, ela anda muito triste. Mas diga a ela que não precisa se preocupar. Até o fim do ano que vem, ela vai ter uma menininha adorável.

KM: Sra. Lopez...

IL: Ah, não chore, *carina*! Tenho certeza de que as pessoas não devem chorar quando demitem alguém. Pronto, vamos desligar isto aqui para você não ter...

40   Meg Cabot

....

✉

Para: Kate Mackenzie <kathleen.mackenzie@thenyjournal.com>
De: Amy Jenkins <amy.jenkins@thenyjournal.com>
Assunto: Ida Lopez

Por favor, venha falar comigo assim que chegar amanhã de manhã, para
falarmos a respeito da gravação de sua conversa com Ida Lopez, que acabei de ouvir.

Amy Denise Jenkins
Diretora
Recursos Humanos
The New York Journal
216 W. 57th Street
Nova York, NY 10019
212-555-6890
amy.jenkins@thenyjournal.com

Esta mensagem, incluindo seus anexos, contém informações legais privilegiadas e/ou confidencias, não podendo ser retransmitida, arquivada ou
copiada sem autorização do remetente. Caso tenha recebido esta mensagem por engano, por favor informe o remetente respondendo imediatamente a este e-mail e em seguida apague-a do seu computador.

Cantina mexicana *LUPE*

Entradas:

Sopa do dia   *US$ 3,75*

Ai, meu Deus, vou ser demitida. Vou ser demitida com toda a certeza. Por que é que eu tinha de começar a chorar no meio da

Guacamole   *US$ 3,75*

entrevista? Por que eu não tive a idéia de desligar o gravador antes de me desmanchar em lágrimas?

Plantain doce   *US$ 2,75*

Por que eu não consigo ser igual à T.P.M.? ELA nunca choraria no meio de uma demissão. Mas eu NÃO quero ser

Mandioca frita   *US$ 2,75*

igual à T.P.M. Eu odeio essa mulher. Eu devia pedir demissão. Agora, além de um apartamento novo e de um namorado novo, também

Nachos com queijo   *US$ 3,95*

preciso achar um emprego novo. POR QUE TANTA COISA RUIM ESTÁ ACONTECENDO COMIGO AO MESMO TEMPO???? E por que

Nachos com jalapeños   *US$ 4,95*

eu nunca consigo encontrar o meu diário quando preciso dele? O que leva à questão: onde foi que eu enfiei? E se

Nachos com carne   *US$ 5,95*

a Amy ou alguma faxineira encontrar? E ler? Daí sim eu vou ser demitida com toda a certeza. E

Nachos grandes   US$ 6,95

onde diabos está a Jen? Ela disse para a gente se encontrar no Lupe depois do trabalho, e aqui estou eu, mas ela não está, e agora eu

Salsa crua   US$ 1,50

estou aqui sentada sozinha fingindo fazer anotações muito importantes neste cardápio para manter aquele cara

Quesadillas   US$ 3,50

esquisito ali no canto bem longe de mim. Preciso parecer uma mulher de negócios muito

Quesadillas grandes   US$ 6,95

importante que não tem tempo para ficar paquerando qualquer um em um restaurante mexicano. Ai, meu Deus, e se a Jen não vier

Mini-quesadillas
grandes   US$ 5,95

e eu acabar sendo obrigada a comer aqui sozinha e aquele cara vier aqui tentar sentar na minha mesa e ele for

Salada da casa   US$ 3,95

o estuprador da chapelaria e ele me seguir até a casa da Jen e me ameaçar com uma faca? Graças a

Salada mexicana   US$ 5,95

Deus eu fiz aquela aula de defesa pessoal do Programa de Recursos de Funcionários. Ah, ele vai ficar mesmo surpreso quando

Salada mexicana com
frango grelhado   US$ 8,25

eu quebrar a cartilagem nasal dele com um movimento bem ágil com a mão e enterrar o osso direto no cérebro dele, e ele vai ficar paralisado

Garoto Encontra Garota

Salada mexicana
de feijão   *US$ 6,95*

no mesmo instante. Mas, para falar a verdade, eu preferia mesmo encontrar a Jen e tomar alguma coisa, como a gente tinha combinado.

Acompanhamentos:

Ai, meu Deus, preciso de uma cerveja. Coitada da sra. Lopez! Acho que também já deve estar procurando outro emprego. Só que ela

Batata frita   *US$ 1,00*

tem muito mais chance do que eu de arrumar alguma coisa decente. Aqueles *cookies* estavam deliciosos, qualquer pessoa

Arroz espanhol   *US$ 1,75*

vai contratá-la no mesmo instante, ao passo que eu sou completamente inútil. Só consigo digitar 35 palavras por minuto e Deus

Jalapeños   *US$ 1,00*

sabe que não sou capaz de supervisionar, eu não sei lidar com as pessoas, nem consigo arrumar um namorado decente, imagine se

Creme azedo   *US$ 1,00*

vou ser capaz de dizer aos outros como trabalhar. O jornal ter me contratado é a maior piada, é inexplicável o fato de eu

Cebola picada   *US$ 1,00*

já ter conseguido ficar lá tanto tempo, a esta altura eu deveria simplesmente... Ah, a Jen chegou, GRAÇAS A DEUS!!!!!!!!!!!!!!!!!!!!!!!

Querida Kate,

Desculpe por eu deixar um bilhete colado na porta deste jeito (oi Jen, oi Craig), mas você não me deixou nenhuma alternativa. Quer dizer, se você parasse de filtrar as suas ligações no trabalho e no celular e atendesse o telefone de vez em quando, eu não ia ter de recorrer a um truque tão baixo. Eu preciso mesmo falar com você, estou enlouquecendo. Você não retorna os meus recados, e toda vez que tento falar com você na casa da Jen, ela diz que você saiu. Eu sei que você não saiu coisa nenhuma, sei que você provavelmente está sentada no sofá agora mesmo, assistindo àquela porcaria de Charmed ou qualquer coisa assim.

Mas, bom, sobre todo aquele negócio de Um Dia de Cada Vez, eu quero dizer que talvez a gente fique MESMO junto para sempre. Ou talvez não. Quer dizer, não sou onisso. Não consigo enxergar o futuro. Não sei o que vai acontecer.

Por que as coisas não podem voltar a ser como antes, hein? Por que é que de repente a gente precisa ficar colocando, tipo, rótulos nas coisas? Quer dizer, por que é tão importante para você eu dizer que vou te amar para sempre? Por que não posso dizer que te amo, tipo, agora? Por que de repente já não é suficiente? Nos últimos dez anos, foi bastante.

Katie, VOLTE PARA CASA. Estou com saudade de você. O pessoal também está com saudade.

Com amor,
Dale

P.S. Eu estou precisando muito dos seus conselhos. A gravadora está sendo um pé no saco, estão tentando fazer a gente mudar o nome de I'm Not Making Any More Sandwiches para só Sandwich. Que tipo de nome é este para uma banda? Quem é que vai comprar um CD de uma banda chamada Sandwich?

Garoto Encontra Garota

Ei, aqui é a casa da Kate e do Dale. A gente não pode atender agora, por isso, deixe o seu recado depois do sinal e a gente retorna assim que puder. Valeu!

(*Sinal*)

Dale, você precisa trocar a mensagem. Eu não moro mais aí, lembra? Mas, bom, sobre o seu bilhete... Ai, meu Deus, nem sei por que liguei. Esquece, tá? Nada mudou, é só que eu... Ah, deixa pra lá.

(*Clique*)

Ei, aqui é a casa da Kate e do Dale. A gente não pode atender agora, por isso, deixe o seu recado depois do sinal e a gente retorna assim que puder. Valeu!

(*Sinal*)

Ai, meu Deus, você precisa trocar esta mensagem. Aliás, aqui é a Jen. Você se lembra de mim, certo? A melhor amiga da sua ex-namorada? A palavra certa é *onisciente*, cara, não *onisso*. Sacou? Muito bem. Ah, falando nisso, não venha mais aqui. Você só faz a Kate ficar triste. E, não, não estou bêbada agora, mas estou cheia de hormônios, então é melhor você ficar com medo, porque juro por Deus que, se eu pegar você por aqui mais uma vez, eu...

(*Clique*)

(*Sinal*)

Ei, aqui é a casa da Kate e do Dale. A gente não pode atender agora, por isso, deixe o seu recado depois do sinal e a gente retorna assim que puder. Valeu!

(*Sinal*)

A secretária eletrônica idiota me cortou. Estou falando sério. Lembra aquela vez na faculdade quando eu ameacei bater naquele seu amigo que levou droga para a festa que a Kate e eu demos em casa? Lembra? Eu nem liguei para o fato de ele estar armado, não fiquei com medo dele. Bom, eu vou fazer a mesma coisa com você, cara, se você continuar com isso... O que você quer dizer com desligar o telefone? Não, eu não vou desligar o telefone, Craig. Acontece que estou ajudando a Kate. Ela teve um dia péssimo e eu só... não, não estou piorando as coisas, estou ajudando. Por acaso, estudei representação de recursos humanos e eu... não se atreva... Me dá isto aqui!

(*Clique*)

Ei, aqui é a casa da Kate e do Dale. A gente não pode atender agora, por isso, deixe o seu recado depois do sinal e a gente retorna assim que puder. Valeu!

(*Sinal*)

Cara, é o Craig. Desculpa aí. A Jen e a Kate saíram para tomar uns *mojitos*, e a Jen acabou de tomar um, e ela está detonada. Sabe como é, ela está tomando uma porção de remédios de fertilidade, então ela fica totalmente bêbada depois de tomar só uma dose. Então, desculpa aí, cara. Eu arranquei o telefone dela e escondi no armário. Acho que de manhã ela já vai estar bem. Espero que sim.

(*Clique*)

Garoto Encontra Garota

Mensagem de
Kate Mackenzie

Lista de afazeres:

1. *Pedir demissão (a não ser que eu seja demitida; se for, leia o nº 2)*
2. *Começar a empacotar meus pertences.*
3. *ASPIRINA????? Talvez tenha na última gaveta.*
4. *Arrumar um emprego novo.*
5. *Arrumar um apartamento novo.*
6. *Arrumar um namorado novo.*
7. *Ai, meu Deus, sei lá, minha cabeça está latejando... Será que eu liguei para o Dale ontem à noite? Meu Deus, espero que não.*
8. *Pegar a roupa na lavanderia!!!!!!!!!*

Kathleen A. Mackenzie
Representante de Funcionários, L-Z
Recursos Humanos
The New York Journal
216 W. 57th Street
Nova York, NY 10019
212-555-6891
kathleen.mackenzie@thenyjournal.com

> Chelsea/rua 19, entre avenidas 9 e 10.
> Parede tijolinho, sol, elevador, vista pátio
> interno. US$ 1.195, sem taxas.
> Ligar para Ron 718-555-7757

Oi. Aqui é o Ron. Deixe o seu recado.

(Sinal)

Oi, Ron? É a Kate. A Kate Mackenzie, já deixei um recado ontem. Sobre o conjugado perto da rua 30. Bom, você não retornou. O apartamento já foi alugado? Bom, mesmo que tenha sido, será que você pode me dar uma ligada? Porque vi seu anúncio para o apartamento em Chelsea. O que custa 1.195? Será que você pode me ligar para falar deste aí? Porque estou mesmo muito interessada. Mais uma vez, o número é 212-555-6891 até as cinco, depois é o 212-555-1324. E obrigada. Muito obrigada mesmo. Pode ligar em qualquer horário.

Garoto Encontra Garota   49

Sleaterkinneyfan: A sua cabeça está doendo tanto quanto a minha?

Katydid: Dói mais. Você só bebeu um drinque, lembra? Eu tomei sete. Você acha que eu vou ser demitida?

Sleaterkinneyfan: Por vir trabalhar de ressaca? Nada a ver. Iam ter de demitir o departamento inteiro. Principalmente no dia seguinte à festa de Natal.

Katydid: Não, por ter chorado enquanto demitia a sra. Lopez.

Sleaterkinneyfan: Ah, faça-me o favor. Isto aqui é recursos humanos. Nunca mandam ninguém embora neste departamento. Talvez mandassem se você tirasse a blusa e começasse a cantar *Everybody Have Fun Tonight* na sala de correspondência.

Katydid: A T.P.M. quer falar comigo na sala dela às dez. Aposto o quanto você quiser que ela vai me dar uma advertência verbal.

Sleaterkinneyfan: Será que dá para parar? Ninguém vai demitir você. Se alguém vai ser demitida, é a T.P.M. Você viu todos os funcionários executivos do jornal que ficaram parados na frente do refeitório procurando (inutilmente) pelo carrinho de sobremesa da sra. L? Pode acreditar, hoje ela vai receber uns telefonemas, quando os vice-presidentes ficarem sabendo que não vão ter mais *muffins* de *cheesecake* de chocolate para comer.

Katydid: Simplesmente vão encontrar algum outro fornecedor externo.

Sleaterkinneyfan: É, mas nenhum *muffin* se compara aos da sra. L.

Katydid: É verdade. Jen, acho que vou ter de pedir demissão.

Sleaterkinneyfan: O QUÊ??????????????????

Katydid: Sério mesmo. Quer dizer, como é que eu posso ficar sem tomar nenhuma ação enquanto eles

Meg Cabot

fazem isso com a coitada da sra. Lopez? Quer dizer, não está certo. Ela é uma senhora de 64 anos de idade.

Sleaterkinneyfan: Uma senhora de 64 anos de idade que se recusou a dar torta para o namorado da chefe de recursos humanos, que também é por acaso um dos advogados mais importantes da cidade, e o principal consultor jurídico desta empresa. Kate, você não tinha escolha. A sra. Lopez foi a responsável por tudo isso. Você já tinha feito uma advertência a ela. Tipo, ela já sabia quais seriam as conseqüências.

Katydid: É, mas talvez eu não tenha sido severa o suficiente com ela. Talvez ela não tenha me levado a sério. Ninguém me leva a sério, você sabe. Quer dizer, por que levariam? Eu sou só uma IDIOTA do Kentucky que namorou o mesmo cara durante todo o ensino médio e a faculdade. Por que é que eu fui estudar psicologia na faculdade? Quer dizer, falando sério. Sou a pior pessoa QUE JÁ EXISTIU para julgar o caráter dos outros.

Sleaterkinneyfan: Foi porque você era péssima em todas as outras coisas, lembra? Além disso, nosso plano não era ajudar os outros?

Katydid: E QUEM É QUE A GENTE ESTÁ AJUDANDO?

Sleaterkinneyfan: Dá um tempo. Você sabe que já ajudou muita gente. E aquela moça que você contratou para o departamento de arte no mês passado? Aquela que ficou tão feliz quando descobriu que tinha conseguido o emprego que até chorou e mandou flores para você.

Katydid: Certo, eu tive um dia de felicidade. Mas fala sério, Jen. A gente não está Fazendo Diferença de verdade. Como a gente tinha planejado.

Garoto Encontra Garota   51

	Quer dizer, lembra quando a gente falava que ia abrir uma clínica de atendimento psicológico gratuito?
Sleaterkinneyfan:	É, mas isso foi antes de a gente se mudar para Manhattan e precisar gastar metade do salário com o aluguel.
Katydid:	Talvez a gente devesse ter ficado em Kentucky.
Sleaterkinneyfan:	E daí a gente ia poder passar o fim de semana comendo lombo de porco e assistindo às corri-das da Nascar? Não, muito obrigada.
Katydid:	Acontece que eu gosto de lombo de porco. Hmm... Falando do Kentucky, você se lembra se eu liguei para o Dale ontem à noite? Eu tenho uma lembrança bem apagada de que liguei.
Sleaterkinneyfan:	E se ligou? Quer dizer, o babaca pediu para você ligar, lembra? Naquele bilhete idiota. Falando sério, esse cara tem algum problema. Quem é que deixa um BILHETE na PORTA da casa dos outros em Nova York? E o que foi aquela piadinha sobre *Charmed*? *Charmed* por acaso é um programa muito bom.
Katydid:	Eu sei! Bruxas! Que ajudam os outros!
Sleaterkinneyfan:	Ajudam mesmo! E ainda matam demônios ao mesmo tempo. Vestindo frente-única.
Katydid:	Eu não fui grossa com ele, fui? Quando retornei o recado?
Sleaterkinneyfan:	Ah, será que você pode superar isso? Quem é que trata de relacionamentos um dia depois do outro? Quer dizer, depois de DEZ ANOS, três dos quais vocês moraram juntos, pelo amor de Deus.
Katydid:	POR QUE EU FIQUEI COM ELE TANTO TEM-PO????? Sou mesmo uma fracassada.
Sleaterkinneyfan:	Você não é fracassada. Sabe quem é uma fra-cassada? A T.P.M. Você viu a roupa dela?

Katydid:	Ai, meu Deus, eu sei. É a mesma roupa de ontem.
Sleaterkinneyfan:	A T.P.M. se deu bem! Você viu o chupão no pescoço dela? Ela tentou esconder com corretivo, mas é ÓBVIO DEMAIS. Por que ela não foi para casa trocar de roupa antes de vir trabalhar hoje de manhã? Isso é a maior... nojeira. Parece que ela QUER que a gente saiba. Tipo, está esfregando na nossa cara.
Katydid:	Está dando certo. Não dá para acreditar que a T.P.M. está transando e eu não.
Sleaterkinneyfan:	E você ainda sabe muito bem COM QUEM ela está transando. O próprio sr. Nada de Torta para Você. Ai, meu Deus, espera aí... Você viu aquilo?
Katydid:	Vi o quê?
Sleaterkinneyfan:	Quando ela acenou agorinha mesmo, falando com o Steph na recepção? Ela está usando um ANEL DE DIAMANTE NA MÃO ESQUERDA????
Katydid:	aimeudeus
Sleaterkinneyfan:	É a maior pedra que eu já vi. É do tamanho do meu umbigo!!!!!!!!!!!!!!!
Katydid:	Ela está noiva. Não posso acreditar. A T.P.M. está noiva.
Sleaterkinneyfan:	SRA. STUART HERTZOG!!!!!!!!!!!!!!!!!!
Katydid:	Não dá para acreditar que alguém pediu a mão de uma pessoa como a T.P.M. em casamento. Eu não consigo nem fazer um cara dizer que ainda vai estar comigo no próximo verão, PARA O RESTO DA VIDA então, nem pensar.
Sleaterkinneyfan:	*Eu* não acredito que ela ainda não veio até aqui jogar na nossa cara. Quer dizer, aquilo ali deve ter três quilates, pelo menos. Mas, bom, comparado com o meu .5, qualquer coisa parece enorme.

Garoto Encontra Garota

Katydid: Ei! O Craig gastou o que podia. Não foi fácil comprar um anel de noivado com o salário *inicial* de um programador de computador.

Sleaterkinneyfan: Calma aí! Eu não trocaria o meu .5 por aquela ostra incrustada no dedo dela nem por todo o dinheiro do mundo. Só estou dizendo que... ei, quem é aquele cara de terno entrando na sala da T.P.M.?

Katydid: O cara que vai planejar o casamento dela? Caramba, ela é rápida.

Sleaterkinneyfan: Ele está segurando uma INTIMAÇÃO?

Katydid: Ai, meu Deus, espero que sim. Espero que a T.P.M. seja processada por incompetência.

Sleaterkinneyfan: Hmm, você não está achando que é o acordo pré-nupcial, está?

Katydid: Ai, meu Deus, o Stuart Hertzog é bem o tipo que obrigaria a noiva dele a assinar um contrato pré-nupcial! O que ela está fazendo agora? Você consegue enxergar? Ela está chorando? Se estiver chorando, com certeza é o acordo pré-nupcial.

Sleaterkinneyfan: Não dá para ver se ela está chorando ou não. Continua lendo. Certo, ele está saindo da sala da T.P.M. Talvez eu possa... Ei, por que ele está vindo na SUA direção?

Katydid: Ai, n...

Hertzog, Webber e Doyle

ESCRITÓRIO DE ADVOCACIA

444 Madison Avenue, conjunto 1.505

Nova York, NY 10022

212-555-7900

Kathleen A. Mackenzie
Representante de Funcionários, Recursos Humanos
The New York Journal
216 W. 57th Street
Nova York, NY 10019

Cara sra. Mackenzie,

De acordo com o Artigo 29, página 31 do Acordo Coletivo de Trabalho entre o *New York Journal* e a União Sindical de Funcionários de NYJ, Regional 6884, a ex-funcionária Ida Lopez resolveu processá-la por insatisfação relativa à sua demissão do *New York Journal*.

A senhora está, portanto, a partir de agora, notificada a respeito da audiência que será realizada em breve — na qual o seu empregador, assim como a senhora em pessoa, foram indiciados como réus por rompimento de contrato — e durante a qual meu escritório a representará. Favor notificar minha assistente com a máxima urgência a respeito da sua disponibilidade para uma entrevista antes do julgamento.

Atenciosamente,
Mitchell Hertzog

ou MH

Garoto Encontra Garota

✉

Para: Jen Sadler <jennifer.sadler@thenyjournal.com>
De: Kate Mackenzie <kathleen.mackenzie@thenyjournal.com>
Assunto: AI, MEU DEUS

A sra. Lopez está ME processando!!!!!!!!!! Depois de tudo que eu tentei fazer por ela!!!!!

Mas, considerando que ela perdeu o trabalho, não foi tanta coisa assim, suponho. Mas, mesmo assim. Quer dizer, eu TENTEI. Eu a avisei várias vezes sobre o que podia acontecer se ela continuasse se recusando a servir torta para as pessoas.

E agora ela está me processando! Será que ela tem alguma base legal para isto? Eu fiz alguma coisa errada? Ai, meu Deus, e se eu fiz alguma coisa errada? Aí *eu* também vou ser demitida!

Ai, meu Deus, parece até um episódio de *Charmed*: o que a gente faz para o mundo volta para a gente, vezes três, seja bom ou ruim. Eu demiti a sra. Lopez, e agora vou ter TRÊS VEZES mais azar do que tinha antes.

E isso porque eu já sou a garota mais azarada da costa leste.

E quem diabos é Mitchell Hertzog? Achei que o nome do namorado da T.P.M. fosse Stuart!!!!!!!!

Kate

✉

Para: Kate Mackenzie <kathleen.mackenzie@thenyjournal.com>
De: Amy Jenkins <amy.jenkins@thenyjournal.com>
Assunto: (Nenhum)

Venha falar comigo imediatamente.

56   Meg Cabot

Amy Denise Jenkins
Diretora
Recursos Humanos
The New York Journal
216 W. 57th Street
Nova York, NY 10019
212-555-6890
amy.jenkins@thenyjournal.com

Esta mensagem, incluindo seus anexos, contém informações legais privilegiadas e/ou confidencias, não podendo ser retransmitida, arquivada ou copiada sem autorização do remetente. Caso tenha recebido esta mensagem por engano, por favor informe o remetente respondendo imediatamente a este *e-mail* e em seguida apague-a do seu computador.

✉
Para: Jen Sadler <jennifer.sadler@thenyjournal.com>
De: Kate Mackenzie <kathleen.mackenzie@thenyjournal.com>
Assunto: AI, MEU DEUS

A T.P.M. quer falar comigo imediatamente!!!!!!
Isso significa que eu fiz alguma coisa errada!!!!!!!!
SOCORRO!!!!!!!!!!!!!!!!!!!!!!!!

Kate

✉
Para: Stuart Hertzog <stuart.hertzog@hwd.com>
De: Amy Jenkins <amy.jenkins@thenyjournal.com>
Assunto: Mitchell Hertzog

Stuart, acabei de receber uma carta de uma pessoa que, só posso concluir, seja integrante da sua família.

Se isso for uma piada, devo dizer que é de gosto muitíssimo duvidoso.

Se não é piada, posso perguntar por que, depois de ter demitido Ida Lopez de acordo com um pedido seu, uma outra pessoa do seu escritório de advocacia vai representar a mim e a minha funcionária quando comparecermos perante o tribunal contra esta mulher por rompimento de contrato?

Jurei que não iria transformar esse assunto em algo pessoal, mas não dá para evitar. Depois do que aconteceu entre a gente ontem à noite, Stuart... como é que você pode permitir que um subordinado trate de um assunto tão importante assim, mesmo que seja da sua família?

Amy

Amy Denise Jenkins
Diretora
Recursos Humanos
The New York Journal
216 W. 57th Street
Nova York, NY 10019
212-555-6890
amy.jenkins@thenyjournal.com

Esta mensagem, incluindo seus anexos, contém informações legais privilegiadas e/ou confidencias, não podendo ser retransmitida, arquivada ou copiada sem autorização do remetente. Caso tenha recebido esta mensagem por engano, por favor informe o remetente respondendo imediatamente a este *e-mail* e em seguida apague-a do seu computador.

....

✉

Para: Amy Jenkins <amy.jenkins@thenyjournal.com>
De: Stuart Hertzog <stuart.hertzog@hwd.com>
Assunto: Mitchell Hertzog

Amy, querida, sinto muito. O Mitch deveria ter esperado até eu ter a oportunidade de ligar para você hoje de manhã, antes de mandar aquela carta.

O negócio é o seguinte, meu docinho: não posso representar você nem o jornal, devido ao fato de estar envolvido de maneira tão pessoal no caso. No entanto, o Mitch — meu irmão mais novo — é um advogado excelente, um dos melhores do nosso escritório, e vai fazer um trabalho tão bom quanto o meu, eu juro.

Falando de maneira mais pessoal, como você pôde imaginar, nem que fosse por um instante, que, depois do que aconteceu ontem à noite, eu poderia fazer qualquer coisa que fosse para magoá-la ou para atrapalhar a sua carreira? Quando acordei hoje de manhã e olhei para o seu rosto adormecido, foi como se estivesse olhando para o rosto de um anjo, e a única coisa em que eu conseguia pensar era como eu pude ter tanta sorte. Amy, você é tudo para mim.

Eu juro, você está em ótimas mãos.

Eu sou seu, agora mais do que nunca,
Stuart

Stuart Hertzog, sócio sênior
Hertzog, Webber e Doyle, Escritório de Advocacia
444 Madison Avenue, conjunto 1.505
Nova York, NY 10022
212-555-7900

....

✉
Para: Mitchell Hertzog <mitchell.hertzog@hwd.com>
De: Stuart Hertzog <stuart.hertzog@hwd.com>
Assunto: Ida Lopez

Garoto Encontra Garota   59

Mitch, seu idiota. O que você acha que está fazendo? Eu disse para não enviar aquelas cartas para o *Journal* antes de eu ligar para a Amy. Você andou bebendo ou não passa de um caso criminoso de estupidez? Ou você simplesmente não se importa nem um pouco?

Estou avisando: se estragar este caso, você é um homem morto.

Stuart Hertzog, sócio sênior
Hertzog, Webber e Doyle, Escritório de Advocacia
444 Madison Avenue, conjunto 1.505
Nova York, NY 10022
212-555-7900

....

✉

Para: Stuart Hertzog <stuart.hertzog@hwd.com>
De: Mitchell Hertzog <mitchell.hertzog@hwd.com>
Assunto: Ida Lopez

Stuie! Que bom ter notícias suas. É engraçado como duas pessoas são capazes de trabalhar no mesmo corredor — e, na verdade, ainda compartilharem o mesmo DNA — e mesmo assim passar semanas e semanas sem trocar uma única gentileza?

Em resposta ao seu *e-mail*, eu não estou bêbado nem sou, até onde sei, um caso criminoso de estupidez. Mas é verdade que não me importo nem um pouco. Isso o incomoda? Sinto muito. Mas quando uma velhinha resolve enfrentar um titã das comunicações como Peter Hargrave, também conhecido como o dono da publicação fotográfica líder de mercado em Nova York, no tribunal, por causa de um rompimento de contrato, para mim fica meio difícil ficar do lado do time da casa, se é que você me entende.

Mitch

60   Meg Cabot

P.S. Onde você se enfiou ontem à noite? Eu liguei para você durante o jogo do Michigan, mas ninguém atendeu. Eu sei que você nunca vai a lugar nenhum, a não ser que seja para beber com o Webber e o Doyle, e eles estão em Scottsdale com o papai por causa do torneio de golfe. Será que você, por acaso, é um Homem Comprometido? Com *AMY?*

✉

Para: Mitchell Hertzog <mitchell.hertzog@hwd.com>
De: Stuart Hertzog <stuart.hertzog@hwd.com>
Assunto: Ida Lopez

Não sei onde o papai estava com a cabeça quando convidou você para trabalhar no escritório. Você continua tão folgado quanto era quando a gente era criança.

E no que diz respeito à minha vida pessoal, não é da sua conta.

Stuart Hertzog, sócio sênior
Hertzog, Webber e Doyle, Escritório de Advocacia
444 Madison Avenue, conjunto 1.505
Nova York, NY 10022
212-555-7900

✉

Para: Stuart Hertzog <stuart.hertzog@hwd.com>
De: Mitchell Hertzog <mitchell.hertzog@hwd.com>
Assunto: Ida Lopez

No que diz respeito ao fato de o papai ter me contratado, você deve se lembrar de que foi logo depois do infarte dele. É óbvio que não estava com a cabeça no lugar. Eu o avisei na época, mas ele não quis nem saber.

Então. O namoro. *É* aquela garota do *Journal*, não é?

Garoto Encontra Garota

Stuie, Stuie, Stuie. Mas será que você não aprendeu nada sobre meus conselhos? Achei que eu já tivesse dito para você ficar longe de representantes de funcionários. Elas não passam de pseudopsicólogas. Você quer mesmo fazer terapia ao mesmo tempo em que o seu ego é nocauteado? Não é uma boa idéia.

Ei. Vamos almoçar no Balucchi?

Mitch

....

✉

Para: Mitchell Hertzog <mitchell.hertzog@hwd.com>
De: Stuart Hertzog <stuart.hertzog@hwd.com>
Assunto: Ida Lopez

Deixe o meu ego fora disso, seu filho-da-puta. A mamãe tem razão: você não tem a menor noção de lealdade familiar. Ah, claro, você aceitou o emprego quando o papai fez a ponte de safena tripla dele. Mas o velho está muito bem agora. Então, o que você ainda está fazendo aqui?

E não me venha com aquela conversa idiota de que o papai quer você por perto. Aposto que você não fala com ele há semanas, igualzinho a todo mundo aqui.

Por que você não volta a defender viciados em *crack* e aqueles outros desclassificados com que você parece gostar tanto de andar?

E por acaso a Amy Jenkins é minha noiva — uma palavra que, sei muito bem, você não é capaz de compreender, porque nunca ficou com uma mulher durante um período mais extenso do que o de uma temporada de basquete. Peço encarecidamente que você não ferre com este processo contra ela e o empregador dela, que por acaso também é um dos nossos maiores clientes, se é que você se dá ao trabalho de se lembrar disto.

E eu não iria nem à *esquina* com você, muito menos a algum restaurante brega de cadeia com comida oriental. Qual diabos é o seu problema? Agora você é sócio do escritório, já tem dinheiro para comer em lugares que não oferecem bufê liberado por US$ 6,95. Ah, espera um pouco, desculpe, você deve estar economizando dinheiro para doar para alguma porcaria de associação beneficente em nome dos viciados em *crack*.

Stuart Hertzog, sócio sênior
Hertzog, Webber e Doyle, Escritório de Advocacia
444 Madison Avenue, conjunto 1.505
Nova York, NY 10022
212-555-7900

....

⊠
Para: Stuart Hertzog <stuart.hertzog@hwd.com>
De: Mitchell Hertzog <mitchell.hertzog@hwd.com>
Assunto: Ida Lopez

Mas como você é sensível! Noiva, hein? Então, você finalmente resolveu se amarrar? Mas que grande conquista, Stuie. Você está ciente de que, se de fato der continuidade à idéia, vai ter de compartilhar tudo com ela? Sabe como é, tipo, o controle remoto e o seu jipão e o vinho especial que você recebe todo mês do clube, e tudo o mais.

Confesse: você só está louco da vida porque eu fui citado *no Law Review* e você não. Fala sério, Stuie. Foi você quem entrou em Yale, e eu tive de estudar em uma faculdade estadual.

Parabéns pelo lance do casamento. Tenho certeza de que vocês dois vão ser muito felizes. E eu não estava falando nada sobre o negócio da bulimia. É demais.

Mitch

P.S. Você já contou para a mamãe? Eu não tenho como saber, sabe como é, já que a mamãe ainda não voltou a falar comigo depois de toda aquela

Garoto Encontra Garota

confusão com a Janice. Então, se você ainda quer que ela se arrependa de ter me dado à luz e quiser contar para ela todas as maldades que eu disse a respeito da sua namorada, azar.

Ela já se arrepende.

Aliás, ela me odeia.

✉

Para: Mitchell Hertzog <mitchell.hertzog@hwd.com>
De: Stuart Hertzog <stuart.hertzog@hwd.com>
Assunto: Ida Lopez

Aceito os seus cumprimentos.

P.S. Pare de me chamar de Stuie!

Stuart Hertzog, sócio sênior
Hertzog, Webber e Doyle, Escritório de Advocacia
444 Madison Avenue, conjunto 1.505
Nova York, NY 10022
212-555-7900

✉

Para: Stacy Trent <IH8BARNEY@freemail.com>
De: Mitchell Hertzog <mitchell.hertzog@hwd.com>
Assunto: Você nunca vai acreditar nisso:

O Stuie vai se casar.

Mitch

P.S. Não, isso não é piada.

Meg Cabot

✉

Para: Amy Jenkins <amy.jenkins@thenyjournal.com>
De: Stuart Hertzog <stuart.hertzog@hwd.com>
Assunto: Mitchell Hertzog

Não se preocupe, Amy. Já cuidei de tudo. Falei com o meu irmão e ele nos deu parabéns. Vai dar tudo certo. O Mitch só tem alguns problemas porque eu sou mais velho e — francamente — os meus pais gostam mais de mim do que dos meus três irmãos. Esse tipo de coisa é capaz de deixar alguém mordido de inveja — bom, mas você já sabe disso, trabalhando no ramo em que trabalha. As minhas irmãs — bom, a minha irmã Stacy, pelo menos — aceitam melhor do que o Mitch. Para falar a verdade, ele nunca aproveitou todo o potencial que tem — o QI dele é 165, mas só tirava nota ruim na escola e nem se deu o trabalho de se inscrever em uma faculdade boa. Aliás, ele tirou um ano de folga entre a escola e a faculdade e ficou simplesmente viajando sem destino pelo mundo inteiro, e conseguiu gastar todos os duzentos mil dólares da parte dele da herança do nosso avô. Tenho a impressão de que ele deu a maior parte para o Dalai Lama, ou algum outro fracassado desses.

Ele acabou indo para a faculdade estadual do Michigan e se envolveu com más companhias — você conhece o tipo de que eu estou falando: jornalistas... artistas... democratas. Ele nem entrou para uma fraternidade. Fiquei tão surpreso quanto qualquer outra pessoa quando ele resolveu estudar Direito em vez de entrar para o Exército da Paz ou virar mímico ou qualquer coisa do gênero.

Claro que, quando ele se formou, o nosso pai ofereceu um emprego no escritório para ele — tem a ver com a lealdade à família e tudo o mais. Mas você acredita que o Mitch teve coragem de recusar? O cara passou quatro anos trabalhando como defensor público (!) até que finalmente concordou em trabalhar no escritório — mas só quando o velho já estava no leito de morte... ou achou que estava, porque agora ele aparenta estar bem de saúde, já que parece não querer mais voltar dos campos de golfe.

Garoto Encontra Garota 65

Mas, bom, não posso dizer que todo o tempo que ele passou com assassinos e viciados tenha feito bem à disposição dele.

Só que ele é um advogado bom dos diabos. Então, pode parar de se preocupar e me encontre no Lespinasse para almoçar, como a gente tinha combinado. Não agüento mais esperar para olhar nos seus olhos reluzentes por cima de um copo de champanhe Cristal... Espero que ainda estejam tão brilhantes quanto aquele diamante no seu dedo...

Seu para sempre,
Stuart

Stuart Hertzog, sócio sênior
Hertzog, Webber e Doyle, Escritório de Advocacia
444 Madison Avenue, conjunto 1.505
Nova York, NY 10022
212-555-7900

....
✉
Para: Stuart Hertzog <stuart.hertzog@hwd.com>
De: Amy Jenkins <amy.jenkins@thenyjournal.com>
Assunto: Mitchell Hertzog

Ah, Stuart, que amor! Eu sabia que você ia cuidar de tudo. Muito obrigada mesmo!

E não se preocupe com o negócio com o seu irmão. Todos nós temos parentes que preferíamos nem conhecer. Eu mesma tenho uma irmã e um irmão que não estou muito ansiosa para apresentar para você. E os meus pais... bom, não vamos falar sobre isto.

Mas tenho alguns parentes que estou louca para apresentar para você — as minhas irmãs da irmandade Pi Delta! Eu sei que você vai adorar todas elas — são mesmo um grupo adorável de garotas. A gente vai se encontrar hoje no Monkey Bar depois do trabalho... POR FAVOR, prometa dar uma passada para que eu possa exibir você para elas. Estou ansiosa para você conhecê-las!

Não agüento mais esperar o nosso almoço... e para provar a você que os meus olhos continuam tão brilhantes quanto estavam ontem à noite...

Amy

Amy Denise Jenkins
Diretora
Recursos Humanos
The New York Journal
216 W. 57th Street
Nova York, NY 10019
212-555-6890
amy.jenkins@thenyjournal.com

Esta mensagem, incluindo seus anexos, contém informações legais privilegiadas e/ou confidencias, não podendo ser retransmitida, arquivada ou copiada sem autorização do remetente. Caso tenha recebido esta mensagem por engano, por favor informe o remetente respondendo imediatamente a este e-mail e em seguida apague-a do seu computador.

Garoto Encontra Garota

Mensagem de
Amy D. Jenkins

Sra. Stuart Hertzog
    Sra. S. A. Hertzog
        Sra. Amy Denise Hertzog

           Jenkins-Hertzog
Sra. Jenkins-Hertzog
        Sra. Amy Jenkins-Hertzog
           Sra. A. D. Jenkins-Hertzog
Stuart, Amy, Heath e Annabelle Hertzog

Heath Hertzog
não
Connor Hertzog
Annabelle Hertzog

        Connor Jenkins-Hertzog
        Annabelle Jenkins-Hertzog
Sr. e Sra. Jenkins-Hertzog

Amy Denise Jenkins
Diretora
Recursos Humanos
The New York Journal
216 W. 57th Street
Nova York, NY 10019
212-555-6890
amy.jenkins@thenyjournal.com

68   Meg Cabot

✉

Para: Kate Mackenzie <kathleen.mackenzie@thenyjournal.com>
De: Jen Sadler <jennifer.sadler@thenyjournal.com>
Assunto: AI, MEU DEUS

E AÍ????????? O QUE ACONTECEU??????

J

✉

Para: Jen Sadler <jennifer.sadler@thenyjournal.com>
De: Kate Mackenzie <kathleen.mackenzie@thenyjournal.com>
Assunto: AI, MEU DEUS

Sei lá. Está tudo muito esquisito. Eu fui à sala da T.P.M., e ela estava... rabiscando. E cantarolando. Rabiscando e cantarolando, quase parecia...

Que ela era um ser humano!

Pareceu surpresa ao me ver — tipo, tinha se esquecido da coisa toda. Perguntei para ela sobre a carta e ela só disse assim: "Ah, é o irmão do Stuart. Ele vai representar o jornal na audiência." E daí ela ME MOSTROU O ANEL DE NOIVADO!

Não estou brincando. Ela falou assim: "Achei que eu devia contar antes que você ouça alguma fofoca no corredor... O Stuart Hertzog e eu estamos noivos."

Daí ela abanou aquela pedra enorme na minha cara — você tinha razão, tem MESMO três quilates, ela me disse — e falou assim: "Ah, Kate! Estou tão feliz!". Com uma voz toda esquisita. Parecia até que ela sabe que DEVERIA estar feliz, e por isso resolveu AGIR como se estivesse feliz. Sabe como é?

Eu não sabia o que fazer — ajoelhar e beijar aquela coisa idiota ou só dar parabéns? —, então só dei parabéns e tratei de sair de lá rapidinho.

Ai, meu Deus, ainda estou me sentindo suja. Acho que vou precisar de um *cheese bacon* no almoço para voltar a me sentir normal.

Kate

Sleaterkinneyfan:	Certo, ISSO AÍ foi mesmo esquisito.
Katydid:	Você está louca? Pare de me mandar mensagem, ela vai pegar a gente.
Sleaterkinneyfan:	Se liga, você disse que ela estava rabiscando. E CANTAROLANDO. Chefes que acabaram de ficar noivas e ficam rabiscando e cantarolando não prestam atenção quando as funcionárias estão trocando mensagens pelo computador. Então, você perguntou se ela vai ficar com o sobrenome dele?
Katydid:	Não, claro que não.
Sleaterkinneyfan:	Vai sim. Não agüento ESPERAR para endereçar o meu primeiro formulário de ação trabalhista para Amy Hertzog. Ai, meu Deus, vai ser uma maravilha. AI, MEU DEUS, SE ELES TIVEREM FILHOS, ELES TAMBÉM VÃO SER HERTZOG!!!!!!!!!
Katydid:	Você sabe muito bem que, se ela tiver um filho, vai colocar o nome de Connor. Este é tipo o nome da moda para meninos no momento, e só Deus sabe que como a Amy sempre tem de fazer tudo que está na moda.
Sleaterkinneyfan:	Com certeza. E, se for menina, vai ser Annabelle. ANNABELLE HERTZOG!!!
Katydid:	Pára. O cara não tem culpa pelo sobrenome que carrega.
Sleaterkinneyfan:	Hmm, se liga, tem sim. Você acha que o meu sobrenome é Sadler mesmo? Não, era Sadlinsokov, até que os meus ancestrais chegaram à Ellis Island e tiveram o bom senso de encurtá-lo.
Katydid:	Acho Sadlinsokov um nome bem legal. Tem personalidade.
Sleaterkinneyfan:	Então... confessa. As coisas estão ficando boas por aqui. Você não quer mais pedir demissão, quer?

Garoto Encontra Garota   71

Katydid: Por causa do que me obrigaram a fazer com a
                        sra. Lopez? Quero sim.

Sleaterkinneyfan: Ah, sei. E vai perder toda a diversão? Já sei:
                        depois do almoço, vamos perguntar para a
                        T.P.M. se aquela marca no pescoço dela é um
                        chupão. Aposto dez contra um que ela vai dizer
                        que se machucou na academia.

Katydid: Aceito. Mas VOCÊ é quem pergunta. Da última
                        vez, fui eu quem perguntei.

Sleaterkinneyfan: Certo, a vencedora paga os *cheese bacons.*

Katydid: Ah, tudo bem.

Sleaterkinneyfan: log off

Katydid: log off

Olá, este é o ramal da Kathleen Mackenzie. No momento, não posso atender à sua ligação. Ou estou na outra linha ou me afastei da minha mesa por um instante. Depois do sinal, por favor deixe o seu recado e eu retorno assim que puder. Obrigada!

(*Sinal*)

Kate, sou eu, o Dale. Olha só. Recebi o seu recado. Kate, eu sei que a gente pode resolver tudo se você me der mais uma chance. Quer dizer, não estou dizendo que eu vou mudar nem nada disso, mas prometo — quer dizer, não tem outra mulher nem nada. Quer dizer, bom, você sabe que tem um monte de mulher, a nossa banda está fazendo bastante sucesso. Tem mulher por perto o tempo todo. Mas não existe nenhuma garota especial. Quer dizer, mais especial do que você. Ah, fala sério, Katie. Você sabe que estou fazendo o melhor que posso. Mas eu não sou do tipo de cara que vai se enfiar em um *smoking* e ficar no altar de uma igreja na frente de todo mundo declarando o meu amor eterno por uma mulher. E você sabe muito bem disso! Quer dizer, por acaso foi por esse tipo de cara que você se apaixonou lá em Kentucky? Foi? Não, não foi. Então, vê se me dá um descontinho. E volta para casa. Estou morrendo de saudade de você. E também não consigo encontrar a minha camiseta do Clash. Você por acaso mandou lavar naquela lavanderia por quilo? Porque parece que...

(*Clique*)

Olá, este é o ramal da Kathleen Mackenzie. No momento, não posso atender à sua ligação. Ou estou

Garoto Encontra Garota

na outra linha ou me afastei da minha mesa por um instante. Depois do sinal, por favor deixe o seu recado e eu retorno assim que puder. Obrigada!

(*Sinal*)

Kate, oi, é a Dolly. Olha só, gracinha, aconteceu uma espécie de mal-entendido. Bom, não foi exatamente um mal-entendido. É só que o menino novo do fax... Bom, ele e eu acabamos tendo o que eu acho que se chama de *contretemps*... pelo menos é assim que falam na *Bazaar*... e acho que ele ficou com a impressão errada. E a verdade, gracinha, é que eu achei mesmo que ele estivesse interessado, mas parece que ele joga no outro time — não consigo imaginar o que aconteceu, eu costumava ser muito boa em diferenciar. Mas, de todo modo, acho que ele vai fazer um tipo de... Como chama mesmo, Nadine? Ah, isso, vai me processar por assédio sexual. Mas, sinceramente, querida, a minha mão só escorregou... Ah, bom, sei lá. Me liga. Quem sabe a gente almoça junto amanhã e conversa? Tchau!

(*Clique*)

Olá, este é o ramal da Kathleen Mackenzie. No momento, não posso atender à sua ligação. Ou estou na outra linha ou me afastei da minha mesa por um instante. Depois do sinal, por favor deixe o seu recado e eu retorno assim que puder. Obrigada!

(*Sinal*)

Tudo bem, achei a camiseta. Acontece que o Scroggs estava usando para proteger os pratos dele. Tanto faz. O negócio, Kate, é que... Certo. O negócio é o seguinte. Eu te amo de verdade. Sabe como é? E este é um péssimo momento para você, sabe como é, ter saído de casa. Porque, tipo, a gente precisa tomar um monte de decisões... eu e a banda... e, tipo, eu não estou acostumado a tomar decisões sem você por perto para, tipo, discutir os detalhes. Tipo como eu disse, querem que a gente mude o nome para Sandwich. Bom, e também querem que o Scroggs raspe a cabeça. Mas eu acho que... sabe como é, um baterista careca é meio derivativo. Mas os executivos, sabe como é, eles ficaram perguntando derivativo de quê, mas, tipo, eu não soube responder. Você poderia ter me ajudado de verdade, sabe como é? Tá, sei lá, JÁ OUVI, PESSOAL, CHEGO AÍ EM UM SEGUNDO... Então. Sei lá, Kate. Se você pudesse pelo menos, sabe como é, me ligar... Mas não hoje à noite, porque a gente tem show. Mas tipo amanhã. Não, amanhã também não dá. Bom, eu te ligo. Eu... JÁ DISSE QUE VOU DAQUI A UM MINUTO! Eu te amo de verdade, Kate. Pára de ser tão...

(*Clique*)

Olá, este é o ramal da Kathleen Mackenzie. No momento, não posso atender à sua ligação. Ou estou na outra linha ou me afastei da minha mesa por um instante. Depois do sinal, por favor deixe o seu recado e eu retorno assim que puder. Obrigada!

(*Sinal*)

Katie, querida? Oi, é a mamãe. O Charlie e eu estamos tentando falar com você, mas parece que você e o Dale nunca param em casa — está tudo bem com vocês, não está? — Bom, é claro que está, acho que estou sendo boba. Mas, bom, achei melhor tentar no seu trabalho.

Garoto Encontra Garota

Quero contar que estamos em Taos. Isso mesmo, no Novo México! Ah, é tudo tão lindo aqui, querida! A vista do lote que deram para a gente é espetacular — este é mesmo o melhor jeito de ver o nosso país, bem como o agente disse. Bom, eu te amo, e você está com o número do meu celular se precisar falar comigo. Te amo!

(*Clique*)

Olá, este é o ramal da Kathleen Mackenzie. No momento, não posso atender à sua ligação. Ou estou na outra linha ou me afastei da minha mesa por um instante. Depois do sinal, por favor deixe o seu recado e eu retorno assim que puder. Obrigada!

(*Sinal*)

Olá, sra. Mackenzie? Aqui é a Anne Kelly, assistente de Mitchell Hertzog. O sr. Hertzog pediu que eu ligasse para a senhora a fim de tentar agendar uma reunião na qual possamos fazer o levantamento inicial pré-julgamento relativo à senhora e uma funcionária que, acredito, foi demitida ontem... Ida Lopez? Bom, de todo modo, se a senhora puder me ligar de acordo com sua disponibilidade para que possamos marcar a reunião, eu ficaria muito agradecida. O número é 212-555-7900. Muito obrigada.

(*Clique*)

✉

Para: Mitchell Hertzog <mitchell.hertzog@hwd.com>
De: Stacy Trent <IH8BARNEY@freemail.com>
Assunto: Você nunca vai acreditar:

> O Stuie vai se casar.

Seu mentiroso.

Como é que você pode achar que eu vou cair nessa? Eu não sou uma dona-de-casa ingênua, sabia? Quer dizer, sou dona-de-casa, mas não sou ingênua. Acontece que sou uns bons cinco anos mais velha do que você e, além do mais, a gente também tem sarcasmo aqui em Greenwich. Sei que é difícil acreditar, mas acontece que o sarcasmo — e até mesmo a ironia — foi importado da cidade grande aqui para Connecticut há anos.

Então, vê se pára de mentir na minha cara e me diz por que você não ligou para a mamãe no aniversário dela. Ainda é por causa do negócio da Janice? Mitch, você precisa deixar a Janice travar as próprias batalhas. Ela não é mais a nossa irmãzinha menor, já passou dos 18 anos, é adulta de acordo com a lei.

O que, pensando bem no assunto, é algo que eu devia dizer para a mamãe, e não para você, mas tanto faz, eu já disse para a mamãe, mas não surtiu nenhum efeito notável.

Ai, meu Deus, eu sou tão má quanto você.

Mas, pelo menos, não estou espalhando boatos sem fundamento sobre o nosso estimado irmão mais velho. Por acaso eu já não te avisei sobre isso, Mitch? Use a sua incrível força cerebral para fazer o bem, não o mal. O Stuart está muito abaixo da sua capacidade intelectual. Fazer piada com ele desse jeito é igual a chutar cachorro morto, e não é algo digno dos seus talentos prodigiosos.

Garoto Encontra Garota   77

Já a mamãe, por outro lado...

Brincadeirinha!

Ei, você vem para cá neste fim de semana ou não? As crianças estavam perguntando. E o Jason está louco para te mostrar o taco novo que ele ganhou.
Ou alguma outra coisa relacionada a golfe.

Stacy

⋯⋯⋯⋯⋯⋯⋯⋯⋯⋯⋯⋯⋯⋯⋯⋯⋯⋯⋯⋯⋯⋯⋯⋯

✉
Para: Stacy Trent <IH8BARNEY@freemail.com>
De: Mitchell Hertzog <mitchell.hertzog@hwd.com>
Assunto: Você me magoou
Anexo: ✉ Ida Lopez

Falando sério, como você pôde imaginar, nem que fosse por um minuto, que
eu faria piada com um assunto tão sério quanto as núpcias vindouras do
nosso estimado irmão mais velho? Tenho por escrito, pelas mãos do próprio
Stu Meister em pessoa (veja o *e-mail* anexado, além do trecho extraído dele
abaixo):

> E por acaso a Amy Jenkins é minha noiva — uma palavra que, sei muito
bem,
> você não é capaz de compreender, porque nunca ficou com uma mulher
> durante um período mais extenso do que o de uma temporada de basquete.

Está vendo. Eu te disse. Você sabe muito bem que eu não seria capaz de
inventar alguma coisa que soasse tão esnobe assim. *Ele vai se casar.* Com
aquela víbora do departamento de pessoal do *Journal.* Lembra, aquela que
ele levou para o jantar de Ação de Graças na sua casa no ano passado?
Que saiu para correr depois que a gente terminou, enquanto todo mundo só
ficou olhando em estupor catatônico?

É. *Essa daí*. Ele vai se casar com *ela*.

Pessoalmente, acho que deveria existir uma lei que proibisse exercícios pesados depois de uma farta refeição de feriado. Mas bom, eu também nunca aceitaria me casar com um convencido como o Stuie, então talvez o problema seja eu.

E você não precisa que eu vá aí o tempo todo para fazer visita. Você tem a sua horda que não pára de crescer de parentes por parte do seu marido que tratam de entreter as minhas sobrinhas e o meu sobrinho.

Com muito amor,
Mitch

....

✉

Para: Mitchell Hertzog <mitchell.hertzog@hwd.com>
De: Stacy Trent <IH8BARNEY@freemail.com>
Assunto: Estou chocada

Não dá para acreditar. O Stuart vai se casar. Ele vai de fato compartilhar seus diversos milhões guardados no cofre com alguém mais além da lavanderia e do porteiro. Como é que pode? Será que houve uma quebra no *continuum* espaço-tempo?

Claro que o fato de ele se casar com alguém tão detestável explica muita coisa. Você sabia que eu escutei sem querer quando a Amy Jenkins disse para a mamãe que achava uma afronta o fato de o aniversário do Martin Luther King ter sido transformado em feriado nacional?

É claro que a mamãe concordou com ela.

Já comentei que o Jason me pediu para não convidar o Stuart para o Dia de Ação de Graças no ano que vem? Parece que é por causa do discurso de meia hora que o Stu fez para ele sobre a diferença entre um *multepuciano*

Garoto Encontra Garota   79

e um *lungaroti*. O Jason disse que, se tivesse que ouvir mais um segundo daquilo, iria dar um soco no *rotti* do Stu.

O que eu achei uma observação bem esperta do Jason.

Falando no Jason, você tem razão: eu adoro mesmo os parentes dele. Os Trent não têm concorrência quando se trata de brigas de mulheres em família ao melhor estilo Kennedy. Mas, quando se trata de psicodramas auto-ilusórios, ninguém bate os Hertzog. E é por isso que eu fico chateada quando você passa muito tempo sem vir aqui. Não tem a menor graça ficar rindo da mamãe, do papai e do Stuart sozinha.

Ah, espera aí, tive uma idéia. Por que VOCÊ não se casa? Com alguma mulher divertida? Daí ela e eu vamos poder ficar falando mal da mamãe e do papai quando você estiver ocupado demais para se juntar a mim.

É só uma sugestão.

Stace

....
✉
Para: Stacy Trent <IH8BARNEY@freemail.com>
De: Mitchell Hertzog <mitchell.hertzog@hwd.com>
Assunto: Bela tentativa...

...mas o Direito realmente não é a área em que se deve entrar se a sua intenção é conhecer uma moça bacana. Até agora, as mulheres que conheci desde que me formei são só advogadas... e, claro, as prostitutas que defendi.

Não quero ofender alguma advogada que seja sua amiga, mas eu meio que prefiro as prostitutas. Quer dizer, pelo menos elas não ligavam para o tipo de sapato que eu estava usando.

Mitch

Katydid:	O que eu faço???? Tem um recado no meu telefone da assistente do Mitchell Hertzog! Ela quer que eu ligue para marcar uma reunião para uma entrevista pré-julgamento! A respeito da sra. Lopez!!!!!
Sleaterkinneyfan:	E daí? Marque a reunião.
Katydid:	Mas... eu estou do lado da sra. Lopez.
Sleaterkinneyfan:	É melhor você não deixar a T.P.M. te pegar falando isso.
Katydid:	Não se preocupe. Ela nem está aqui. Foi encontrar as Mulheres Perfeitas no Monkey Bar. Ouvi quando ela estava falando com uma delas no telefone.
Sleaterkinneyfan:	Ah, você se refere às colegas de irmandade dela. É verdade, elas se reúnem na primeira quinta-feira de todo mês. Não entendo como é que elas conseguem arrastar umas às outras para longe de *Friends*. A Jennifer Aniston por acaso não é o maior ícone das garotas de irmandade de todos os tempos?
Katydid:	Ei. Eu gosto da Jennifer Aniston.
Sleaterkinneyfan:	Tanto faz. É melhor você marcar a reunião. E deixa um recado para a T.P.M. para ela saber que você marcou. Depois, vamos sair daqui. Tem liquidação na Nine West.
Katydid:	Mas, se eu cooperar com os advogados corporativos sem alma da empresa, será que isso não vai significar que eu apoio a demissão da sra. Lopez, uma coisa que vai contra cada fibra do meu ser?
Sleaterkinneyfan:	Você já perdeu o seu apartamento. Quer ficar sem emprego também?
Katydid:	Entendido. Câmbio e Desligo.

Mensagem de
Kate Mackenzie

Amy, só para avisar que recebi um recado da assistente de Mitchell Hertzog pedindo para que eu ligasse e marcasse uma reunião para dar o meu depoimento referente ao processo da sra. Lopez.

Então, marquei a reunião para amanhã de manhã às nove... e isso significa, obviamente, que eu só devo chegar ao escritório por volta das onze.

Espero que você não veja problema nisso.

Kate

Kathleen A. Mackenzie
Representante de Funcionários, L-Z
Recursos Humanos
The New York Journal
216 W. 57th Street
Nova York, NY 10019
212-555-6891
kathleen.mackenzie@thenyjournal.com

Para: Paula Reznik

- - - - - - - - - - - - - - - -

Paula, eu te esperei meia

Farmácia CVS

hora, daí desisti e fui

Obrigado por

comprar na CVS

embora. Você deve ter ficado

Imitrex   US$ 10,00

presa. Liguei pro seu celular

Levlin   21 US$ 10,00

mas não atendeu. Espero que

Allegra   US$ 10,00

encontre o bilhete. Eu estava

Total: US$ 30,00

louca para ver o apartamento.

Pago: US$ 40,00

Ligue para mim amanhã

Troco: US$ 10,00

para a gente remarcar.

Valeu! Kate

P.S. Desculpa, mas este

foi o único

papel que eu achei.

Garoto Encontra Garota

Salamander Slim's
O melhor lugar do East Village
para escutar música ao vivo, o tempo todo

HOJE À NOITE:
I'm Not Making Any More Sandwiches

COM:
Dale Carter: guitarra, vocal
Jake Hartnett: guitarra, vocal
Marty Hicks: baixo
Scroggs: bateria, vocal

I'm Not Making Any More Sandwiches® se apresenta por cortesia da Liberation Music Records

PLAYLIST:
Kate e eu
No quarto com Kate
Kate, por que você me abandonou?
Volta pra mim, Kate

Ações aleatórias de Kate
Eu te amo agora, Kate
Atrás da Kate
Fuinhas de gelo roem meu cérebro

Todas as músicas e letras por Dale Carter e I'm Not Making Any More Sandwiches®

Por que você não fica comigo, Kate?

Ah, Kate, por que você não fica do meu lado?
Kate, será que você não sabe qual é o seu significado?
Olho para a louça suja na pia a se acumular
e é só na Kate
que consigo pensar
Você deixava a casa tão limpinha
Kate, eu te tratava como uma rainha

Ah, Kate, você é o mundo para mim
Kate, volta para mim

Ah, Kate, eu não consigo mais ser
Quem eu costumava ser
Porque este mundo não foi feito para amantes
Não, este mundo não foi feito para você e eu
Porque os burocratas de Washington vão mesmo detonar
as bombas, então de que adianta, Kate?
A gente vai acabar morrendo mesmo.
Então, Kate, por que você não fica comigo?

— Dale Carter. Todos os direitos reservados

Diário de Kate Mackenzie

O Dale enfiou mais uma daquelas músicas que ele escreve sobre mim por baixo da porta. Esta aqui estava escrita atrás de uma PLAYLIST. O Craig achou quando chegou em casa hoje do trabalho. Falando sério, o que eu vou fazer a respeito dele? Do Dale, não do Craig. Acho que oito músicas falando de mim é um pouco demais (será que "Fuinhas de gelo roem meu cérebro" também é sobre mim? Não, com certeza não. Quer dizer, o que eu tenho a ver com fuinhas de gelo? O que SÃO fuinhas de gelo? Será que existem? Será que são mesmo fuinhas que vivem no gelo? O que elas comem?).

Ai, meu Deus, preciso dormir um pouco, não posso estar grogue de manhã, preciso dar o meu depoimento para o irmão do Stuart Hertzog. O que eu vou poder dizer para ele? E se eu sem querer deixar escapar que, para começo de conversa, não acho que a sra. Lopez devia ter sido demitida, e ele contar para a T.P.M. o que eu disse? Está na cara que ele vai contar, ele é IRMÃO do Stuart Hertzog. O Stuart estou-noivo-da-T.P.M. Hertzog. Além do que, ele é advogado. Advogado + irmão do Stuart Hertzog = pessoa maligna sem consciência nem alma. Ele vai contar para o Stuart, e o Stuart vai contar para a Amy, e daí eu vou ser demitida. Vou ser demitida igualzinho a sra. Lopez. Só que eu não faço parte de sindicato nenhum, então nem vou ter ninguém para me defender. Vou simplesmente me transformar em uma estatística, em mais um membro da comunidade dos sem-teto e sem-trabalho de Manhattan.

Ai, meu Deus, eu detesto a minha vida. Alguma coisa PRECISA acontecer. Simplesmente PRECISA.

Depoimento de Kathleen Mackenzie
referente ao caso de Ida D. Lopez/União Sindical
de Funcionários de NYJ, Regional 6884
contra
The New York Journal
tomado nas instalações da
Hertzog, Webber e Doyle
444 Madison Avenue, conjunto 1505
Nova York, NY 10022

Presentes:
Kathleen Mackenzie (KM)
Mitchell Hertzog (MH)
Gravado por Anne Kelly (AK) para futura comparação com transcrição da estenógrafa
Mirian Lowe, habilitada para o registro estenográfico e tabeliã regulamentada no e para o Estado de Nova York

AK: Bom dia, sra. Mackenzie, muito obrigada por seu comparecimento. Por favor, sente-se. Posso oferecer-lhe um café, um chá, um refrigerante... qualquer coisa da sua preferência?

KM: Um café seria ótimo, obrigada.

AK: Muito bem. O sr. Hertzog deve se juntar a nós em um instante. Vou sair um pouco só para pegar o café. Quer leite e açúcar?

KM: Quero sim, obrigada.
(*Som de porta se fechando*)
(*Som de porta se abrindo*)

MH: Ah, desculpa, sala errada.

KM: Sem problema.
(*Som de porta se fechando*)
(*Som de porta se abrindo*)

MH: Espera aí. Você é a Katherine Mackenzie?

Garoto Encontra Garota

KM: Kathleen. Aliás, é Kate.

MH: Ah, Kathleen. Desculpe. Eu não... esperava alguém...

KM: Pois não?

MH: Nada, nada. Prazer em conhecê-la. Eu sou o Mitch Hertzog.

KM: *Você é* o Mitchell Hertzog?

MH: Era até a última vez que conferi, pelo menos. Por quê?

KM: Eu... Nada. É só que... você não é...

MH: Acho que podemos afirmar com segurança que nenhum de nós dois é o que o outro esperava.

KM: É só que... Bom, você não se parece nem um pouco com o seu irmão.

MH: Graças a Deus. Desculpe. É a gravata, não é mesmo?

KM: Perdão? Ah, a gravata. Esses aí são... o Alceu e o Dentinho?

MH: Creio que sim. Foi presente das minhas sobrinhas.

KM: É muito... colorida.

MH: Eu sei, as pessoas ficam passadas quando descobrem que a gente tem um certo senso de humor.

KM: A gente?

MH: Os advogados. Ah, estou vendo que a Anne já ligou o gravador. Aonde ela foi?

KM: Foi buscar café.

MH: Ótimo. E a estenógrafa está aqui. Então, acho que podemos começar...

KM: A sra. Lopez não devia estar aqui? Com o advogado dela?

MH: Esta aqui é apenas uma reunião prévia ao julgamento, não um depoimento. Acho que é melhor esclarecer todos os fatos antes de dar continuidade aos procedimentos formais. Assim, teremos menos surpresas pelo caminho. Tudo bem para você?

KM: Claro. Acho que sim.

MH: Ótimo. Como eu já disse, sou o Mitchell Hertzog e represento o *New York Journal* contra Ida Lopez, de quem, pelo que entendi, você era...

(Som de papéis sendo folheados)

MH: (continuação)...a representante junto ao setor de Recursos Humanos da empresa?

88   *Meg Cabot*

KM: Isso mesmo. Mas não por muito tempo. Quer dizer, eu estou trabalhando há pouco tempo no *Journal*.

MH: Mesmo? Quando foi que você começou a trabalhar lá?

KM: No segundo semestre do ano passado. Antes, eu trabalhava como assistente social na prefeitura.

MH: É mesmo? Mas — perdoe-me por ressaltar este ponto — mas você obviamente não é daqui...

KM: Ah, não. É por causa do meu sotaque, não é? Para falar a verdade, sou de Kentucky. Mudei para cá não faz muito tempo, sabe como é, depois que eu me formei. Em serviço social.

MH: Sei. E Nova York é o melhor lugar para alguém que trabalha com serviço social?

KM: Bom, é. Além disso, o meu namorado... ex-namorado... bom, ele é músico...

MH: Não precisa se estender. As coisas deram mais certo para ele do que para você?

KM: Perdão?

MH: Estou falando do negócio do serviço social. Quer dizer, você não está mais trabalhando com isso.

KM: Ah. Não. Aceitei o emprego no *Journal* porque, sabe como é, o trabalho na prefeitura... era meio deprimente.

MH: Com certeza.

KM: Toda aquela gente que não tem nada nem jeito nenhum, para falar a verdade, de melhorar. E tinha uns programas de auxílio, sabe como é, mas... não sei... não funcionou exatamente da maneira como eu achei que fosse funcionar. Quer dizer, muitos dos programas eram eliminados porque a prefeitura ficava sem dinheiro, ou às vezes os meus clientes não se qualificavam para os programas por um motivo qualquer... E parecia que não importava o quanto eu me esforçava, as coisas nunca melhoravam, sabe como é, e eu realmente não podia fazer nada a respeito disso, e eu tinha aceitado aquele emprego porque achei que fosse fazer diferença no mundo. Só que descobri que era impossível. Então, eu ia para casa toda noite e ficava chorando

Garoto Encontra Garota

por cima do meu prato de frango com molho de alho, até que finalmente me pareceu mais saudável pedir demissão.

MH: Frango. Com molho de alho.

KM: Parece uma idiotice, não é mesmo?

MH: De jeito nenhum.

KM: Não. Parece sim. Você só está sendo simpático.

MH: Não estou. Juro que não estou. Eu não sou simpático. (*Som de porta se abrindo*) Ah, olha. A Anne chegou com o café.

AK: Prontinho.

MH: Leite ou açúcar, sra...

KM: Kate. Os dois, obrigada. Eu... ops.

MH: Desculpa.

KM: Não, a culpa foi minha.

MH: Pronto. Agora, hmm, onde a gente estava? Ah, sim. Então, você abandonou o serviço social...

KM: Ah, certo. Bom, a minha amiga Jen arrumou emprego lá assim que saiu da faculdade, e quando abriu uma vaga no departamento dela, ela me indicou. E estou lá desde então. Quer dizer, não é exatamente o emprego dos meus sonhos nem nada disso. A gente não está ajudando ninguém para falar a verdade. Bom, talvez ajude de vez em quando. Mas, pelo menos, sabe como é, eu não preciso mais voltar para casa e ficar...

MH: Chorando em cima do seu frango com molho de alho.

KM: Exatamente.

MH: Certo. Então, acredito que você herdou a Ida da sua predecessora?

KM: É, foi isso mesmo. Da Amy Jenkins. Agora ela é minha supervisora. O arquivo da Ida tem quase dez centímetros de espessura.

MH: Então é seguro dizer que a Ida já era considerada uma encrenqueira antes de você começar a trabalhar lá?

KM: Não, encrenqueira, não. Nem tudo no arquivo da sra. Lopez é ruim. Há cartas de representantes da administração dizendo o quanto gostam dela. Ela é muito — *era* muito — querida...

MH: Mas não por todo mundo, obviamente.

KM: Não, não por todo mundo. Mas as pessoas que não gostavam dela, sabe como é, eram aquelas pessoas de que ninguém gosta mesmo. Eram na maior parte pessoas como o Stuart Hertz...

MH: Prossiga.

KM: Hmm. Não. Desculpa. Pronto. Era tudo que eu tinha a dizer.

MH: Você estava falando alguma coisa a respeito do Stuart Hertzog.

KM: Não, não estava.

MH: Estava sim.

KM: Não, não estava. Não estava mesmo.

MH: Kate, isto aqui está sendo gravado, lembra? Se você quiser, posso voltar a fita para a gente escutar. E a Miriam também está anotando tudo. Miriam, será que você poderia ler o último trecho que a Kate...

KM: Bom, sabe como é, eu só estava dizendo... que todo mundo no jornal gosta de verdade do sr. Hertzog. Ele é muito, muito querido por todos.

MH: Kate. Você está falando do Stuart. Ninguém gosta dele. Mas qual foi o problema específico que a Ida teve com ele?

KM: Ela não quis me contar. Quando a sra. Lopez achava que alguém não merecia as sobremesas dela, não tinha jeito. Ela simplesmente... sabe como é. Parava de servir essa pessoa.

MH: E o fato de o meu irmão não ser servido foi o quê? A gota d'água?

KM: Bom, ela recebeu diversas advertências verbais, e a gente também a mandou para, sabe como é, fazer treinamento de atendimento ao público. Várias vezes. Mas acho que nunca adiantou nada. Mas, às vezes, tem gente que precisa de mais do que alguns cursos. Algumas pessoas precisam de mais tempo do que outras. Não é correto acreditar que todos os funcionários são exatamente iguais. Quer dizer, por acaso você quer que as pessoas fiquem achando que você é exatamente igual a todos os outros advogados do mundo, sr. Hertzog?

MH: Mitch. Pode me chamar de Mitch. E, hmm, para mim parece que algumas pessoas já acham isso.

Garoto Encontra Garota   91

KM: Mas também não estou dizendo que entendo completamente por que a sra. Lopez fazia o que fazia, porque, sabe como é, às vezes a gente só dá, e dá, e dá mais, e as pessoas pedem, pedem e pedem mais, e a gente começa a achar que não vai receber nada em troca, e fica esperando e esperando por alguma coisa, qualquer tipo de reconhecimento, mesmo que seja só uma migalha minúscula, tipo: "Tá, tudo bem, eu quero ficar com você para sempre e não, sabe como é, só até aparecer alguém melhor e, sim, é verdade que eu sou um ex-maconheiro e só consigo viver um dia de cada vez, mas você, eu sei que quero ter você no meu futuro." Só que nunca acontece. E daí, sem que você se dê conta, já está olhando buracos em Hoboken por 1.100 por mês e senhorios chamados Ron que nem se dão o trabalho de ligar para você... hmm. O que estou dizendo é que...

MH: Acho que já entendi.

KM: O que eu quero dizer é que, bom, você sabe. Torta.

MH: Exatamente. Torta.

KM: É. A sra. Lopez é um ser humano. E, sabe como é, obviamente, gostaria que as pessoas demonstrassem apreço por todo o trabalho duro dela. Mas quando as pessoas, sabe como é, só pegam a torta dela e nem fazem um elogio, só pegam e mandam goela abaixo...

MH: Compreendo como isso pode ser irritante. Quer dizer, quando alguém fornece constantemente... torta. E não recebe retorno positivo...

KM: Certo! E o que dizer sobre o futuro? Quer dizer, como é que você vai saber se as pessoas vão continuar querendo torta no futuro? Suponha que essa pessoa se transforme em um astro do rock ou algo assim. As pessoas vão ficar oferecendo torta para ela em todos os cantos. E se elas não prometem que vão comer só a sua torta, como fica a sua posição?

MH: Você fica insegura a respeito do seu valor, e isto é totalmente justificável.

KM: Exatamente! Está vendo do que eu estou falando? Não é à toa que ela estourou. A sra. Lopez, quer dizer.

MH: Certo. A sra. Lopez.

KM: Então, você entende o que eu estou dizendo? É errado demitir uma pessoa só porque ela teve um dia ruim. E ainda sem aviso nenhum. Quer dizer, é verdade que ela estava sob observação, mas acho que deveria ter recebido uma advertência por escrito primeiro. Só para que soubesse. E daí, se ela aprontasse de novo, aí poderíamos tê-la demitido. Mas demiti-la dessa maneira, só porque não quis dar torta para alguém...

MH: Ah, sei. Compreendo o que você quer dizer. Então, ela não recebeu nenhuma advertência por escrito?

KM: Não. Só verbal. Não que eu ache que o *Journal* errou em demitir a sra. Lopez. Quer dizer, eu nunca faria esta afirmação. Eu adoro trabalhar no *Journal*. Nunca diria nada que pudesse prejudicar o *Journal*.

MH: Não precisa entrar em pânico, Kate. Nada do que você disser aqui vai chegar aos ouvidos do seu empregador.

KM: É, mas, quer dizer, a T.P.M... quer dizer, a Amy. Ela é noiva do seu irmão.

MH: Ela não está aqui.

KM: Mas... Esquece.

MH: O que você está dizendo é que, na sua opinião, a demissão da sra. Lopez foi injustificada?

KM: Não foi o que eu disse. Não foi nada disso que eu disse. Foi isso que eu disse?

MH: Você disse — dá licença, Miriam — é errado demitir uma pessoa só porque ela teve um dia ruim.

KM: Bom, e é mesmo. E, tudo bem, a sra. Lopez teve um monte de dias ruins. Mas só porque gente ruim...

MH: Como o meu irmão.

KM: Ai, meu Deus. Já é tão tarde assim? Mesmo? Porque eu preciso ir, de verdade.

MH: Ir?

KM: É. Preciso encontrar a minha corretora.

MH: A sua corretora?

Garoto Encontra Garota 93

KM: É, a minha corretora de imóveis. Sabe, estou procurando apartamento, e é meio que, sabe como é, urgente, preciso encontrar um lugar logo, porque neste momento eu estou, tipo, hospedada na casa da minha amiga Jen — já falei da Jen — e, bom, estou no sofá dela, e ela e o marido estão tentando ter um filho, então eu preciso sair de lá, e ia ver um lugar ontem à noite, mas a corretora não apareceu. Mas daí ela ligou e disse que se eu pudesse me encontrar com ela às onze hoje ela ia me mostrar o lugar e eu preciso mesmo ir ou, se não puder ir agora, vou ter de ligar para ela e tentar remarcar para depois do expediente.

MH: Hmm. Certo, acho que... acho que terminamos aqui. Talvez seja bom você deixar os seus contatos com a Anne, para o caso de eu ter alguma pergunta mais para a frente...

KM: Ah, claro. Obrigada. Foi um prazer conhecê-lo. Espero que eu não tenha dito nada... quer dizer, eu não tive a intenção de dizer nada de mau a respeito do *Journal*. Ou do seu irmão. Tenho certeza de que ele é, sabe como é. Uma pessoa muito legal.

MH: (*Indecifrável*) Não se preocupe com isso. Eu a acompanho até a porta.

Oi, aqui é a caixa-postal da Jen Sadler. Depois do sinal, por favor deixe o seu nome e o seu telefone, e eu retorno assim que puder. Tchauzinho!

(Sinal)

Jen! É a Kate! Ai, meu Deus, você não vai acreditar... Não, desculpa. Não tenho nenhuma moeda. Bom, eu fui àquela reunião hoje de manhã, sabe, na Hertzog, Webber e Doyle, e eu... Não, mesmo, não tenho nenhuma moeda, sinto muito. O que eu estava dizendo? Ah, isso. Conheci o irmão dele — sabe de quem, do noivo da T.P.M. — o irmão dele — e ai, meu Deus, ele é muito gato... Não dá para acreditar que estou dizendo uma coisa dessas a respeito de um advogado... ainda mais parente do Stuart Hertzog. — Olha, pronto, isto é tudo que eu tenho. Pega. Anda logo. Pega. Ai, meu Deus, acho que este bairro aqui não é muito bom, e não sei aonde a corretora se enfiou e — Não, desculpa, já dei todo o dinheiro que eu tinha para aquele cara ali. Desculpa. Eu — ah, a Paula está aqui, graças a DEUS. Eu te ligo mais tarde. Fala para a T.P.M. que eu volto ao meio-dia. Isso se eu não for esfaqueada por algum viciado em *crack*.

(Clique)

Garoto Encontra Garota

Diário de Kate Mackenzie

Ai, meu Deus, aquele apartamento era tão pavoroso que eu prefiro dormir no sofá da Jen pelo resto da minha vida do de ter que colocar os pés em um lugar daqueles outra vez. Qual é o PROBLEMA desta cidade? Parece que a gente é castigada por ser solteira e não ter dinheiro para pagar dois mil por mês para morar em um lugar decente. Até parece que já não é estigma suficiente não ter um relacionamento amoroso. Não, as coisas ainda têm de ficar mil vezes piores porque todos os conjugados que existem aqui são vizinhos de alguma casa de apostas e têm vista para um poço de ventilação.

E, pelo amor de Deus, o que foi mesmo que eu disse para o Mitchell Hertzog? Parece que eu tive diarréia bucal ou alguma coisa do tipo. Eu não conseguia parar de falar. QUAL É O MEU PROBLEMA? Quer dizer, tipo, até parece que eu já não tenho coisa demais com que me preocupar sem ameaçar o meu emprego, o que eu estava achando quando disse que o jornal demite gente sem justificativa?

Só que ele era tão... lindo! Por que ele tinha que ser assim tão lindo??? É legal... Ele usa gravatas que as sobrinhas deram de presente para ele!

Ai, por que ele não podia simplesmente ser um ogro, igual ao irmão dele?

Espera um pouco... ele é. Ele É um ogro, igual ao irmão dele. Afinal, que tipo de pessoa trabalha em um lugar daqueles, um lugar que fica do lado de gigantes corporativos para acabar com pobres doceiras como a sra. Lopez? Que tipo de pessoa trabalharia em um lugar assim?

Eu sei que ele vai contar o que eu disse para a T.P.M. Tudo bem, talvez não conte – e, de todo modo, eu não me lembro exatamente do que eu disse. Talvez eu não tenha dito algo assim tão ruim...

Mas, de um jeito ou de outro, ela vai descobrir, e eu vou ser demitida, e vai ser tudo culpa minha, e ai, meu Deus, eu ODEIO advogados, eles acabam com TUDO para TODO MUNDO e, ah, por que ele tinha de ser tão bobo?

Meg Cabot

✉

Para: Dolly Vargas <dolly.vargas@thenyjournal.com>
De: Mitchell Hertzog <mitchell.hertzog@hwd.com>
Assunto: Kate Mackenzie

Eu procurei a Kate no Google, mas não achei nada. O que você sabe sobre ela? Pode ir falando. Você me deve uma, está lembrada?

Mitch

✉

Para: Mitchell Hertzog <mitchell.hertzog@hwd.com>
De: Dolly Vargas <dolly.vargas@thenyjournal.com>
Assunto: Kate Mackenzie

Mitch, querido, mas que surpresa! Como você ESTÁ? Faz séculos! Acho que eu nem te agradeci por ter livrado o Julio daquela confusãozinha com a imigração... meu Deus, vale a pena ser amiga de um advogado, não é mesmo?

Deixa eu ver, sobre Kate... Não é mesmo uma coincidência? Por acaso eu a conheço MUITO bem. Ela é a minha representante no RH aqui no jornal.

Olha, o que você acha de eu te ligar daqui a uns cinco minutos? Acabei de fazer as unhas, e vai estragar tudo se eu ficar digitando tanto assim.

Tchau por enquanto...

bjs
Dolly

P.S. Ela é mesmo uma gracinha, não é?

Garoto Encontra Garota   97

Sleaterkinneyfan: Graças a Deus que você voltou. Parecia que você não ia voltar NUNCA MAIS. Agora, pode contar tudo sobre o irmão gato do Stuart. Ele é gato mesmo? Ele não tem um cabeção deformado, tem? Isso não é característica da família?

Katydid: Você está LOUCA? Pára de me mandar mensagem. Ela vai pegar a gente. Desde que eu cheguei, ela não larga do meu pé.

Sleaterkinneyfan: Tanto faz. Eu fico de olho nela e, se vir ela fazer o log in, aviso. Então. A cabeça dele. É enorme, igual a um personagem de desenho animado ou o quê? Como é a bunda dele?

Katydid: A cabeça tem tamanho completamente normal. Eu já falei, ele é fofo. Quer dizer, para um advogado.

Sleaterkinneyfan: Fofo que nem um coala? Ou fofo daquele jeito que dá vontade de amarrar na cama?

Katydid: Você é louca. Mas acho que eu o amarraria na cama. Se eu tivesse uma. Cama, quer dizer.

Sleaterkinneyfan: A bunda, por favor.

Katydid: Eu não olhei para a bunda dele. Você está maluca? Ele é um ADVOGADO. Quer dizer, que diferença faz a bunda dele se ele tem um trabalho que tira vantagem dos pobres coitados?

Sleaterkinneyfan: Desde quando a Ida Lopez é uma pobre coitada? Ela faz parte de um sindicato e ainda deve ganhar mais do que eu. Agora, gostaria de obter uma descrição da bunda dele.

Katydid: Que diferença faz? Até parece que existe a menor possibilidade de ele se interessar por mim. Eu sou uma trapalhona. Quer dizer, no meio da entrevista, eu comecei a falar um monte de coisas que tinham a ver com o Dale. Não falei o nome dele nem nada — o do Dale, quer dizer

Meg Cabot

— mas sei lá. Dar um depoimento é ESQUISITO. É tão... pessoal. Todo mundo fica olhando para você. Quer dizer, ele estava sentado bem ali, na minha frente, do outro lado da mesa. Eu poderia ter esticado o braço e pegado na mão dele. Nós CHEGAMOS a encostar as mãos a certa altura, quando eu derramei o café, e nós dois nos apressamos para limpar. As mãos dele são bem bonitas. E também não usa aliança.

Sleaterkinneyfan: QUEM É QUE ESTÁ PREOCUPADA COM AS MÃOS DELE? E A BUNDA?

Katydid: Certo, certo. As informações básicas: altura, mais ou menos 1,85m. Peso, sabe como é, normal para alguém com esta altura. Ele parecia meio... musculoso por baixo do terno. Mas era difícil de ver. Além do que, todo mundo parece musculoso em comparação com o Dale. O terno era legal, conservador, mas combinado com a gravata do Alceu e Dentinho...

Sleaterkinneyfan: Mentirosa.

Katydid: Dá licença, mas não sou mentirosa coisa nenhuma. Alceu e Dentinho, afirmo isto com tanta certeza como é verdade que eu deveria estar trabalhando no processo de assédio sexual contra a Dolly Vargas em vez de ficar aqui trocando mensagem com você. Ele disse que foram as sobrinhas que deram de presente para ele. Também tem cabelo escuro, meio mais para o compridinho, sabe como é, comparado com o do Stuart. Eu sei porque esbarrei com o Stuart quando estava saindo. O Mitch é mais alto que o Stuart. Além do mais, ele também não está ficando careca igual ao Stuart. Nem está ficando grisalho. E ainda, tem uma covinha no queixo. E olhos verdes. De verdade. Ou talvez sejam cor de

Garoto Encontra Garota

	avelã. Mas pareciam verdes. Eu disse que as mãos dele eram bem bonitas?
Sleaterkinneyfan:	A bunda, por favor.
Katydid:	Eu não olhei para a bunda dele!!!!!!
Sleaterkinneyfan:	Mentirosa.
Katydid:	Tudo bem. Eu olhei. Era redondinha e macia.
Sleaterkinneyfan:	Mmmmmmmmmm
Katydid:	Ei! Você é casada! Não pode ficar aí fazendo mmmm para a bunda de outros caras!
Sleaterkinneyfan:	É o que você acha. Então. Quando é que vocês vão se ver de novo?
Katydid:	EU NÃO VOU ME ENCONTRAR COM ELE. ELE É UM ADVOGADO CORPORATIVO MALDOSO. EU NÃO SAIO COM ADVOGADOS CORPORATIVOS MALDOSOS. Aliás, não ando saindo com ninguém. A minha vida está completamente de cabeça para baixo.
Sleaterkinneyfan:	Achei que você tinha dito que as mãos dele eram bonitas.
Katydid:	E são. Mas que diferença faz? Você se lembra muito bem de como eram os caras da faculdade de Direito quando a gente estudava. Viviam bebendo. Usavam mocassim de badalinho. Pelo amor de Deus! E este aqui é o inimigo, lembra? A missão dele é acabar com a coitada da sra. Lopez! Eu nunca poderia sair com alguém que ganha a vida defendendo gente igual ao Peter Hargrave contra pobres proletários que só querem receber um tratamento justo. Não importa se ele é superfofo, do tipo que dá vontade de amarrar na cama.
Sleaterkinneyfan:	Mentirosa.
Katydid:	Não estou mentindo!
Sleaterkinneyfan:	Banheiro. Agora.
Katydid:	Não!

Sleaterkinneyfan: Agora. Alguém precisa te dar uns tapas e fazer você recuperar a noção das coisas. Como sempre, parece que este alguém vou ser eu.

Sleaterkinneyfan: log off

Katydid: log off

Garoto Encontra Garota

✉

Para: Amy Jenkins <amy.jenkins@thenyjournal.com>
De: Courtney Allington <courtney.allington@allingtoninvestments.com>
Assunto: Ontem à noite

Ames, ele é um sonho. Você é a MAIOR sortuda. E aquele anel... é maravilhoso. A gente PRECISA tomar um *brunch* juntas para apresentar os nossos rapazes. O Brad simplesmente vai ADORAR o Stuart. E daí, quem sabe, vocês dois podem ir com a gente para Aspen em dezembro!

Onde vocês vão passar a lua-de-mel? Você TEM de ir para St. Bart's. A família do Brad tem uma *villa* lá. Eles alugam quando não estão usando — por vinte mil por semana — mas vem com empregada, cozinheira, jardineiro e motorista. É divino, você simplesmente precisa conhecer, vai ser o lugar perfeito para você estrear aquele biquíni da Burberry que comprou na liquidação da BARNEY's na semana passada. Vou perguntar para o Brad se tem alguma data em aberto.

Ah, e o seu cabelo está lindo. Você continua cortando no Bumble ou agora mudou para o Fekkai?

Com carinho,
Courts

✉

Para: Amy Jenkins <amy.jenkins@thenyjournal.com>
De: Heather van Giles Lester <h.vangileslester@vangilesltd.com>
Assunto: Sra. Stuart Hertzog (!!!!)

Ai, meu Deus, você e o Stuart são TOTALMENTE perfeitos juntos. Ele é alto e largo, e você, tão *mignon*. Toda aquela corrida finalmente está recompensando, Ames, MESMO. Não dá para acreditar que você é a mesma Ames que ganhou todos aqueles quilos no nosso primeiro ano de faculdade. Mas, bom, você precisa MESMO se cuidar, tendo em vista a gordura da sua família. Como vai o pessoal, aliás? Espero que já tenham superado aquela história toda de não terem sido convidados para a formatura. Quer dizer, falando sério, Ames, como é que você PODERIA ter convidado? Eles não iam caber na mesa.

Bom, mas só para você saber, cheguei em casa e fui procurar o Stuart no Google — eu sei, sou uma menina má! — e descobri tudo sobre o Hertzog pai, e vou te dizer, você não tem nada com que se preocupar, a família tem pelo menos uns dez milhões, talvez até mais, se você contar a coleção de bonecas da louca da mãe. Eles têm um apartamento em Scottsdale e outro em Tahoe, e uma casa em Ojai.

Amiga, você SE DEU BEM!!!

Vamos almoçar na semana que vem. Ah, você está sabendo? A Courts quer dar uma festa de noivado para você. Mas o chá-de-panela fica por minha conta!

Beijos,
Heath

....

✉
Para: Amy Jenkins <amy.jenkins@thenyjournal.com>
De: Mary Beth Kellog Sneed <mbsneed@sneedenterprises.com>
Assunto: Parabéns!

Ames, estou superfeliz por você. Ele é mesmo um amorzinho — adorei o jeito como ele deu bronca naquele garçom que trouxe o ano errado daquele *merlot* para nós (eles ACHAM mesmo que são donos da cidade, não é?). E o seu anel é fantástico. Se você quiser brincos e um pingente de diamante para combinar, você TEM de falar com o John da Harry Winston. Ele é TUDO.

Mas tem algumas coisas que você precisa considerar: teste genético... sabe

Garoto Encontra Garota

como é, para se assegurar de que nenhum de vocês dois carrega alguma coisa horrível... mas tenho certeza que não. Mas a gente nunca sabe.

Em segundo lugar, o nome dele. Fala sério, HERTZOG? Pergunta se ele não está a fim de tirar o OG. Não tem nada de errado em ser uma Hertz, sabe como é... Olha só, tem a locadora de carros Hertz.

Só umas coisinhas de que você pode ter se esquecido.

Ah, você vai ser a noiva mais linda de todas! O pilates está mesmo dando definição aos seus bíceps, como eu disse que ia acontecer. Espero que você esteja aproveitando bem o período mais mágico da sua vida. Toda garota deveria poder ser uma noiva tão linda quanto você vai ser, Ames! Me avisa se você quiser que eu ajude a marcar uma hora na Vera. Sou amiga pessoal da prima dela.

Adeusinho,
MB

THE NEW YORK JOURNAL
A publicação fotográfica líder de mercado em Nova York

Divisão de Reportagem
The New York Journal
216 W. 57th Street
Nova York, NY 10019

Divisão de Recursos Humanos
The New York Journal
216 W. 57th Street
Nova York, NY 10019

Nós, abaixo-assinados, exigimos a imediata reintegração de Ida Lopez à sua posição no serviço de alimentação no refeitório executivo. Acreditamos que a demissão dela seja danosa para a disposição e o bem-estar de maneira geral dos funcionários do jornal. Além do mais, hoje pela manhã não havia *muffins* nem bolos para acompanhar o café. Alguns de nós foram obrigados a ir ao Krispy Kreme do outro lado da rua para comprar rosquinhas. Se continuarem faltando doces no refeitório executivo e formos forçados a ficar saindo do prédio para ir até o Krispy Kreme, o departamento de Recursos Humanos pode esperar um belo aumento desastroso no preço do seguro para os funcionários, devido à possibilidade de sermos atingidos por ônibus e/ou bicicletas de mensageiros enquanto atravessamos a rua em busca de alimentação.

Além do mais, o conteúdo de gordura saturada de um único Krispy Kreme com cobertura é de aproximadamente 22 gramas, duas vezes mais do que um saquinho inteiro de M&Ms. A ingestão contínua de doces da Krispy Kreme pode levar a um aumento catastrófico dos custos com seguro-saúde, já que os funcionários do *Journal* serão acometidos de diabetes e/ou doenças cardíacas.

Concluindo, ao readmitir Ida Lopez como fornecedora de sobremesas para o refeitório executivo, a empresa vai economizar milhões de dólares em seguro-saúde e seguro contra acidentes pessoais, além de diminuir as taxas de colesterol e o descontentamento generalizado entre os funcionários do jornal. Por favor, façam o que for necessário para que Ida Lopez volte a ocupar seu posto. Muito obrigado.

Melissa Fuller-Trent
George Sanchez
Dolly Vargas
Tim Grabowski
James Chu
Nadine Wilcock-Salerno

106   Meg Cabot

✉

Para: Amy Jenkins <amy.jenkins@thenyjournal.com>
De: Penny Croft <penelope.croft@thenyjournal.com>
Assunto: Ida Lopez

Sra. Jenkins:

O sr. Hargrave ficou um tanto aborrecido hoje pela manhã quando foi até
o refeitório executivo e descobriu que Ida Lopez, que normalmente cuida do
carrinho de sobremesas, não estava presente. Ficou ainda mais aborrecido
quando perguntou a respeito do paradeiro da sra. Lopez e foi informado de
que ela havia sido demitida. Tem certeza de que a informação está correta?
Pode ser que a senhora não saiba, mas o sr. Hargrave tem um fraco por
doces e passou a ser um grande apreciador dos bolinhos de canela da sra.
Lopez. Espero que a senhora possa esclarecer a questão e me avise quando
a sra. Lopez reassumirá suas funções.

Atenciosamente,

Penny Croft
Assistente de Peter Hargrave
Fundador e presidente
The New York Journal

✉

Para: Mitchell Hertzog <mitchell.hertzog@hwd.com>
De: Stuart Hertzog <stuart.hertzog@hwd.com>
Assunto: Ida Lopez

Acabei de receber um telefonema da Amy. Ela está extremamente aborrecida. Disse que acabou de descobrir que você tinha marcado uma reunião
pré-julgamento com uma das funcionárias dela.

Garoto Encontra Garota

Você tomou o depoimento de uma das funcionárias da Amy sem confirmar comigo antes? Depois de eu ter pedido especificamente para que você me mantivesse a par do andamento do caso, você foi lá e falou com uma das funcionárias da Amy pelas minhas costas?

Não fique achando que este assunto está encerrado.

Stuart Hertzog, sócio sênior
Hertzog, Webber e Doyle, Escritório de Advocacia
444 Madison Avenue, conjunto 1.505
Nova York, NY 10022
212-555-7900

....

✉
Para: Stuart Hertzog <stuart.hertzog@hwd.com>
De: Mitchell Hertzog <mitchell.hertzog@hwd.com>
Assunto: Ida Lopez

Stuie, você precisa relaxar. Vai ter um ataque cardíaco se continuar tendo chilique por causa de cada coisinha que eu faço. Se você quiser, posso te passar alguns exercícios de respiração que aprendi com um iogue na Índia.

Você me pediu para cuidar deste caso para você. E foi o que eu fiz. Mas se você quiser que eu vença da minha maneira estrelar habitual, vai ter de deixar eu fazer as coisas do meu jeito.

Mas, afinal, qual é o problema? Então, eu conversei com uma funcionária da sua noiva sem a sua presença — nem a da Amy. O que é, agora o mundo vai acabar?

Ah, e quando você falar com o papai sobre mim, não esqueça de comentar — mais uma vez — aquele negócio de como eu dei perda total na sua BMW quando estava no primeiro ano do ensino médio. Porque eu acho que você ainda não esgotou todas as possibilidades deste acontecimento.

108   Meg Cabot

Manda um beijo para a mamãe também, quando você falar com ela. O que
eu acredito que você vá fazer logo que o papai não atender ao telefone. Você
sabe que ele nunca atende o celular no campo de golfe.

Mitch

....

✉
Para: Stacy Trent <IH8BARNEY@freemail.com>
De: Margaret Hertzog <magaret.hertzog@hwd.com>
Assunto: Seu irmão

Stacy, acabei de receber um telefonema muito preocupante do seu irmão mais
velho agorinha mesmo. Parece que o Mitchell está aprontando das suas mais
uma vez. Está aborrecendo muito o Stuart por causa da noiva dele. (Você
soube que o Stuart está noivo? A Janice disse que você contou para ela. Deus
bem sabe que ninguém nesta família conta nada para MIM, mas por que
deveriam contar, se eu sou apenas a mãe de vocês? Mas, enfim, o Stuart vai
se casar com aquela adorável Amy Jenkins que ele nos apresentou no Dia de
Ação de Graças.)

De todo modo, Stacy, como você é a única da família que tem alguma mínima influência sobre o Mitchell, estou pedindo — não, estou mandando —
que você por favor faça alguma coisa em relação à atitude dele. Ele abor-
receu o irmão enormemente. E depois de tudo que aconteceu neste ano com
a Janice — você sabia que ela tingiu o cabelo de *verde*? E insiste para que
nós a chamemos de Sean? Como se houvesse alguma coisa de errado com
o nome que demos a ela —, estou ansiosa para planejar este casamento do
Stuart com a Amy. Se acontecer alguma coisa para ameaçar este evento, eu
provavelmente vou ter de ser internada. Por favor, não permita que o
Mitchell me roube a única alegria que eu ainda tenho na vida.

Com amor,
Mamãe

Cara Katie,

Olá! Eu queria agradecer demais por tudo que você fez por mim. Sei que a minha demissão não é sua culpa. Então, fiz este bolo de chocolate para você. Espero que goste. Coloquei junto a receita. Como eu sei que moças da sua idade não estão habituadas a fazer bolos, tentei simplificar o máximo possível. Acho que, se você tentar fazer este bolo para qualquer homem, ele vai se casar com você na mesma hora. Mas não aquele seu ex-namorado, ele não é o homem certo para você.

Com carinho,

Ida

1 pacote de mistura pronta para pudim de chocolate

1/2 xicara de óleo de cozinha

4 ovos

1/2 xicara de creme azedo

1/2 xicara de água morna

1 pacote de 350 gramas de pedacinhos de chocolate, meio-amargo

1 pacote de mistura para bolo de chocolate escuro

Unte e enfarinhe uma fôrma de bolo redonda (use chocolate em pó em vez de farinha para evitar que o bolo fique esbranquiçado).

Misture todos os ingredientes, à exceção dos ovos e dos pedacinhos de chocolate. Adicione os ovos, um de cada vez, mexendo bem. Junte os pedacinhos de chocolate com cuidado. Despeje a mistura na fôrma previamente untada e enfarinhada. Asse em forno pré-aquecido a 180°C durante uma hora. Deixe esfriar na fôrma durante dez minutos. Enfie uma faca com cuidado na beirada da fôrma para soltar o bolo. Desenforme e deixe esfriar completamente. Sirva com uma calda de chocolate meio-amargo derretido ou coberto com açúcar de confeiteiro.

Rende 12 porções.

Garoto Encontra Garota

✉

Para: Jen Sadler <jennifer.sadler@thenyjournal.com>
De: Kate Mackenzie <kathleen.mackenzie@thenyjournal.com>
Assunto: Bolo

BOLO! A Ida deixou um bolo para mim!
Vem aqui comer um pedaço!

Kate

✉

Para: Kate Mackenzie <kathleen.mackenzie@thenyjournal.com>
De: Jen Sadler <jennifer.sadler@thenyjournal.com>
Assunto: Bolo

Nham-nham, acho que foi a melhor coisa que eu já comi. Como é que você tem tanta sorte?

Ah não, lá vem o pessoal... é impressionante como conseguem sentir o cheiro de bolo a quilômetros de distância. Parecem aqueles cachorros que procuram cadáveres, ou qualquer coisa assim. Só que eles farejam sobremesa.

✉

Para: Jen Sadler <jennifer.sadler@thenyjournal.com>
De: Kate Mackenzie <kathleen.mackenzie@thenyjournal.com>
Assunto: Bolo

COMERAM O MEU BOLO INTEIRO!!!!!!!!!

✉

Para: Kate Mackenzie <kathleen.mackenzie@thenyjournal.com>
De: Amy Jenkins <amy.jenkins@thenyjournal.com>
Assunto: Ida Lopez

Por favor, encaminhe o arquivo de I. Lopez com seu conteúdo completo para mim.

Por favor, observe que, no futuro, você NÃO deve fazer reuniões com Mitchell Hertzog, ou com qualquer outra pessoa envolvida no caso Lopez, sem que eu também esteja presente.

Observe também que, na posição de funcionária desta organização, você está proibida de aceitar presentes e/ou itens alimentícios de clientes atuais ou ex-clientes. Trata-se de uma questão ética, pura e simplesmente, Kate. Tenha a gentileza de recusar os bolos da sra. Lopez no futuro.

Amy Denise Jenkins
Diretora
Recursos Humanos
The New York Journal
216 W. 57th Street
Nova York, NY 10019
212-555-6890
amy.jenkins@thenyjournal.com

Esta mensagem, incluindo seus anexos, contém informações legais privilegiadas e/ou confidencias, não podendo ser retransmitida, arquivada ou copiada sem autorização do remetente. Caso tenha recebido esta mensagem por engano, por favor informe o remetente respondendo imediatamente a este *e-mail* e em seguida apague-a do seu computador.

Garoto Encontra Garota   113

Katydid: Escuta só esta! Mesmo que ele não ache que eu sou uma trapalhona completa e me convide para sair, não posso aceitar. A T.P.M. disse que eu só posso me encontrar com o Mitchell Hertzog de novo na presença dela!!!!

Sleaterkinneyfan: Faça-me o favor. A T.P.M. nem consegue encontrar as recomendações de aumento de salário do ano passado. Você acha mesmo que ela vai saber se você estiver saindo com um cara?

Katydid: Mesmo assim. Até onde ela vai? Além do mais, disse também que eu não posso aceitar os bolos da Ida. Se ela fizer mais algum, quer dizer.

Sleaterkinneyfan: No banheiro, você me disse que não estava interessada no Mitch mesmo. Então, que diferença faz? Mas o negócio do bolo, essa parte eu entendi bem.

Katydid: Não estou. Interessada nele. Quer dizer, por que estaria? Ele obviamente pensa que eu sou uma tremenda fracassada de Kentucky, por causa daquele jeito que eu fiquei divagando sobre... ai, meu Deus, frango com molho de alho. FRANGO COM MOLHO DE ALHO!!!!!!! Eu fiquei falando e falando sobre este assunto. Qual é o meu PROBLEMA???

Sleaterkinneyfan: Sabe, o mais impressionante não é o fato de você ter ficado com o Dale durante dez anos: é vocês dois terem se juntado, para começo de conversa. Com os seus problemas de auto-estima e o vício dele por alucinógenos, vocês deveriam ter sido considerados as Pessoas com Menos Chance de Ficar com Qualquer Outra Pessoa, para Sempre.

Katydid: Ei! Dá um tempo!

Sleaterkinneyfan: Desculpa. São os hormônios. Juro. Mas, falando sério, Kate. Este é o primeiro cara em que você

	reparou nas MÃOS desde que percebeu que o Dale não era o homem da sua vida, no final das contas. Isso deve significar alguma coisa. Quer dizer, manda ver.
Katydid:	Mandar ver O QUÊ? Eu já disse, tenho restrições éticas relativas a tudo que o Mitchell Hertzog representa. E, além do mais, ele acha que eu sou uma trapalhona, e a Amy disse que não posso me encontrar com ele sem a permissão dela!
Sleaterkinneyfan:	Ai, meu Deus, será que você não escutou nenhuma palavra do que eu disse? A Amy Jenkins é uma T.P.M., não Deus. Ela não tem como acompanhar cada movimento seu...
AmyJenkinsDir:	log on
AmyJenkinsDir:	Senhoras. Por acaso já não conversamos a respeito da troca de mensagens por computador durante o expediente?
Sleaterkinneyfan:	log off
Katydid:	log off
AmyJenkinsDir:	log off
Sleaterkinneyfan:	log on
Katydid:	log on
Sleaterkinneyfan:	Eu detesto essa mulher.
Katydid:	Ela é que tem problemas de auto-estima.

THE NEW YORK JOURNAL

A publicação fotográfica líder de mercado em Nova York

Amy Denise Jenkins
Diretora
Recursos Humanos
The New York Journal
216 W. 57th Street
Nova York, NY 10019
212-555-6890
amy.jenkins@thenyjournal.com

MEMORANDO

Para: Todos os funcionários administrativos, de todos os
            departamentos
De: Amy Jenkins, Diretora de Recursos Humanos
Assunto: Código de Conduta na Internet — Política Interna da
            Empresa

Lembrete:

O acesso à internet e ao *e-mail* foi disponibilizado para a conveniência dos funcionários do *New York Journal* e de seus clientes. Isso permite aos funcionários que se conectem a fontes de informação e utilizem o recurso como ferramenta de comunicação. Seu objetivo é permitir aos funcionários que conduzam assuntos oficiais relacionados à empresa, ou que recebam informações técnicas ou analíticas. O *e-mail* deve ser usado para contatos profissionais e para comunicações dentro da empresa. Todo funcionário da empresa tem a responsabilidade de manter e reforçar a imagem pública da empresa, e de utilizar a internet de maneira produtiva e profissional. As diretrizes a seguir foram estabelecidas para o uso da internet e do *e-mail* para comunicações dentro da empresa:

Uso aceitável da internet

Os funcionários que acessam a internet estão representando o *Journal*. Toda e qualquer comunicação deve ser profissional. Ler resumos de *reality shows* em *televisãosempiedade.com* não é utilizar a internet de maneira profissional. O mesmo vale para dar notas para os outros em *gostosoounao.com*. A utilização da internet não deve interromper a operação da rede da empresa. Não deve interferir na produtividade. Os funcionários têm a responsabilidade de assegurar que a internet seja utilizada de maneira eficiente, ética e legal.

Comunicações

Cada funcionário é responsável pelo conteúdo de texto, áudio ou imagem colocada na internet. Mensagens fraudulentas, de assédio ou obscenas estão proibidas. Todas as mensagens enviadas pela rede da empresa devem ter o seu nome incluído. Nenhuma mensagem será transmitida sem autoria explícita. Linguagem abusiva, profana ou ofensiva não será transmitida pelo sistema. Os funcionários que desejem expressar opiniões pessoais por meio de *e-mail* não devem para tanto utilizar o sistema da empresa, e nem fazê-lo durante o horário de expediente usando seu nome de usuário.

Molestamento

Molestamento de qualquer espécie está proibido. Nenhuma mensagem com conteúdo relativo a observações depreciativas ou infamatórias sobre um indivíduo ou com referência a grupo racial, religião, nacionalidade, afiliação política, atributos físicos, *performance* profissional ou preferência sexual deve ser transmitida por meio da rede de comunicação da empresa.

Infração

Qualquer infração das diretrizes aqui estabelecidas pode resultar em ação disciplinar, que pode culminar em demissão.

Garoto Encontra Garota

117

✉

Para: Jen Sadler <jennifer.sadler@thenyjournal.com>
De: Kate Mackenzie <kathleen.mackenzie@thenyjournal.com>
Assunto: Código de Conduta na Internet — Política Interna da Empresa

VOCÊ ACHA QUE ELA ESTÁ FALANDO DA GENTE?????
Eu acho que ela está falando de NÓS DUAS.

Kate

✉

Para: Kate Mackenzie <kathleen.mackenzie@thenyjournal.com>
De: Jen Sadler <jennifer.sadler@thenyjournal.com>
Assunto: Código de Conduta na Internet — Política Interna da Empresa

Bom, duvido muito que o comunicado seja dirigido para o Peter Hargrave.

Será que ela não percebe que está lentamente sugando toda a nossa alegria de viver, e que daqui a pouco nós só vamos ser duas cascas ressecadas, anteriormente conhecidas como representantes de funcionários?

Meu Deus, bem que eu queria que ela fosse atropelada por um ônibus.

J

P.S. Você devia sair com ele. Se ele convidar. Deixa para lá o negócio de ele ser um advogado corporativo desalmado. Ele estava usando uma gravata do Alceu e Dentinho. Alceu e Dentinho!!!!

⊠

Para: Stacy Trent <IH8BARNEY@freemail.com>
De: Stuart Hertzog <stuart.hertzog@hwd.com>
Assunto: Mitch

Stacy, eu sei que você tem alguma — apesar de não muita — influência sobre o Mitch. De todo modo, mais do que qualquer outra pessoa nesta família. Tirando a Janice, talvez. Mas a última coisa que a mamãe quer é que a Janice fale ainda mais com o Mitch do que já fala atualmente. Você acredita que o cara disse para ela que o melhor jeito de evitar que os baseados deixem manchas no carpete do alojamento é mandar impermeabilizar antes de se mudar para lá? Que tipo de pessoa DIZ uma coisa dessas para a irmã de 19?

Não é à toa que ela precisou voltar a morar em casa com os nossos pais.

De todo modo, eu apreciaria muito se você conversasse com ele a respeito do caso da senhora das tortas no *Journal*. Pedi a ele que cuidasse do assunto porque eu estou pessoalmente envolvido nele. Mas parece que o Mitch está... bom levando tudo a sério demais. Explicando melhor: quer dizer, ele já está arrastando funcionárias da Amy para dar depoimentos. Marcou uma reunião para levantamento de dados pré-julgamento hoje de manhã, e não avisou nem a mim nem à Amy: a Amy nem ficou sabendo! Pior ainda, acho que... tenho quase certeza de que... ele ficou interessado nela. A funcionária. Não a Amy.

Lembra aquele brilho nos olhos que ele tinha quando voltou de Kuala Lumpur? Lembra?

Bom, vi aquele mesmo brilho nos olhos dele quando ele estava acompanhando a moça em questão até a porta, saindo da sala de reunião do papai, hoje de manhã.

Stacy, você precisa fazer alguma coisa. Se ele começar a aprontar com esta moça... Bom, digamos que o emprego da Amy já está ameaçado por causa

Garoto Encontra Garota · 119

de toda esta confusão. Parece que o Peter Hargrave, o dono do jornal, era um grande apreciador dos *muffins* da senhora da torta, ou qualquer coisa assim. Mas como é que eu poderia saber? A mulher era uma incompetente completa e, além do mais, sem educação.

Mas se o Mitch começar a aprontar com esta mulher do departamento da Amy... não vai ser só a Amy que pode perder o emprego. O papai provavelmente vai ter mais um infarte. Não estou brincando, Stace. A última coisa que o Webber e o Doyle vão defender é um dos filhos do papai colocando a colher dele na sopa da empresa...

Então, fala com ele, por favor? Diz que você não acha que é uma boa idéia ele começar a sair com alguém agora, por causa do jeito que as coisas estão com a Janice, os problemas cardíacos do papai, o meu casamento e tudo o mais. Lembre a ele que é *particularmente* antiético começar a sair com alguém que por acaso está envolvida em um dos casos sob a sua responsabilidade. Especialmente ESTE caso. O negócio pode ficar feio, feio de verdade.

Obrigado, Stace. Eu sabia que podia contar com você.

Com carinho,
Stuart

Stuart Hertzog, sócio sênior
Hertzog, Webber e Doyle, Escritório de Advocacia
444 Madison Avenue, conjunto 1.505
Nova York, NY 10022
212-555-7900

....

✉
Para: Stuart Hertzog <stuart.hertzog@hwd.com>
De: Stacy Trent <IH8BARNEY@freemail.com>
Assunto: Mitch

120   Meg Cabot

Para começo de conversa, a Janice não "precisou" voltar para a casa dos pais. A mamãe e o papai a forçaram a voltar para casa, certo? Obrigaram a coitada a largar a faculdade por uma razão tão absurda que eu nem quero entrar neste mérito com você.

Em segundo lugar, eu não vou me envolver em nenhuma briguinha boba que você e o Mitch estejam tendo hoje. Estou cansada. Tenho meus próprios problemas para resolver. Tipo, como o meu filho se recusa terminantemente a usar o penico. Certo? Já tentou procurar uma fralda que sirva em uma criança de 13 quilos? ISSO sim é um problema. O Mitch está olhando apaixonado para uma das funcionárias da sua noiva? Não é da minha conta.

Além do mais, por que você está achando que vai ser igual àquela vez em Kuala Lumpur? O Mitch tinha 19 anos quando foi morar em Kuala Lumpur. Já faz dez anos. Acho que ele amadureceu um pouco desde então.

Portanto... Acho que devo dar os parabéns por causa desse negócio todo de casamento. Então. Parabéns. Vocês estão planejando uma grande cerimônia ou o quê? Em Nova York ou aqui em Greenwich? Ou na casa da família dela? Aliás, de onde ela é?

Stacy

....

✉
Para: Stacy Trent <IH8BARNEY@freemail.com>
De: Stuart Hertzog <stuart.hertzog@hwd.com>
Assunto: Mitch

Stacy, sabia que eu nunca te dedurei por causa daquela vez que você me prendeu no porta-malas do Mercedes da mamãe?

Se você não fizer alguma coisa a respeito do Mitch, vou ser obrigado a tomar medidas mais drásticas.

E se você acha que a mamãe vai deixar para você a coleção dela de bonecas antigas da Madame Alexander quando ficar sabendo disso — princi-

Garoto Encontra Garota

palmente porque eu estava com infecção no ouvido na ocasião — bom, você está se enganando.

Stuart

P.S. A respeito do casamento, ainda estamos definindo os detalhes. Mas com toda a certeza não vai ser na cidade natal dela (ela é do Texas), porque ela não fala mais com os pais, devido a um desentendimento na época da faculdade.

Stuart Hertzog, sócio sênior
Hertzog, Webber e Doyle, Escritório de Advocacia
444 Madison Avenue, conjunto 1.505
Nova York, NY 10022
212-555-7900

....

✉

Para: Stuart Hertzog <stuart.hertzog@hwd.com>
De: Stacy Trent <IH8BARNEY@freemail.com>
Assunto: Mitch

Eu nunca quis a porcaria da coleção de bonecas antigas da Madame Alexander da mamãe, para começo de conversa. Não sei de onde ela tirou a idéia de que eu queria.

P.S. Como é que alguém que trabalha em Recursos Humanos pode estar desde a época da faculdade sem falar com a família? Quer dizer, ela não deveria ser um tipo de especialista em relações humanas? Para ter conseguido esse emprego, para começo de conversa? E não consegue nem deixar as linhas de comunicação com a família abertas?

Aliás, quem é essa moça? A dra. Laura?

✉

Para: Stacy Trent <IH8BARNEY@freemail.com>
De: Stuart Hertzog <stuart.hertzog@hwd.com>
Assunto: Mitch

Tudo bem, pode até ser que você não queira as bonecas da Madame Alexander (a coleção foi avaliada em mais de US$ 50.000, mas tudo bem, se você não quer, não quer e pronto).

Mas acredito que você ainda deseje que a mamãe cuide da Haley, da Brittany e do Little John quando o seu aniversário de casamento chegar no mês que vem. Vocês não estavam planejando uma viagenzinha a Paris em abril? Fico aqui imaginando se a mamãe vai estar a fim de cuidar dos netos quando ficar sabendo que você não quis me ajudar com o Mitch...

De repente você pode deixar as crianças com os pais do Jason... Ah, mas espera um pouco. O pai dele não está na cadeia? E a mãe... Onde ela está mesmo? Em Biarritz? Com o terceiro marido? Ou será o quarto? E ele não acabou de fazer 25 anos?

Stuart

P.S. Só pra constar: a Amy tem vários relacionamentos muito íntimos de longa data. Só que não é com os parentes de sangue dela. Mas ela se dá muito bem com a família de várias das colegas de irmandade dela. Muitas das quais eu conheci ontem à noite no Monkey Bar, e que estão ansiosas para o nosso casamento. Diferentemente, devo ressaltar, dos meus próprios parentes, cujos cumprimentos foram superficiais, na melhor das hipóteses. A Janice nem telefonou ainda.

Stuart Hertzog, sócio sênior
Hertzog, Webber e Doyle, Escritório de Advocacia
444 Madison Avenue, conjunto 1.505
Nova York, NY 10022
212-555-7900

Garoto Encontra Garota

✉

Para: Stuart Hertzog <stuart.hertzog@hwd.com>
De: Stacy Trent <IH8BARNEY@freemail.com>
Assunto: Mitch

Eu odeio você.

P.S. A Janice também odeia.

✉

Para: Mitchell Hertzog <mitchell.hertzog@hwd.com>
De: Stacy Trent <IH8BARNEY@freemail.com>
Assunto: Stuart = Cria de Satã

Então. Já ouvi um monte da mamãe e do Stuart. Parece que o seu dia foi agitado.

Stacy

✉

Para: Stacy Trent <IH8BARNEY@freemail.com>
De: Mitchell Hertzog <mitchell.hertzog@hwd.com>
Assunto: Stuart = Cria de Satã

Agitado e rentável. Tem dias em que eu adoro o meu trabalho, de verdade. Hoje foi um desses dias.

Mitch

✉

Para: Mitchell Hertzog <mitchell.hertzog@hwd.com>
De: Stacy Trent <IH8BARNEY@freemail.com>
Assunto: Stuart = Cria de Satã

Ouvi dizer. O Stuart, aliás, comentou que você tomou o depoimento de uma das serviçais oprimidas da Amy Jenkins hoje de manhã. Suponho que tenha corrido bem. Parece que o Stuart está pensando que você achou a serviçal... ãh-ham, digna de seu precioso tempo. Verdadeiro? Falso? Ou você vai usar seu direito de se manter calado?

Stace

✉

Para: Stacy Trent <IH8BARNEY@freemail.com>
De: Mitchell Hertzog <mitchell.hertzog@hwd.com>
Assunto: Ops!

O Stuart mandou você perguntar, foi? Meu Deus, como ele é transparente. Bom, pode dizer a ele que achei a funcionária da noiva dele uma moça bastante agradável.

Acho que ele vai querer morrer por causa disso.

Mitch

✉

Para: Mitchell Hertzog <mitchell.hertzog@hwd.com>
De: Stacy Trent <IH8BARNEY@freemail.com>
Assunto: Ops!

Ai, meu Deus. A última mulher que eu ouvi você descrever como agradável foi aquela aeromoça que você conheceu em Kuala Lumpur. E está lembrado de como AQUILO terminou?

Stace

P.S. Não é com o Stuart que eu estou preocupada. É com o papai.

....

✉

Para: Stacy Trent <IH8BARNEY@freemail.com>
De: Mitchell Hertzog <mitchell.hertzog@hwd.com>
Assunto: Ops!

É, mas agora eu sou mais velho e mais sábio, e não tenho mais inclinação para ficar impressionado com o efeito de operações plásticas.

Mitch

P.S. Desde quando o papai se importa com quem eu considero ou não agradável? Desde quando o papai se importa com qualquer coisa além de dar uma tacada certeira?

....

✉

Para: Mitchell Hertzog <mitchell.hertzog@hwd.com>
De: Stacy Trent <IH8BARNEY@freemail.com>
Assunto: Ops!

Ai, meu Deus. O negócio ESTÁ feio. Qual é o nome dela?

Stace

P.S. Hmm, por acaso uma ponte de safena tripla há apenas oito meses faz você se lembrar de alguma coisa?

126   Meg Cabot

✉

Para: Stacy Trent <IH8BARNEY@freemail.com>
De: Mitchell Hertzog <mitchell.hertzog@hwd.com>
Assunto: Ops!

O nome dela é Kate.

Diz para o Jason que eu marquei uma sessão de treinamento de tacadas para nós dois amanhã, às 8h, no New Canaan. Isso se você se dignar a deixar ele sair de casa. E eu não ligo que está nevando, a gente vai assim mesmo.

Mitch

P.S. Manda o Stuart cuidar da vida dele.

✉

Para: Mitchell Hertzog <mitchell.hertzog@hwd.com>
De: Stacy Trent <IH8BARNEY@freemail.com>
Assunto: Kate

Que se dane o horário que você marcou no New Canaan. Volte para a moça. Sou uma dona-de-casa com três filhos, um dos quais ainda nem saiu das fraldas. Para mim, romance é uma rapidinha por semana, na hora em que as crianças estão coladas à TV, assistindo ao *Bob Esponja*. Isso quando estou com sorte. Agora, pode falar. Como ela é? Achei que você detestava o tipo de garota com pós-graduação.

Stace

P.S. Eu já mandei. Ele ameaçou contar aquela história do Mercedes.

Garoto Encontra Garota   127

....

$\boxtimes$

Para: Stacy Trent <IH8BARNEY@freemail.com>
De: Mitchell Hertzog <mitchell.hertzog@hwd.com>
Assunto: Kate

Não, eu detesto advogadas. Além do que, este não é o perfil dela. Ela só é bacharel. Em serviço social. E muito obrigado por compartilhar a informação a respeito do *Bob Esponja*. Porque era mesmo algo que eu queria saber a respeito da minha irmã mais velha.

E, respondendo ao seu interrogatório, o que pude apreender do interlúdio incrivelmente breve que tivemos essa manhã na sala de reunião do papai, e de acordo com o que averigüei junto a uma antiga cliente minha que por acaso a conhece, a Kate é uma moça pura, de coração bondoso, e terminou há pouco tempo com o namorado músico de rock que não vale nada, e gosta de frango com molho de alho.

Ah, e ela é loira. E de Kentucky. E é provavelmente o tipo de garota que faz qualquer coisa para não sair com um advogado — principalmente se for um que trabalha para um cliente como o Peter Hargrave. Espero que ajude.

Diz para o Jason que me juraram que a neve no campo sete está derretendo. Além do mais, se você quiser, depois eu passo aí para ensinar o Little John a fazer lançamentos de beisebol. Para ele não ficar envergonhado quando entrar no jardim da infância, se jogar igual ao pai. Quer dizer, igual a uma menina.

Mitch

P.S. A história do Mercedes? De novo? Ah, e o que mais? A mamãe ameaçou não deixar as bonecas para você?

✉

Para: Mitchell Hertzog <mitchell.hertzog@hwd.com>
De: Stacy Trent <IH8BARNEY@freemail.com>
Assunto: Kate

Hm, Mitch, não quero estragar a sua felicidade, mas o Little John tem dois anos. Certo? Ainda faltam pelo menos três anos para ele começar o jardim da infância.

Mas é claro que você é bem-vindo aqui a qualquer hora. Mas preciso avisar uma coisa: o irmão do Jason — o que compartilha o nome com o Little John — e a mulher dele, a Mel, vão estar aqui à tarde com o bebê deles. Eu sei que você sempre começa a achar que tem criança demais quando há mais de uma pessoa usando fraldas na sala, então eu prefiro avisar para você poder se preparar psicologicamente.

Já sei! Por que você não convida a Kate para vir também? Ela provavelmente não gosta de advogados porque nunca conheceu um de verdade. Quando ela te conhecer, vai começar a gostar. E não há maneira melhor de mostrar como um advogado pode ser fofo e meigo do que no âmago da família. Ela pode pegar um trem, e você pode pegá-la na estação depois do jogo de golfe e trazê-la aqui. Daí a gente pode abrir aquelas garrafas de vinho caro que o Stuart mandou a assistente comprar para nós de Natal e fazer um brinde para ele e a noiva dele. E vai ser divertido de verdade, porque o Stuart e a Amy não vão ESTAR presentes.

Ah, vai ser bem legal. Promete que vai convidar a Kate.

Stace

P.S. Pode deixar que eu transmito ao meu marido o que você pensa a respeito da maneira como ele joga beisebol. Acho que ele vai se sentir muitíssimo lisonjeado.

P.P.S. Você está certo a respeito das bonecas.

Garoto Encontra Garota

✉

Para: Stacy Trent <IH8BARNEY@freemail.com>
De: Mitchell Hertzog <mitchell.hertzog@hwd.com>
Assunto: Kate

Boa tentativa, mas se você acha que algum cara vai levar uma moça que acabou de conhecer no ambiente profissional para conhecer a família, então vou ser obrigado a dizer que já faz muito, mas muito tempo mesmo que você está longe do cenário dos solteiros. Sem ofensa, Stace, mas acho que você e o Jason precisam largar as crianças com a mamãe e ir passar um fim de semana em Miami ou qualquer coisa assim. Essa história de dar uma rapidinha enquanto passa *Bob Esponja* distorceu a idéia que você tem a respeito do que é romance de verdade.

Permita-me informá-la de que as chances de eu levar qualquer garota para conhecer você e o Jason e as crianças... isso sem falar alguns de seus inúmeros parentes por parte de marido — até mesmo gente decente como o John e a Mel — antes de a gente...

Bom, pode esquecer.

E agora, preciso ir ao escritório da nossa futura cunhada para perguntar-lhe pessoalmente por que não retornou nenhuma das ligações da minha assistente pedindo que ela marcasse um horário para fazermos uma reunião de levantamento de dados pré-julgamento.

E se por acaso, no meu caminho até lá, eu cruzar com a Kate, você certamente vai ficar sabendo por meio do Stuart, que vai receber a informação da Amy, então, por que eu devo me dar o trabalho?

A gente se vê amanhã.

Mitch

130   Meg Cabot

P.S. Falando sério, Stace. Você precisa parar de deixar essa gente te jogar de um lado para o outro. Eu cuido dos pestinhas no mês que vem quando vocês forem para Paris. Certo?

P.P.S. É, eu já sabia. A mamãe não pára de falar disso. Você acha que eu não sei que ela fica ameaçando não te ajudar, como se fosse uma bigorna pairando em cima da sua cabeça? Relaxa. As crianças me adoram. A gente vai se divertir à beça. E aquele negócio todo da primeira palavra do Little John — olha, eu já disse, simplesmente escapou. O cara apareceu do nada. Foi um milagre a gente não ter morrido. E você não acha que é mais interessante se a primeira palavra do seu filho for um palavrão e não uma chatice como mamã ou papá? Não acha?

Garoto Encontra Garota 131

Relatório de incidente com funcionários do *New York Journal*

Nome/Função do relator:
Carl Hopkins, Responsável de Segurança

Data/Hora do incidente:
Sexta-feira, 15h30

Local do incidente:
Recepção do *NY Journal*

Pessoas envolvidas no incidente:
Dale Carter, sem relações com o jornal, 26 anos
Mitchell Hertzog, consultor jurídico terceirizado, 29 anos
Kathleen Mackenzie, Recursos Humanos, 25 anos

Descrição do incidente:
D. Carter tentou entrar no prédio para entregar um grande buquê de rosas para K. Mackenzie. C. Hopkins deteve D. Carter no balcão da segurança e lhe disse que esperasse K. Mackenzie descer para autorizar sua entrada.
K. Mackenzie, ao ser contatada, disse que não ia descer.
C. Hopkins pediu a D. Carter que fosse embora.
D. Carter recusou-se a partir.
D. Carter disse que ficaria esperando até que o expediente de K. Mackenzie terminasse e ela fosse para casa.
C. Hopkins informou a D. Carter que não era permitido vadiar na recepção.
D. Carter disse que não sairia dali.
D. Carter sentou-se no meio do saguão da recepção.
C. Hopkins entrou em contato com K. Mackenzie. Disse a K. Mackenzie que D. Carter se recusava a ir embora.
K. Mackenzie desceu até a recepção.

K. Mackenzie pediu a D. Carter que se retirasse.

D. Carter disse que não iria embora antes de K. Mackenzie ouvir sua música nova.

D. Carter começou a cantar uma canção ("Por que você não fica comigo, Kate").

M. Hertzog entrou no prédio.

M. Hertzog aproximou-se de K. Mackenzie.

M. Hertzog perguntou a K. Mackenzie se havia algum problema.

D. Carter terminou a canção.

K. Mackenzie disse "A música é muito bonita, agora por favor vá embora".

D. Carter disse que não iria embora até K. Mackenzie dizer que voltaria a morar com ele.

M. Hertzog disse "Acho que a moça pediu para você se retirar, vá embora".

D. Carter disse a ele que cuidasse da própria vida.

M. Hertzog perguntou se ele estava falando sério.

D. Carter disse "Vem aqui ver se eu estou falando sério, seu engravatado".

K. Mackenzie disse a D. Carter que, se ele não se retirasse, ela entraria em contato com a delegacia mais próxima e faria com que fosse preso por invasão de propriedade.

D. Carter disse que não se importava e que não iria embora até K. Mackenzie dizer que voltaria a morar com ele. Também disse que bateria no engravatado (M. Hertzog).

K. Mackenzie orientou a segurança que notificasse a delegacia mais próxima.

A delegacia mais próxima foi notificada por C. Hopkins.

D. Carter começou a cantar outra música ("Kate, por que você me abandonou?")

Policiais da delegacia mais próxima chegaram.

D. Carter terminou a música.

Pessoas que estavam na recepção aplaudiram.

Garoto Encontra Garota

D. Carter foi preso pelos policiais da delegacia mais próxima.

D. Carter foi removido das premissas pelos policiais da delegacia mais próxima.

Pessoas que estavam na recepção vaiaram.

K. Mackenzie pediu que D. Carter fosse listado como *persona non grata* no prédio da W. 57 Street, número 216.

Formulário de PNG preenchido por C. Hopkins (anexo).

Ações tomadas:

O incidente foi relatado, enviado para A. Jenkins de Recursos Humanos.

THE NEW YORK JOURNAL

A publicação fotográfica líder de mercado em Nova York

Divisão de Segurança
The New York Journal
216 W. 57th Street
Nova York, NY 10019
212-555-6890

MEMORANDO

Para: Todos os funcionários
De: Administração de Segurança
Persona non grata no *New York Journal*

Notificação de *Persona non grata*

Favor observar que o indivíduo abaixo-mencionado foi classificado como *persona non grata* no edifício da W. 57th Street, número 216, a partir da data desta notificação, e vai continuar com este *status* indefinidamente. Este indivíduo não tem permissão para entrar nem ficar próximo ao edifício da W. 57th Street, número 216, em qualquer horário durante o termo desta sanção.

Nome: Dale C. Carter
RG: Desconhecido
Descrição: (adicionar a fotografia de identidade se possível)
Caucasiano do sexo masculino, 26 anos de idade
1,80 metro, 80 quilos
Cabelo loiro, olhos azuis
Tenta entrar em contato com Kathleen Mackenzie
Representante de Funcionários, Recursos Humanos, 3º andar

Garoto Encontra Garota

Este indivíduo não é considerado perigoso, no entanto, tem tendência a causar distúrbios com cantoria e com recusa de deixar o local quando assim lhe é pedido. Ao avistar este indivíduo, entrar em contato com a segurança imediatamente.

Diário de Kate Mackenzie

Ai, meu Deus, não dá para acreditar. Estou completamente PASSA-DA. Não dá para acreditar que o Dale fez aquilo. Sinceramente, foi a coisa mais humilhante que já me aconteceu na vida... com a provável exceção da vez que eu entrei na cozinha sem querer e a Jen e o Craig estavam mandando ver outro dia... Eu preciso mesmo achar outro lugar para morar.

Mas, bom. Eu estava falando de hoje. E na frente do irmão do Stuart Hertzog, além do mais! Quer dizer, ele viu – e ouviu – a coisa toda! Engravatado! O Dale o chamou mesmo disso! Ele só estava tentando ajudar, e o Dale o chamou de engravatado!

Agora ele deve estar achando que eu sou completamente louca. Ou pior, deve estar com pena do Dale. Deve estar pensando que eu sou uma vaca sem coração. "O cara escreve uma música maravilhosa sobre ela e ela nem dá uma segunda chance para ele. Bom, com certeza não vou cometer o erro de convidar uma mulher malvada destas para sair."

Meu Deus! E até parece que eu tinha alguma esperança de que ele ia. Me convidar para sair, quer dizer. Quer dizer, olha só para mim! Estou sentada em uma cabine telefônica – UMA CABINE TELEFÔNICA – na recepção, me escondendo dos colegas... e dele. Que tipo de louca faz uma coisa dessas? Se esconde em cabines telefônicas? Quer dizer, além do Super-Homem? E ele não se esconde em cabines telefônicas. Ele troca de roupa nelas. Só não me pergunte como, porque aqui mal tem espaço para eu mexer a minha caneta, colocar uma calça de LYCRA então, nem pensar.

Ai, meu Deus, POR QUE eu nunca consigo agir como uma pessoa normal na frente de caras gatos? Por quê? Agora, qualquer esperança que eu pudesse ter de me fazer passar por uma profissional competente na frente dele está completamente eliminada – apesar de eu provavelmente já ter perdido todas as oportunidades durante aquele depoimento que eu dei a ele (frango com molho de alho? Onde eu estava com a cabeça???). Não que eu tivesse pen-

Garoto Encontra Garota

sado em nós dois juntos – quer dizer, o Mitchell e eu – meu Deus, é muito esquisito lembrar que ele é irmão do Stuart Hertzog.

Mesmo assim, quer dizer, não tem como negar que o cara é gato, e eu pensei, bom, só pensei, sabe como é, que se a gente se visse de novo, quem sabe...

Ai, meu Deus, eu nem sei mais o que eu pensei.

Mas com certeza nunca pensei que estaria do lado dele no saguão da recepção do meu local de trabalho enquanto ouvia o meu ex-namorado cantar uma música descrevendo a sua tristeza por eu o ter largado.

E agora, sinceramente, o que eu pensei ou deixei de pensar não serve para nada. Quer dizer, advogados gatos e poderosos – até mesmo os que usam gravata do Alceu e Dentinho presenteadas pelas sobrinhas – não convidam para sair garotas cuja vida é uma CATÁSTROFE TOTAL E COMPLETA, como eu.

138   Meg Cabot

✉

Para: Jen Sadler <jennifer.sadler@thenyjournal.com>
De: Kate Mackenzie <kathleen.mackenzie@thenyjournal.com>
Assunto: O que acabou de acontecer lá embaixo

Por favor, me mata.

Kate

✉

Para: Kate Mackenzie <kathleen.mackenzie@thenyjournal.com>
De: Jen Sadler <jennifer.sadler@thenyjournal.com>
Assunto: O que acabou de acontecer lá embaixo

Certo, tudo bem, normalmente eu diria que você está fazendo tempestade em copo d'água mas, desta vez, acho que você tem mesmo algo com que se preocupar. É verdade mesmo que ele CANTOU?

J

✉

Para: Jen Sadler <jennifer.sadler@thenyjournal.com>
De: Kate Mackenzie <kathleen.mackenzie@thenyjournal.com>
Assunto: O que acabou de acontecer lá embaixo

Ah, é, cantou sim. Jen, o que faço agora?

Kate

Garoto Encontra Garota

✉

Para: Kate Mackenzie <kathleen.mackenzie@thenyjournal.com>
De: Jen Sadler <jennifer.sadler@thenyjournal.com>
Assunto: O que acabou de acontecer lá embaixo

Acontece que É meio engraçado. Quer dizer, dependendo do jeito que a gente encara. O fato de o Mitchell Hertzog ter chegado bem naquele momento...

Essas coisas só acontecem com você.

J

✉

Para: Jen Sadler <jennifer.sadler@thenyjournal.com>
De: Kate Mackenzie <kathleen.mackenzie@thenyjournal.com>
Assunto: O que acabou de acontecer lá embaixo

Ah, haha, estou morrendo de rir. POR QUE eu nunca consigo me comportar como se eu fosse uma pessoa legal e resolvida, igual à Amy, na frente das pessoas que eu quero impressionar? Quer dizer, será que a gente precisa nascer sem alma igual à T.P.M. para conseguir alcançar alguma semelhança ao profissionalismo no ambiente de trabalho? Será que é isso?

Kate

✉

Para: Kate Mackenzie <kathleen.mackenzie@thenyjournal.com>
De: Jen Sadler <jennifer.sadler@thenyjournal.com>
Assunto: Por que você nunca consegue se comportar como uma pessoa legal e resolvida

Não sei, mas a sua grande chance chegou. ELE acabou de entrar. E vou dizer uma coisa: a descrição que você fez dele não lhe faz a mínima justiça. Eu não teria reconhecido, se não fosse pela gravata. O cara é fofo do tipo que dá vontade de ALGEMAR na cama!

....

✉

Para: Jen Sadler <jennifer.sadler@thenyjournal.com>
De: Kate Mackenzie <kathleen.mackenzie@thenyjournal.com>
Assunto: Ele quem?

Do que você está falando — AI, MEU DEUS!!!!!!!!!!!!
É ELE!!!!!!!!!!!!!!
O que ele está FAZENDO aqui??????????? Por que ele está entrando na sala da AMY?????????

....

✉

Para: Kate Mackenzie <kathleen.mackenzie@thenyjournal.com>
De: Jen Sadler <jennifer.sadler@thenyjournal.com>
Assunto: Mitchell Hertzog

Não sei o que ele está fazendo aqui — deve estar falando com a T.P.M. sobre o caso. Mas esta é a sua grande chance de mostrar para ele que você não é a maior trapalhona do mundo. Levanta e vai tirar umas cópias, ou qualquer coisa assim. Vai lá exibir este corpão que você desenvolveu de tanto subir e descer as escadas do meu apartamento. Graças a DEUS que você veio de saia hoje...

VAI ARQUIVAR ALGUMA COISA!!!!!!!!! Ele está saindo da sala...

Vai!!!!!!!!!!! AGORA!!!!!!!!!!!!

Garoto Encontra Garota

141

✉

Para: Jen Sadler <jennifer.sadler@thenyjournal.com>
De: Kate Mackenzie <kathleen.mackenzie@thenyjournal.com>
Assunto: Mitchell Hertzog

AAAAAAAAAAAAAAAAAAAAAAAAAAAAAAAAAAAAAAAAAAAAAAAAAAAA!!
!!!!!!!!!!!!!!!!!!

✉

Para: Jen Sadler <jennifer.sadler@thenyjournal.com>
De: Tim Grabowski <timothy.grabowski@thenyjournal.com>
Assunto: Mitchell Hertzog

Jen, meus espiões informaram que o irmão do Stuart Hertzog está no departamento de Recursos Humanos NESTE EXATO MOMENTO. Também fiquei
sabendo que ele se envolveu de algum modo no incidente da recepção
agora há pouco, no qual a Kate Mackenzie e o ex dela estavam metidos. A
gente aqui da Informática apostou que ele vai convidar a Kate para sair,
porque não existe nada mais atraente para um heterossexual (foi o que me
disseram) do que uma mulher que precisa ser salva. E se existe uma mulher
que precisa ser salva, esta mulher é a Kate.

Então. Conta tudo. Qual é o veredicto? Não me decepcione, querida, botei
cinqüentão nessa...

Tim

✉

Para: Tim Grabowski <timothy.grabowski@thenyjournal.com>
De: Jen Sadler <jennifer.sadler@thenyjournal.com>
Assunto: Mitchell Hertzog

Será que é possível você ser mais *gay*? Na verdade, parece que ele veio aqui para bater um papinho com a T.P.M. Parece que ela está bem aborrecida com isso, então o assunto deve ter sido a Ida Lopez. Sabe como é, ela recebeu reclamações do 25º andar. Aliás, ela está no telefone neste exato momento, provavelmente falando com o noivo, reclamando da atitude arbitrária do irmão dele.

O Mitchell acabou de sair da sala dela e esbarrou na Kate, que estava indo para a máquina de xerox. Estão conversando banalidades.

Será que basta para você ganhar seus cinqüenta? Espera aí, você está apostando a favor ou contra?

Garoto Encontra Garota

ComputerGuy: PODE ENTREGAR! O que eles estão dizendo agora?

Sleaterkinneyfan: Tim! É você?

ComputerGuy: Quem mais poderia ser? Não temos tempo para delicadezas. Claro que eu não podia ser mais gay. Eu SOU gay. Então, sobre o que eles estão conversando? Ele já a convidou para sair?

Sleaterkinneyfan: Ai, meu Deus, essa gente que trabalha com computador não tem vida mesmo. Tudo bem, deixa só eu me inclinar um pouquinho para a frente... Ela está pedindo desculpa pela cena no saguão da recepção. Ele está dizendo: "Então você está dizendo que não é todos os dias que homens aparecem no prédio em que você trabalha com rosas e cantam baladas de amor para você?"

ComputerGuy: Aaaaaaaaaaaaaa. É verdade que ele tem mais de 1.80m e tem um cabelo volumoso?

Sleaterkinneyfan: É. E devo acrescentar que ele é bem sarado. Para um advogado.

ComputerGuy: POR QUE TODOS OS SARADOS SÃO HÉTE-ROS?????????

Sleaterkinneyfan: Agora a Kate está rindo. Ai, meu Deus, ela está hipernervosa. Fica jogando o cabelo de um lado para o outro.

ComputerGuy: Jogar o cabelo é bom. E agora?

Sleaterkinneyfan: Merda! O compromisso da Kate das 16h30 acabou de chegar. A Dolly Vargas.

ComputerGuy: NÃÃÃÃÃÃÃÃÃÃÃÃÃÃÃÃÃO!!!!!!!!!!

Sleaterkinneyfan: Isso mesmo. Como um daqueles mísseis ativados pelo calor, a Dolly já avistou o Mitchell... está mirando nele... ah, sim, já está partindo para o ataque.

ComputerGuy: Abortar! Abortar! Não fica aí sentada, Sadler! Vai lá e FAZ alguma coisa!

Sleaterkinneyfan:	O que eu posso fazer, Tim? A Dolly é Editora de Moda. Está de bota de salto agulha com uma porcaria de um *trench coat* de couro da Prada. E, conhecendo a Dolly, não dá para garantir que ela está usando alguma coisa por baixo. O cara já era...
ComputerGuy:	A nossa Kate merece vencer! Porque ela é modesta e se preocupa com os outros... Ah, caramba, a Dolly já está chegando aos quarenta e está começando a aparentar.
Sleaterkinneyfan:	Errado! Ele está saindo. Com a Dolly.
ComputerGuy:	Não!!!!!!!! Ele garantiu uma saída com a nossa querida Kate?
Sleaterkinneyfan:	Eca, a Dolly está dando o braço para ele. Ela o está levando até o elevador!
ComputerGuy:	ELES MARCARAM DE SAIR?
Sleaterkinneyfan:	Só vai dar para saber depois da reunião da Kate com a Dolly... Não... espera.... a Kate está olhando para cá. Está fazendo um sinal...
ComputerGuy:	O QUÊ?????? NÃO DEIXA A GENTE AQUI NESTA EXPECTATIVA.
Sleaterkinneyfan:	Negativo. É um negativo. Ele não a convidou para sair. Repetindo. Ele não a convidou para sair.
ComputerGuy:	Que horror. Ai, que horror.
Sleaterkinneyfan:	Ei, a gente tentou, certo? Da próxima vez a gente consegue, campeão.
ComputerGuy:	Da próxima vez? Eu não vou agüentar passar por isso de novo. Ai, meu Deus, preciso de um Campari. Minhas axilas estão todas suadas, de verdade.
Sleaterkinneyfan:	A Dolly está voltando do elevador. Está com aquela cara sacana do gato que comeu o canarinho...

Garoto Encontra Garota

ComputerGuy: Você está surpresa? Todo mundo sabe que ela engole.

Sleaterkinneyfan: Eca! Esta conversa chegou ao fim.

Sleaterkinneyfan: log off

146   Meg Cabot

✉

Para: Kate Mackenzie <kathleen.mackenzie@thenyjournal.com>
De: Dolly Vargas <dolly.vargas@thenyjournal.com>
Assunto: Você

Kate, querida, nossa reuniãozinha hoje à tarde foi ADORÁVEL. Eu não sabia que você era amiga do Mitch Hertzog. Ele não é um docinho? Ele me ajudou a sair de uma confusão pavorosa com um dos meus ex... A gente se conheceu em um evento beneficente em prol das doenças cardíacas. O Mitch, não o ex. O pai dele há muito tempo contribui com a Heart Association... mas acredito que faça isso mais por querer se beneficiar com a pesquisa do que para ajudar os outros. O Mitch é a ovelha negra da família — uma decepção *enorme* para os pais, até onde sei. Sabe como é, ele trabalhou alguns anos como defensor público. Ele se esforçou muito para fornecer uma boa defesa a todo tipo de pessoas horríveis que tanto precisavam dela, mas que não tinham dinheiro para pagar. Tem alguma coisa a ver com contribuir com a comunidade.

Mesmo assim, apesar deste pequeno lapso de conduta, ele é uma gracinha. BEM diferente daquele irmão mais velho detestável dele. Já contei que um dia o Stuart Hertzog quase saiu no tapa com uma vereadora em um evento beneficente dos Trent (os Trent da Park Avenue, querida — a irmã do Stuart e do Mitchell é casada com um Trent). Acredita nisso? O TAPA... Era alguma coisa relativa ao sistema escolar de Nova York, não me lembro muito bem. Acho que o Stuart achava que, tipo, só porque ele não tem filhos, não devia ser obrigado a pagar tantos impostos para manter o sistema de escolas públicas. Então a vereadora disse a ele que era porque as escolas de hoje estavam educando os médicos de amanhã, e por acaso ele não achava que ia precisar de cuidados de saúde quando ficasse velho, e o Stuart disse que nem por cima do cadáver dele iria a um médico que estudou em escola pública. Bom, deu para ver por que ela ficou com vontade de bater nele.

Mas, bom, querida, por que você não me CONTOU que você e aquele músico esfarrapado tinham terminado? Estou me sentindo péssima com o

Garoto Encontra Garota   147

meu hábito de contar histórias para você todos os dias sobre as minhas con-
quistas românticas sem saber que você estava lá o tempo todo com esse seu
pobre coraçãozinho despedaçado. É verdade que ele foi o responsável por
todo aquele bafafá na recepção hoje? Achei que no mínimo tivéssemos
recebido uma ameaça de bomba. Mas que coisa mais ROMÂNTICA (se é
que é verdade o que eu ouvi hoje) quando a gracinha do Mitchell foi salvar
você! Bom, o Mitch e o pessoal enlouquecido da segurança do jornal, de
qualquer maneira.

E que história é essa que ouvi dizer que você está dormindo no sofá dos
outros desde que largou aquele parasita — quer dizer, o Dale? Querida,
você está louca. Venha ficar comigo e o Peter! Nós temos muito espaço —
tem um quarto de hóspedes e tudo o mais. E você não precisa se preocupar... o Peter nunca pára em casa. Ele tem custódia compartilhada com as
crianças da primeira mulher... ou talvez da segunda... bom, de todo modo,
ele só fica em casa alguns dias por semana. O resto do tempo, fica em
Scarsdale com os pequenos Hargraves. Seria EMOCIONANTE ter uma
companheira de apartamento. Vamos poder fofocar muito, pedir várias
comidas calóricas e assistir a vídeos da Candida Royale a noite inteira...
Ah, diga que SIM!

Você pode se mudar hoje à noite. O Peter tem alguma obrigação escolar
para ir com uma das crianças. Me diz a que horas você vai chegar, para eu
avisar o Xavier (o porteiro, querida).

Bjs,
Dolly

....

⊠
Para: Jen Sadler <jennifer.sadler@thenyjournal.com>
De: Kate Mackenzie <kathleen.mackenzie@thenyjournal.com>
Assunto: Hoje à noite

Olha, NÃO FICA BRAVA, mas a Dolly Vargas me convidou para ficar na
casa dela uns dias, e acho que vou aceitar a proposta. Você e o Craig estão

precisando de uma folga das visitas. Quer dizer, pelo que eu vi na cozinha naquele dia, vocês estão mesmo precisando de um pouco de privacidade...

Vou para casa com você para pegar as minhas coisas, depois eu saio do seu pé lá pelas nove, JURO.

Kate

....

✉

Para: Kate Mackenzie <kathleen.mackenzie@thenyjournal.com>
De: Jen Sadler <jennifer.sadler@thenyjournal.com>
Assunto: Hoje à noite

Você está LOUCA? Vai morar na casa da DOLLY VARGAS???? Caramba, Kate, eu sei que o nosso sofá não é assim tão confortável, mas você não está exagerando um pouco? Quer dizer, aquela mulher estava usando uma CAPA DE *MINK* outro dia. DENTRO da redação.

Dá para entender que você está cansada de comer tanto miojo e deve estar querendo uma sopinha de lagosta, mas fala sério, Kate. Você acha mesmo que ela vai deixar você assistir a um episódio inteiro de *Charmed* sem perguntar meio milhão de vezes se ela está gorda em qualquer que seja a roupa que ela está pensando em colocar para ir à festa fabulosa que seja que ela tem naquela noite?

Pelo menos eu deixo você ter a sua dose diária de Alyssa Milano sem interrupções.

Ah, fica, vai. Eu sei que o East End é tentador, mas, falando sério, todo mundo aqui na rua West 83rd te adora.

J

Garoto Encontra Garota 149

✉

Para: Jen Sadler <jennifer.sadler@thenyjournal.com>
De: Kate Mackenzie <kathleen.mackenzie@thenyjournal.com>
Assunto: Valeu a tentativa

Fala sério. Você sabe muito bem que o fato de eu estar lá o tempo todo está estragando esta história toda de ter filho. E sei perfeitamente que *Charmed* passa na mesma hora que os jogos da liga universitária, e que tudo que o Craig quer é o sofá dele de volta.

Além do mais, quem sabe, se eu não estiver lá, pode ser que o Dale pare, sabe como é, de aterrorizar cada entregador que pisa no seu prédio. E a Dolly tem um porteiro, então, mesmo que o Dale descubra onde eu estou, ele não vai poder entrar no prédio.

Sério mesmo, Jen, vai ser melhor para todo mundo, em todos os aspectos.

Bom, menos para a Dolly, talvez.

A T.P.M. continua chorando? Alguém já descobriu o que o Mitch disse para ela?

Kate

✉

Para: Craig Sadler <csadler@terminator.com>
De: Jen Sadler <jennifer.sadler@thenyjournal.com>
Assunto: Hoje à noite

Ai, meu Deus, você precisa fazer alguma coisa!!!! A Kate está ameaçando se mudar! Ela vai se jogar nas mãos da editora de moda do jornal, a Dolly Vargas. A Dolly Vargas, que está indo para a cama com o fundador e presidente do jornal para o qual eu trabalho. Eu gostaria de pensar que ela vai se mudar para a casa da Dolly para dar indiretas sutis de que o Hargrave deveria recontratar a Ida Lopez e demitir a T.P.M., mas não posso deixar de pensar que ela está fazendo isso porque o nosso sofá é uma porcaria.

Manda um e-mail para ela e diz que ela NÃO está atrapalhando e que você quer que ela fique.

POR FAVOR?

J

....

✉

Para: Jen Sadler <jennifer.sadler@thenyjournal.com>
De: Craig Sadler <csadler@terminator.com>
Assunto: Kate

Hmm, por que eu faria isso? Digo, convencer a Kate a ficar? Não me entenda mal, eu gosto da Kate — de todas as amigas malucas que você tem, ela é a ÚNICA que eu poderia agüentar dormindo no meu sofá durante quatro semanas.

Mas, Jen. Já faz um mês. Eu sei que a Kate não tem muito dinheiro e que os imóveis em Nova York são um absurdo. Não estou culpando a Kate DE JEITO NENHUM por não ter encontrado um lugar decente para morar. Mas eu queria muito, muito, muito, mas muito mesmo ter o meu sofá de volta.

Além da nossa privacidade.

Fala sério, Jen. A gente está tentando fazer um filho.

E, francamente, aquele negócio com o Dale? Já está enchendo, Jen. Quer dizer, eu já tinha paciência limitada com ele na faculdade, quando ele sempre deixava caixas de pizza jogadas por todos os lados e vivia coçando o saco na frente de qualquer pessoa — tipo, só porque o cara é músico, parece que tem algum direito de não agir como um ser humano civilizado.

Garoto Encontra Garota

Os telefonemas que não param, os bilhetes que ele enfia embaixo da porta, o fato de ele chatear os vizinhos até abrirem a porta para ele e, apesar de você e a Kate terem ido ao cinema na ocasião, ele ficar cantando "Fuinhas de gelo roem meu cérebro" na rua aos berros? Não é legal, seja ele um músico de talento ou não.

Deixa ela ir. Quem sabe assim ela consegue convencer esse tal de Hargrave para dar o emprego da T.P.M. para VOCÊ. A Kate sabe ser bem persuasiva quando ela usa aquele jeitinho de garota do interior dela.

A Kate sair de casa é uma coisa BOA, Jenny. Lembre-se disso. É uma coisa BOA.

Craig

Mensagem de
Kate Mackenzie

Oi, Amy. Parece que o seu telefone está passando todas as ligações direto para a caixa de mensagens. Tentei bater na porta, mas você não abriu. Só queria avisar que eu tive uma reunião com a Dolly Vargas referente ao incidente com o Hector Montaya, e ela concordou em fazer o seminário de assédio sexual mais uma vez. Espero que o número três seja o da sorte e que esta seja a última vez.

Espero que você tenha um bom fim de semana, a gente se vê na segunda. E sinto muito, mais uma vez, pelo que aconteceu na recepção hoje à tarde. Não vai acontecer de novo. Pelo menos, acho que não. Bom, espero que não.

Kate

Kathleen A. Mackenzie
Representante de Funcionários, L-Z
Recursos Humanos
The New York Journal
216 W. 57th Street
Nova York, NY 10019
212-555-6891
kathleen.mackenzie@thenyjournal.com

Garoto Encontra Garota

Para: Mitch Hertzog <mitchell.hertzog@hwd.com>
De: Dolly Vargas <dolly.vargas@thenyjournal.com>
Assunto: Kate

Bom, querido, está tudo arranjado. Ela vem aqui para casa hoje à noite. Estou me achando o máximo por ter feito as coisas de uma maneira tão fácil. A menina simplesmente está *desesperada* por uma noite com oito horas ininterruptas de sono.

Acho que passar um mês na sala dos outros deixa a gente assim.

Então, pode me contar a verdade — você me deve pelo menos isto, porque sabe muito bem que não é todos os dias que eu abro as minhas portas para uma representante de recursos humanos, mesmo que ela *seja* um amorzinho completo, prometendo que vai fazer o jantar... Você está apaixonado por ela? Porque, pelo que eu saiba, vocês acabaram de se conhecer, então talvez as coisas estejam correndo um pouco rápido demais, até mesmo para mim.

Por outro lado, compreendo perfeitamente a atração. Não tem nada mais difícil de resistir para um homem volumoso como você que donzelas em perigo como a nossa querida Kate. Falando de volume... você andou fazendo musculação, não é, querido? Não tente negar. Você continua naquele time de basquete para paraplégicos, ou seja lá o que aquilo for? Aquele em que você finge que anda de cadeira de rodas e joga bola com aqueles rapazes que andam *mesmo* de cadeira de rodas? Bom, deixe-me dizer que está dando certo, o seu torso está ficando mesmo definido por baixo daquela gravata do Piu-Piu ou de sei lá o que você estava usando. Eu gostaria que você convidasse o Peter para se juntar a você nessa coisa que você faz, seja lá o que for. Ele precisa de um passatempo, coitadinho.

E Deus bem sabe que ele está precisando de um exercício.

154   Meg Cabot

Meu Deus, isso é tão DIVERTIDO! Mas você tem de prometer que não vai magoá-la. Porque ia ser o maior balde de água fria. Igual a quando o Peter traz os filhos dele aqui.

Ai, meu Deus, tenho o desfile da Prada. Tchau por enquanto.

Bjs,
Dolly

....

✉
Para: Dolly Vargas <dolly.vargas@thenyjournal.com>
De: Mitch Hertzog <mitchell.hertzog@hwd.com>
Assunto: Kate

Não existe nenhum motivo licencioso por trás do pedido que fiz a você para que oferecesse um lugar para a sra. Kate Mackenzie ficar. Ela simplesmente parece ser uma pessoa que está precisando de uma ajudinha... E que mãos podem ser mais competentes do que as *suas*, Dolly?

Obrigado de novo.

Mitch

....

✉
Para: Mitchell Hertzog <mitchell.hertzog@hwd.com>
De: Stuart Hertzog <stuart.hertzog@hwd.com>
Assunto: Amy

O que exatamente você está tentando fazer? Você não tinha absolutamente direito nenhum de ir à sala da Amy hoje e tentar intimidá-la dessa maneira. Ela é uma moça muito gentil, não um daqueles criminosos casca-grossa com quem você está acostumado a lidar. Ela vai marcar uma reunião para você

Garoto Encontra Garota 155

tomar o depoimento pré-julgamento dela quando eu disser que ela pode marcar... e isso só vai acontecer quando ela se sentir preparada, não antes.

E que história é essa de carta de que você não pára de falar? A Amy mantém os registros dela de maneira impecável, então seja qual for a carta que você a está incomodando para encontrar, ela está no arquivo daquela senhora das tortas.

Meu Deus, você é mesmo um canalha de MARCA MAIOR. Eu achei de verdade que a Stacy iria conseguir conversar com você, mas estou vendo agora que você não tem mais jeito.

O que é uma pena, porque você tinha mesmo muito potencial.

Mas agora eu sei que você é tão depravado quanto aqueles cafetões e assassinos que ajudou a colocar de volta nas ruas.

Stuart Hertzog, sócio sênior
Hertzog, Webber e Doyle, Escritório de Advocacia
444 Madison Avenue, conjunto 1.505
Nova York, NY 10022
212-555-7900

⊠
Para: Stuart Hertzog <stuart.hertzog@hwd.com>
De: Mitchell Hertzog <mitchell.hertzog@hwd.com>
Assunto: Amy

Que engraçado. Achei que você é que era o depravado. Afinal de contas, não foi você que fez a sua noiva demitir uma mulher só porque ela não quis dar um pedaço de torta para você?

A sra. Jenkins parece um tanto nervosa no que diz respeito ao caso dela contra a sra. Lopez. Compreendo que, ao passo que uma advertência verbal foi feita, uma carta por escrito de advertência, no entanto, não foi. Acredito que, de acordo com o acordo coletivo de trabalho dela, a entrega — registrada — de tal carta é necessária antes que ações relativas a demissão permanente sejam tomadas.

Mas a sra. Lopez diz que não recebeu tal carta. Estranho, não é, o fato de ela ter sido demitida mesmo assim?

E só para não estragar as suas ilusões, maninho, a sua "moça muito gentil" sabe lutar as próprias batalhas. A boca dela se parece com a de um estivador. Se a minha memória não falha, ela até me xingou de fodido... Ah, espera aí, não falha não, porque eu gravei a conversa breve porém muito iluminadora que tivemos na sala dela.

Ei, não ia ser engraçado se eu fizesse a mamãe ouvir a fita? Ia sim! Vou ligar para a mamãe agora mesmo!

Eu te adoro
Mitch
ou melhor, o Fodido

Garoto Encontra Garota

Olá, você ligou para a residência dos Hertzog. Margareth e Arthur não podem atender no momento. Por favor, deixe o seu recado e um de nós dois terá o prazer de retornar a ligação.

(*Sinal*)

Mãe? Oi, aqui é o Stuart. Olha, quero dizer que... Bom, o Mitch disse que vai ligar para você, e eu só quero ter certeza de que você está avisada, sabe como é, antes que ele ligue, que a fita que ele vai fazer a senhora ouvir... Bom, é falsa, é falsa e...

(*Clique*)

— Alô?

— Mãe?

— Não, é a Sean. É você, Stuart?

— É. Janice, deixa eu falar com a mamãe.

— A mamãe não está em casa. E eu já pedi. Não me chama de Janice. O nome é Sean.

— Tudo bem, Sean, tanto faz. Só fala para a mamãe quando ela chegar em casa...

— Ei, é verdade?

— O que é verdade?

— O lance daquela tal de Amy.

— Você quer dizer, que eu vou me casar com ela? É, é verdade, sim. E espero, Janice, que você se junte a nós no nosso dia especial...

— Não. Estou falando do negócio de ela ter falado que o Mitch é um fodido.

— Janice. A secretária eletrônica continua gravando?

— Continua. Acho que sim.

— Desliga o telefone, Janice.

— O nome é Sean, eu já *disse*.

(*Clique*)

Garoto Encontra Garota

⊠

Para: Jen Sadler <sleaterkinneyfan@freemail.com>
De: Kate Mackenzie <katydid@freemail.com>
Assunto: Paraíso

Oi. Sou eu. Estou te escrevendo, e é FIM DE SEMANA. Isso é porque estou te mandando este e-mail do laptop da Dolly na casa dela, e ela tem banda larga. Ai, meu Deus, vocês iam MORRER se vissem este lugar. A Dolly mora em uma cobertura, com vista para o East River. Dá para ver BARCOS passando. BARCOS.

E não é só isso. Ela tem TRÊS banheiros — TRÊS — e três quartos, cada um do tamanho da sala de vocês, e uma sala do tamanho do seu apartamento inteiro, e uma sacada — uma sacada — do tamanho do telhado do seu prédio. Este lugar é LEGAL DEMAIS.

Quer dizer, não que a sua casa não seja legal. Porque é, e muito. A sua casa é legal e confortável e tem história. Quer dizer, falando sério, aquele pufe é bem mais confortável do que qualquer uma das cadeiras da Dolly.

Mas o negócio mais legal da casa da Dolly é exatamente isso, sabe como é. Eu não atrapalho ninguém. Nem a Dolly. Porque ela nem fica aqui.

Bom, quer dizer, ela está aqui agora. Estou ouvindo o chuveiro ligado. Mas não sei a que horas ela chegou. Ela foi a alguma festança ontem à noite. Queria que eu fosse também, mas, preciso confessar, eu estava mais interessada na TV dela. Jen, ela tem uma TV de plasma de 50 polegadas com alta definição e trezentos canais! E isso é só na sala! No meu quarto tem uma TV de 36 polegadas e, apesar de não ser de alta definição, tem tela plana. Achei canais dos quais eu nunca tinha OUVIDO falar.

Eu sei o que você deve estar dizendo. Que eu deveria ter ido à festa com a Dolly. Quer dizer, ela até ofereceu as roupas dela emprestadas. Disse que

160 Meg Cabot

tinha um *top* de couro que ficaria perfeito em mim. Igualzinho àqueles que a Alyssa Milano usa.

Mas, sei lá. Eu simplesmente não estava a fim de ir a uma festa com um monte de gente que não conheço. Eu sei que as editoras de moda fazem isso o tempo todo, mas e as representantes de recursos humanos? Nem tanto. Pedi frango com molho de alho e assisti ao Travel Channel. Isso mesmo! Um canal inteirinho que só fala de viagens! Você sabia que na Tailândia dá para chamar um ônibus como a gente chama um táxi aqui em Nova York? Bom, pode. É só esticar o braço e eles param para você. Já imaginou se a gente tentasse fazer isto aqui com o M1? Ele simplesmente ia passar por cima da gente.

Ops, a Dolly está saindo do quarto dela. Preparei uma tigelona de massa de panqueca para fazer o café-da-manhã para ela. Acho que é o mínimo que eu posso fazer, porque ela tem sido tão legal comigo...

Ah, espera um pouco. Não é a Dolly...

....

✉
Para: Kate Mackenzie <katydid@freemail.com>
De: Jen Sadler <sleaterkinneyfan@freemail.com>
Assunto: Paraíso

Ai, meu Deus, você não pode me deixar assim na expectativa. QUEM É?

Além do mais, apesar de você obviamente não estar sentindo a nossa falta, a gente está sentindo a sua. As primeiras palavras do Craig hoje de manhã, quando saiu tropeçando do banheiro, foram: "O quê? Não tem panqueca?"

Está vendo? Você faz falta.

Garoto Encontra Garota

Então. Desembucha. Você acabou de tomar café-da-manhã com o PETER HARGRAVE, fundador e presidente da estimada publicação para a qual a gente trabalha?

Fala a verdade: samba-canção ou cuequinha?

J

....

✉
Para: Jen Sadler <sleaterkinneyfan@freemail.com>
De: Kate Mackenzie <katydid@freemail.com>
Assunto: Paraíso

Hmm, não, não comi panqueca nenhuma com o Peter Hargrave. Porque não foi o Peter Hargrave que acabou de sair do quarto da Dolly. A pessoa que acabou de sair do quarto da Dolly era um cara que eu nunca vi antes. Ele tinha mais ou menos a nossa idade, com ombros até aqui, e é provavelmente um dos homens mais charmosos que eu vi nos últimos tempos. Tipo, com charme de modelo. E, para quem gosta dessas coisas, pode ser bem legal. Acho. Mas eu não ia querer ficar com um cara mais bonito do que eu.

Quando ele me viu, só falou assim: "Hum, oi"...
E DAÍ, FOI EMBORA!!!
Simplesmente FOI EMBORA!!!!!!!!!!

Eu não quero falar mal da Dolly, mas acho... Bom, eu acho que o Peter Hargrave tem um concorrente.

Ops, a Dolly apareceu. Espero que me dê uma explicação.

Katie

✉

Para: Kate Mackenzie <katydid@freemail.com>
De: Jen Sadler <sleaterkinneyfan@freemail.com>
Assunto: Paraíso

QUEM ERA?

E eu queria muito pedir desculpa por o Craig e eu não podermos oferecer
TVs de plasma, o Travel Channel, um banheiro privativo e uma vista para o
rio. Isso sem falar em homens desconhecidos de ombros largos que ficam
passeando pelo apartamento aos domingos de manhã.

Então. QUEM ERA?????

✉

Para: Jen Sadler <sleaterkinneyfan@freemail.com>
De: Kate Mackenzie <katydid@freemail.com>
Assunto: Paraíso

Hmm, parece que a Dolly não sabe o nome dele. Ela só o chama de
Esquiador. Porque ele é instrutor de esqui.

Eles se conheceram ontem à noite. ELES SE CONHECERAM ONTEM À
NOITE!!!!! E JÁ FORAM PARA A CAMA!!!!!!

Não quero parecer uma moça qualquer de Kentucky, mas dá licença, as
pessoas não se dão mais ao trabalho de se conhecer antes de ficar na hori-
zontal? Ela poderia pelo menos ter descoberto o NOME dele, pelo amor de
Deus.

Mas, quando mencionei isso, a Dolly só falou assim: "Que diferença faz
saber o *nome* dele, querida, com aqueles *ombros* que ele tem?"

E, portanto, parece que ele vai continuar sendo o Esquiador.

Perguntei para a Dolly sobre o Peter Hargrave, e ela disse que ela e o Peter têm uma relação aberta desde o terceiro casamento dele.

A Dolly gostou mesmo das minhas panquecas. Depois disto, vamos sair para correr (!) em volta do reservatório para conservar nossos corpinhos em forma. Depois, vamos à inauguração de alguma exposição no Met. Quer ir com a gente?

Katie

P.S. Falando sério, a sua casa é bem melhor do que a da Dolly. Na geladeira dela só tem champanhe e iogurte. De verdade. Eu tive de usar imitação de manteiga para fazer as panquecas, por isso ficaram meio moles.

....

✉

Para: Kate Mackenzie <katydid@freemail.com>
De: Jen Sadler <sleaterkinneyfan@freemail.com>
Assunto: Corrida

Hmm, obrigada pelo convite, mas estou tentando engravidar, lembra? A última coisa de que preciso é que o meu útero desabe, o que eu sempre fico achando que vai acontecer quando saio para correr.

Divirta-se com a sua nova amiguinha. O Craig e eu provavelmente só vamos ao cinema ou algo assim. Nem todos nós podemos ter a vida glamourosa do *jet set* com Esquiadores entrando e saindo da nossa cobertura.

J

P.S. O Dale deixou quatro recados na secretária eletrônica e no final se contentou em jogar uma lata de pêssegos Del Monte com um bilhete amarrado em volta na nossa escada de incêndio. Por acaso os pêssegos Del Monte têm algum significado simbólico para vocês dois? Ou você acha que foi só porque ele não conseguiu achar um tijolo? Bom, de todo jeito, até onde eu fui capaz de decifrar — a letra dele é execrável, imagino que seja porque ele é um gênio musical, ou qualquer coisa assim —, o bilhete diz o seguinte:

Katie, desculpa pelo que aconteceu no seu trabalho. Por favor, não fica brava. Juro que nunca mais faço isso. Mas eu preciso muito saber, de uma coisa: você viu meus sapatos de boliche? Sabe, aqueles que sem querer levei para casa do Chelsea Piers naquela noite? Porque eu estou precisando muito deles para um show. Eles ficam ótimos com as minhas calças xadrez.

Com amor, sempre,
Dale

P.S. Quem era aquele cara com a gravata do Pernalonga, ou o que quer que fosse, que ficava me olhando como se quisesse me bater? Ele é tipo seu chefe novo ou alguma coisa assim? O que aconteceu com a T.P.M.? Bom, só queria dizer que eu não gostei nada daquele cara. É isso. Dale.

Mas que amor. Ei, quem sabe a Dolly não divide o Esquiador com você? Divirta-se no museu.

J

Qual é o barulho de uma mão batendo palmas sozinha? Qual é o peso de um único grão de areia? A resposta é: igual ao meu interesse no recado que você vai deixar aqui. Então, seja breve.

(*Sinal*)

Mitch. Ai, meu Deus. É a Stace. Em um milhão de anos, nunca achei que ele fosse dar uma passada em casa desse jeito. Quer dizer, ele nunca fez isso antes. Deve ser a influência *dela*. Fiquei totalmente sem saber o que fazer. Claro que nem passou pela cabeça do Stuie ligar antes. Quer dizer, quem não ficaria encantado de ser agraciado com a presença do maravilhoso Stuart Hertzog? Mas, bom. O que foi exatamente que ele disse para você na garagem? O Jason disse que ele entrou enquanto estava guardando os tacos, e vocês dois estavam quase se pegando. O Jason disse que nunca viu alguém com tanta vontade de dar uma porrada com um taco na cabeça de alguém. O Stuart, quer dizer. Em você. Ah... Não, querida, não sei onde está a Barbie Sereia. Será que você deixou na banheira de novo? Vai dar uma olhada... Bom, mas foi ótimo ver você. Você está ótimo. Ligue assim que puder para a gente falar mal dela.

(*Clique*)

Qual é o barulho de uma mão batendo palmas sozinha? Qual é o peso de um único grão de areia? A resposta é: igual ao meu interesse no recado que você vai deixar aqui. Então, seja breve.

(*Sinal*)

Mitchell. Aqui é a sua mãe. Não sei que tipo de brincadeira você acha que está fazendo com o seu irmão, mas
posso dizer que eu, pelo menos, não estou achando
nada divertido. O Stuart está extremamente, extremamente magoado. Quero que você ligue para ele e peça
desculpa. Já é bem ruim o fato de você estar acabando
com a reputação da Amy quando fica insinuando que
ela demitiu aquela senhora dos *muffins* sem justa
causa. Mas qual foi exatamente a sua intenção hoje,
quando perguntou para ela — na frente da sua irmã e
dos parentes por parte de marido dela, se as informações que recebi estão corretas — se as meninas da
irmandade Pi Delta iriam fazer algum tipo de ritual de
iniciação com o Stuart? Por acaso você estava dando a
entender que a Pi Delta é algum tipo de grupo satâni-
co? Só porque nenhuma sociedade grega quis aceitá-lo
como membro, isso não é razão para achar que a organização é maligna. Principalmente se levarmos em
conta que o seu pai foi um Delta Ípsilon. Estou cansada de ter de resolver as suas confusões, Mitchell. Quero
que você ligue para o seu irmão e peça desculpas, não
apenas por ofender a Amy, mas também por inventar
esse boato ridículo de que ela xingou você. Portanto,
quero que diga que sente muito. Só isto. Simplesmente
pegue o telefone, ligue para o seu irmão e diga que
você sente muito. E, se não ligar, não fique achando
que o seu pai não vai saber disto.

(*Clique*)

Qual é o barulho de uma mão batendo palmas sozinha? Qual é o peso de um único grão de areia? A resposta é: igual ao meu interesse no recado que você vai
deixar aqui. Então, seja breve.

(*Sinal*)

É a Sean. Cara, você está ferrado. Nunca vi a mamãe tão louca da vida. Ela disse que foi a gota d'água. Disse que você sempre faz com que ela fique no meio, e que ela se sente como se tivesse de escolher entre você e o Stuart, e ela vai escolher o Stuart, porque disse que você é mentalmente instável. Ah, e é verdade mesmo que a Amy Jenkins chamou você de fodido? Cara, isso é legal *demais*. Me liga.

(*Clique*)

Qual é o barulho de uma mão batendo palmas sozinha? Qual é o peso de um único grão de areia? A resposta é: igual ao meu interesse no recado que você vai deixar aqui. Então, seja breve.

(*Sinal*)

Gostaria que você guardasse suas opiniões a respeito do sistema grego e do meu noivado para você, Mitch. Não precisa compartilhar com os parentes por parte de marido da Stacy e todo mundo que mora em Greenwich. Ninguém está interessado nos seus comentários a respeito das tradições da irmandade da minha noiva. Além do mais, a sua afirmação de que a Amy não seguiu o protocolo adequado ao demitir aquela idiota daquela senhora das tortas é completamente absurda. Como diretora de Recursos Humanos, a Amy pode contratar e demitir quem ela bem entender. Acho que você simplesmente está se esquecendo para quem trabalha neste caso. Você foi contratado pelo Peter Hargrave, NÃO pela Ida Lopez. Eu agradeceria muito se você se lembrasse disto. E nunca, nunca mais entre na sala da minha noiva e exija que ela apresente documentos, como se ela fosse um daqueles criminosos quaisquer que você costumava defender e com os quais, segundo fui informado, você continua se socializando ocasionalmente. A Amy é uma pessoa muito melhor do que o tipo de gente com que você está acostumado a lidar, e merece ser tratada não apenas como uma cidadã cumpridora da lei, mas também como futura integrante da sua família. Entendido?

Meu Deus, eu peço para você cuidar de um simples caso de demissão problemática e você consegue transformar a coisa em uma conspiração contra o trabalhador — meu Deus, Mitch! Simplesmente faça o trabalho que lhe foi designado e pare de remoer tudo, como você está tão determinado a fazer. Algumas pessoas simplesmente merecem perder o emprego, você sabe disso! A menos que você queira se transformar em uma dessas pessoas, deixe a Amy em paz. E nem TENTE dizer que eu não conseguiria fazer o papai te mandar embora se eu quisesse. Nós dois sabemos quem é o preferido do papai, meu caro, e não é você.

(*Clique*)

Garoto Encontra Garota

✉

Para: Stacy Trent <IH8BARNEY@freemail.com>
De: Mitchell Hertzog <mitchell.hertzog@hwd.com>
Assunto: Hoje

Tentei ligar, mas só dava ocupado. Isso não tem nada a ver com o fato de a Haley e a Brittany terem descoberto a existência do telefone direto das Meninas Superpoderosas, tem?

Bom, o fato é que eu queria pedir desculpa por ter causado tanto tumulto na sua casa. Não sei por que o Stuart ficou tão alterado. Eu só quis dizer que, lá na Universidade de Michigan, as Pi Delta tinham o hábito de tirar a roupa de qualquer homem que ficasse noivo de uma das integrantes da irmandade, e deixavam o cara amarrado assim à placa da Pi Delta no pátio da frente da casa da irmandade, para todo mundo que passasse poder ver. Só fiquei pensando, sabe como é, se as irmãs Pi Delta da Amy iriam fazer alguma coisa parecida com o Stuart, para a alegria dos nova-iorquinos. Simplesmente sugeri que tirassem as roupas do Stuart e o amarrassem à placa do *New York Journal* no número 216 da West 57th Street. Não faço a menor idéia de por que ela ficou tão aborrecida com isso. Você faz? Quer dizer, se você não agüenta o tranco, é melhor devolver o colarzinho da irmandade, é só o que estou dizendo.

Fala para o Jason que eu me diverti muito no campo de golfe hoje... Bom, pelo menos na parte que dava para enxergar dele, debaixo de toda aquela neve. Talvez jogar golfe em março não tenha sido a melhor idéia que eu tive ultimamente.

Eu não vou estar em casa se você ligar mais tarde, preciso ir a um evento beneficente para o papai. Mas não vou dizer que me incomodo. Estar na companhia de pessoas que têm mais dinheiro do que conseguem gastar é melhor do que estar com gente que não consegue parar de falar como foi adorável quando a pequena Taylor vomitou no chão da igreja no batizado do Richard Junior.

Sem ofensas.

Mitch
ou melhor, O Fodido

Garoto Encontra Garota

Bem-vindo à abertura da exposição da Coleção de Desenhos Franceses do Século XIX de Gregory Shearson no Metropolitan Museum of Art

Por que eu vim aqui? Ai, meu Deus, estou tão entediada, acho que vou morrer. Quer dizer, não que eu

**Convidado musical:
Sociedade de Música de Câmara do Lincoln Center**

preferisse estar na casa da Dolly assistindo ao Travel Channel. Porque eu não preferiria. Pelo menos, acho

A coleção de Gregory Shearson cobre diversas tendências do desenho francês da época: o neoclassicismo heróico de David; o classicismo refinado de Ingres; o romantismo expressivo de Delacroix; as paisagens ricas em texturas da Escola de Barbizon; as riquíssimas sombras a lápis de Seurat; e as aquarelas de Paul Signac e Henri-Edmond Cross, verdadeiras jóias do estilo.

que não. Não sei. Se eu ainda estivesse com o Dale, estaria neste momento sentada em algum bar enfumaçado do East Village, esperando o show dele começar. Correção: estaria correndo de um lado para o outro no apartamento, tentando encontrar os sapatos de boliche dele, já que a banda só iria tocar depois da meia-noite mesmo, e a essa hora o Dale ainda não estaria pronto para sair de jeito nenhum. E não estou dizendo que eu não preferia estar aqui, porque isto aqui é bem melhor do que qualquer bar do East Village, quer dizer, não tem ninguém fumando nem perguntando se pode dar uma cheirada no meu cabelo. Mas eu sinto que não me encaixo aqui, nem com a roupa que a Dolly me emprestou.

A seleção captura uma faceta diferente do bom gosto deste famoso colecionador norte-americano, devido ao alcance e à profundidade de seu interesse pela história da arte européia.

Quer dizer, para começo de conversa, tem o fato de que o meu cabelo é muito mais volumoso do que o de qualquer outra pessoa aqui — mas a Dolly disse que fica bonito sem alisar. *Com certeza* eu devia ter feito escova. E, em segundo lugar, bom, acho que eu sou a única pessoa aqui que tem menos de dez mil no fundo de aposentadoria. Aliás, eu devo ser a única pessoa aqui que TEM fundo de aposentadoria — além da Dolly, quer dizer. Parece que eu sou a única pessoa daqui que veio DESACOMPANHADA. Quer dizer, a Dolly não tinha dito exatamente que ia se encontrar com o Esquiador aqui; mas lá estava ele, esperando por ela, bem ao lado do tapete vermelho. E só posso dizer que os ombros dele parecem ainda MAIS LARGOS à noite.

Esta exposição se tornou realidade devido ao patrocínio da Fundação Gregory Shearson.

Tudo bem, mais um champanhe e eu vou cair fora. Cadê o garçom? Cadê... AI, MEU DEUS! AI, MEU DEUS, O QUE *ELE* ESTÁ FAZENDO AQUI?

E QUEM É AQUELA LÁ *COM* ELE? Ai, meu Deus, o Mitchell Hertzog está aqui com uma namorada. Uma NAMORADA! Ah, e olha só para ela. Olha bem para ela. ELA fez escova. ELA não aceitou o conselho da editora de moda do *New York Journal*. *Ela* está linda. Bom, isso se "linda" significa ter dois metros de altura e cinqüenta quilos. Na verdade, ela se parece mais com um louva-a-deus, se quiser saber a minha opinião.

Ai, meu Deus, por que eu fui comer todo aquele resto de macarrão de gergelim frio no jantar?

Programa da Sociedade de Música de Câmara do Lincoln Center

Garoto Encontra Garota

Talvez eu possa sair de fininho antes que ele me veja com o cabelo desse jeito. Se eu ficar atrás daquela pilastra

Quinteto para Clarinete e Cordas em Lá Maior, K. 581..Mozart

e me esgueirar até aquele negócio de guardar casaco, acho que consigo. Ah, por favor, Deus, permita que eu consiga

Sexteto para Clarinete, Quarteto de Cordas e Piano...Copland

NÃÃÃÃÃÃÃÃO! Ele me viu! O que eu...

Quinteto para Dois violinos, Viola, Violoncelo e Piano em Fá Menor, Op. 34.....................................Brahms

Diário de Kate Mackenzie

Por que é que toda vez que eu encontro com o Mitchell Hertzog eu consigo me comportar como uma idiota completa? Se não fico divagando a respeito de frango com molho de alho, estou falando do meu ex-namorado maluco ou fingindo que sei alguma coisa a respeito de música clássica, quando é óbvio, TOTALMENTE óbvio, que não sei nada.

E ele também estava TÃO lindo. Quer dizer, lindo mesmo, mesmo, mesmo, com aquele smoking. Ele estava tão lindo quanto o ESQUIADOR. Falando sério, até os ombros do Esquiador perderam a graça na comparação com os do Mitchell Hertzog.

E, além do mais, ele também foi simpático. Ficou todo assim: "O que VOCÊ está fazendo aqui? Achei que uma moça como você teria algo melhor para fazer do que vir a um evento destes."

Como se eu fosse glamourosa demais para aquele lugar, ou qualquer coisa do tipo. Ah, até parece. Eu disse que só tinha ido para fazer companhia à Dolly, porque ela tinha um convite sobrando.

Ele olhou em volta à procura da Dolly, mas é claro que ela tinha sumido com o Esquiador. Os dois estavam atrás do violoncelista com as mãos enfiadas um na calça do outro.

E daí, eu, idiota como sou, não pude deixar as coisas como estavam. Ah, não. A minha boca não parava de espumar.

Eu: Ah, é, bom, a Dolly e eu somos amigas há muito tempo. Aliás, neste momento estamos morando juntas, dá para acreditar?

Ele: Morando juntas? Mesmo? Como foi que isso aconteceu?

Eu: Bom, sabe como é, estou procurando apartamento, e a Dolly mora em uma cobertura enorme, na 80th Street com a East End Avenue, e sei lá, ela me convidou e eu aceitei na hora...

Garoto Encontra Garota

RIDÍCULA RIDÍCULA RIDÍCULA RIDÍCULA. Tenho certeza de que a Louva-a-Deus tem um papo melhor. Pelo menos até ela arrancar a cabeça dele com uma mordida depois de eles terminarem de copular (são os louva-a-deus que fazem isso, não são?).

Daí ele falou assim: "Bom, acho que deve ser melhor você estar na cobertura. Assim vai ser um pouco mais difícil para aquele seu amigo músico fazer uma serenata para você. Porque parece que você não gosta tanto assim das serenatas dele."

O Dale! Meu Deus! Eu tinha conseguido esquecer completamente o Dale. Tinha conseguido esquecer por um minuto que, da última vez que vi este homem, estava implorando à polícia de Nova York para não usar o cassetete no meu ex psicótico.

"Ah", eu respondi, tentando parecer toda — como é mesmo que se diz? JE NE SAIS QUOI, acho. Tenho certeza de que a Louva-a-Deus deve saber. "Isso. É. Aliás, muito obrigada por ter ajudado na ocasião. Hmm, o Dale e eu, nós, bom, nós terminamos, e ele, hmm, não está aceitando muito bem."

E ele falou assim: "É, eu percebi. Olha, se você precisar de alguma coisa, qualquer tipo de ajuda legal neste assunto, um mandado para ele ficar longe de você ou qualquer coisa assim..."

Aí, meu Deus! Ele quer me ajudar a conseguir um mandado para o Dale não chegar perto de mim! Quer dizer, eu provavelmente deveria fazer isso. Só que eu não quero que o Dale vá preso. Eu só quero que ele vá embora.

Mas, mesmo assim. Até parece que se eu precisasse de um mandado destes eu ia pedir para ELE! Quer dizer, a Hertzog, Webber e Doyle cobra no mínimo uns quinhentos paus a hora, ou qualquer coisa assim. Talvez seja até mais. Daria para gastar toda a minha poupança pelo preço que o cara cobra em umas três horas.

Mas, juro por Deus, lá estava eu pensando: "Se eu não aceitar a oferta dele, ele vai achar que talvez eu não esteja falando sério de ter terminado com o Dale, e daí ele nunca vai me convidar para sair."

O Mitchell Hertzog, quer dizer.

É. Era exatamente isso que eu estava pensando. A respeito do Mitch Hertzog. Enquanto estava ali parada conversando com ele na abertura de uma exposição à qual ele OBVIAMENTE tinha levado uma NAMORADA ALTA, LOIRA E MAGRA! Que estava me encarando lá de onde estavam os desenhos do Ingres (e, olha, ela combinava bem com aqueles desenhos, se é que você me entende. Fico aqui imaginando se o Ingres não usava um louva-a-deus como modelo para as obras dele).

Meu Deus, eu sou patética. Coloque um cara de SMOKING na minha frente — mesmo que seja um cara obviamente comprometido —, e a única coisa em que eu consigo pensar é em dividir o jornal SUNDAY TIMES com ele e sair para passear no Central Park.

Então, bem naquele momento, só para deixar as coisas ainda mais esquisitas e ridículas, eu ri, como quem não quer nada, e disse: "Bom, sabe como é, ha, ha, o meu salário é do departamento de recursos humanos, duvido muito que tenha dinheiro para te pagar."

Daí o Mitchell disse a coisa mais legal de todas. Quer dizer, falando sério, a coisa mais legal do mundo. Ele disse: "Eu ficaria muito contente de fazer isso sem cobrar nada. Por que você não passa no meu escritório na segunda e a gente conversa sobre o assunto? Digamos, na hora do almoço?"

Mas daí ele completou: "Conheço um lugar que serve um frango com molho de alho ótimo."

Preciso reconhecer que durante um minuto eu fiquei tão chocada que só fiquei lá olhando para ele, provavelmente com a boca aberta. Eu estava tentando pensar no que fazer — dar meia-volta e ir direto para a porta ou mandar ele largar do meu pé — quando pareceu que ele percebeu que eu não estava rindo e cutucou o meu braço e disse: "Ei. É piada. Foi uma piada. O que foi? Ninguém faz piada em recursos humanos?"

E o negócio é o seguinte: a última coisa que eu quero que aconteça é eu me apaixonar por um advogado. E é sério, não quero conseguir mandado nenhum para o Dale não poder chegar perto de mim – quer dizer, ele não é ameaça nenhuma para mim... bom, talvez seja para o meu ego, mas não para o meu corpo.

Mas o Mitch deu um sorriso tão bacana quando disse a palavra piada, e ele parecia querer me ajudar com tanta sinceridade, e bom, ele me cutucou. Tipo, foi um cutucão simpático. Quantos advogados dão cutucões simpáticos nos outros?

E devo reconhecer que aquilo tudo – e o fato de a Louva-a-Deus estar olhando tão fixamente para mim – fez com que eu, sei lá, perdesse a cabeça de repente. Porque, antes que eu me desse conta, já estava prometendo que sim, que eu almoçaria com ele na segunda, apesar de ele ser advogado e de o irmão dele ser a pessoa mais detestável do mundo e de ele já ter uma namorada de dois metros de altura e cinqüenta quilos e de a T.P.M. TER DITO ESPECIFICAMENTE QUE EU NÃO PODIA ME ENCONTRAR COM O MITCHELL HERTZOG A MENOS QUE ELA ESTIVESSE PRESENTE!

Só que eu não vou me encontrar com ele para falar da sra. Lopez. Vou me encontrar com ele para falar do Dale. E isso, sabe como é, não tem absolutamente nada a ver com trabalho. Bom, menos quando o Dale aparece no jornal com um buquê e uma música nova para mim. Mas isto não vem ao caso.

Eu só achei que aquilo foi mesmo muito gentil – quer dizer, um advogado tão poderoso se oferecer para me ajudar com o meu problema tão estúpido e entediante...

Bom, eu praticamente comecei a chorar ali mesmo. Se ele tivesse me oferecido um conjugado para alugar por 950 por mês, com água e luz incluídas, em um lugar de onde desse para ir a pé para o trabalho, eu não teria ficado mais emocionada.

Mas daí, é claro que eu tinha de ir lá e estragar tudo. Eu disse: "Bom, tudo bem, certo..." e como ele continuou lá parado e eu continuei lá parada e a senhorita Louva-a-Deus também continuou lá parada com aquele vestido da Dior dela, observando a cena toda – sabe como é, o namorado dela marcando encontro comigo, apesar de não ser um encontro de verdade, por ser almoço, e relacionado ao trabalho – para ele, pelo menos –, eu não fui capaz de deixar por isso mesmo e falei assim: "Você não vai me apresentar para a sua amiga?"

E o Mitchell pareceu meio assustado — de verdade, como se tivesse se esquecido de que ela estava lá — e falou: "Ah, é claro. Clarissa, esta aqui é a Kate Mackenzie. Estou trabalhando com ela em um caso de rompimento de contrato trabalhista. Kate, esta aqui é a Clarissa Doyle."

E daí a Louva-a-Deus veio deslizando pelo salão e estendeu aquela mão comprida de Ingres para mim e falou: "Muito prazer. Então, imagino que você trabalhe para a Substantiated Oil", e eu respondi: "Hmm, não. Para o NEW YORK JOURNAL. O Mitchell — quer dizer, o sr. Hertzog — quer dizer, o Mitchell — está nos ajudando com um processo de demissão por justa causa."

O que, é claro, fez com que a Louva-a-Deus só olhasse para mim e falasse assim: "Rompimento de contrato, você quer dizer. No Estado de Nova York não existe demissão por justa causa." E daí ela olhou para o Mitchell por baixo dos cílios — ela deve gastar uma fortuna na Sephora, porque eles eram supercompridos... os cílios dela, quer dizer — e daí rolou um daqueles silêncios constrangedores, durante o qual imaginei que o Mitch devia ter conhecido a Clarissa no trabalho.

Daí eu juntei dois com dois e me lembrei de que o nome do escritório do Mitch era Hertzog, Webber e Doyle, e que a Clarissa tinha de ser o Doyle. Ou um Doyle, de qualquer maneira. E daí eu pensei em como todo mundo iria ficar feliz, sabe como é, se ela e o Mitchell se casassem, porque daí eles podiam abrir um escritório de advocacia pequeno, tipo na França, ou algo assim, e daí, sei lá, pensar nisso fez com que eu desejasse não ter bebido tanta champanhe, porque de repente eu fiquei com a maior dor de cabeça, e acho que o Mitch deve ter reparado, porque ele falou assim: "Tudo bem com você, Kate?"

Eu respondi que tudo, porque, sabe como é, a gente tem de mentir a respeito desse tipo de coisa, e daí, para desviar a atenção de mim, perguntei se a família dele gostava da Amy, mas quase falei T.P.M.

Garoto Encontra Garota   179

"Hmm, parece que todo mundo gosta bastante dela", o Mitch respondeu. "Você tem certeza de que está tudo bem?"

"Uma belezura", respondi. Não acredito que falei estas palavras. Mas lá estavam elas, flutuando como uma bolha em cima da minha cabeça, igual a uma tirinha do SNOOPY. Parecia até que a Clarissa estava esticando aquele pescoço de Louva-a-Deus dela para olhar melhor para as palavras.

E é claro que isso só fez a minha dor de cabeça piorar umas dez vezes, e aquela porcaria de Brahms também não estava ajudando em nada.

Daí, pareceu que uma bomba nuclear explodiu na minha cabeça, porque, a menos de seis metros de distância, eu vi o Stuart Hertzog e a T.P.M. lá parados!!!!

Eu quase engoli a língua. Quer dizer, se a T.P.M. me pegasse confraternizando com o Mitch, depois de me proibir terminantemente de fazer isso, eu seria transferida para a sala de correspondência em menos tempo do que demora para dizer Programa de Assistência ao Funcionário...

Acho que o Mitchell não viu os dois, mas viu o meu rosto, e de repente ele disse: "Kate, parece que já deu para você. Deixa que eu pego o seu casaco e chamo um táxi. A Clarissa pode falar para a Dolly que você resolveu voltar para casa sem ela."

Ao que a Clarissa respondeu, com mais cara de Louva-a-Deus do que nunca: "Claro que eu falo, pode deixar."

E, apesar de eu ficar falando: "Ah não, tudo bem", ele pegou o meu recibo da chapelaria. Preciso dizer que eu não reclamei exatamente daquela coisa toda de me tirar dali o mais rápido possível. Conseguimos passar pela T.P.M. sem que ela notasse (estava ocupada escolhendo um HORS-D'OEUVRE e acho que fazendo um cálculo mental para saber quanto tempo ela ia ter de ficar na esteira para queimar as calorias dele).

Bom, mas quando eu me dei conta, o Mitch e eu estávamos parados na garoa na frente do Met, e ele estava chamando um táxi para mim.

"Deve ser o champanhe", eu disse de um jeito bem ridículo, porque não queria reconhecer que o fato de ter visto a minha chefe tinha feito com que eu tremesse nas bases. Porque, sabe como é, no final das contas, a minha chefe é a futura cunhada dele, e mesmo que no futuro ele vá descobrir por conta própria que ela é uma pessoa absolutamente detestável, não vou ser eu que vou dizer para ele. "Falando sério, não estou acostumada. E a Dolly e eu fomos correr ao redor do reservatório hoje, e também não estou acostumada com isso, e... Deve ter sido o champanhe."

E daí o Mitch disse: "É mesmo? Eu achei que tinha sido aquele monte de gente. Eu mesmo não consigo agüentar tanta troca de gentilezas."

E daí um táxi encostou, e o Mitch abriu a porta para mim e me colocou para dentro e disse para o motorista aonde deveria ir. Daí ele olhou para mim e falou assim: "A gente se vê na segunda, Kate."

Eu só tive tempo para dizer: "A gente se vê na segunda, e obrigada..." antes de ele fechar a porta na minha cara. E daí o taxista me levou para casa.

E agora eu estou aqui deitada — a Dolly e o Esquiador ainda não voltaram. Talvez não voltem hoje. Talvez eles estejam na casa dele. Mas não acredito que a casa do Esquiador seja melhor do que a da Dolly — e estou aqui pensando com os meus botões...

Bom, como é que o Mitchell Hertzog sabia o endereço certinho da Dolly, aliás? Porque ele sabia. Ele deu para o taxista.

Fico imaginando se ELE já deu umas voltas aqui neste apartamento de cuequinha.

Não. Com certeza, não. Ele é definitivamente o tipo de cara que prefere samba-canção.

Garoto Encontra Garota

181

✉

Para: Mitchell Hertzog <mitchell.hertzog@hwd.com>
De: Clarissa Doyle <clarissa.doyle@hwd.com>
Assunto: Seu espertinho

Ah, mas você se transformou mesmo no Galahad. A sua pequena *Lady*
Elaine é adorável. Mas você precisa dizer a ela que não é de bom tom sair
do baile antes da meia-noite. Ela perdeu todos os fogos de artifício entre
você e o Stuart. Por que ele ESTAVA tão aborrecido?

Não tenho muita coisa a dizer sobre aquela criatura com quem ele vai se
casar. Parece que alguém enfiou um Manolo Blahnik na bunda dela.

Quando você conseguir se afastar um minuto da Cinderela, príncipe encantado, será que pode me ligar para a gente falar do caso Brinker-Hoffman?

C

✉

Para: Mitchell Hertzog <mitchell.hertzog@hwd.com>
De: Haley e Brittany <WELUVBARNEY@trentcapital.com>
Assunto: Você

Tio Mitch! A gente se divertiu ontem. Você tem de vir aqui mais vezes. A
gente gostou mesmo de como você deixou a cara do tio Stuart vermelha,
quando ele estava gritando com você na garagem. Será que dá para fazer
de novo na próxima vez que você vier aqui?

Então, o tio Stuart vai se casar com aquela moça? A mamãe disse que ela
vai ser a nossa tia Amy. Ela é legal, só que não quis experimentar os biscoitos de pasta de amendoim e chocolate com M&Ms. Estavam bons — você
comeu cinco, lembra? Mas ela disse que estava fazendo uma dieta especial,
e não podia comer uma coisa chamada carboidrato. A gente disse para ela

que não tinha colocado nenhum carboidrato nos biscoitos, só M&Ms, mas ela disse que M&Ms eram carboidrato.

Tio Mitch, o que é carboidrato?

Bom, é só isso. Obrigada pelo vídeo da Barbie, a gente colocou e aumentou o volume BASTANTE hoje de manhã, como você disse que era para fazer. Você estava certo: o papai fica engraçado quando desce as escadas correndo com o cabelo todo arrepiado.

Muitos beijos,
Haley e Brittany
(e o Little John, que ainda é muito pequeno para mexer no computador)

....

✉

Para: Mitchell Hertzog <mitchell.hertzog@hwd.com>
De: Stacy Trent <IH8BARNEY@freemail.com>
Assunto: Você

Tive notícias do Stuie hoje de manhã. Ele disse que você estava no museu ontem à noite com a Clarissa Doyle. Por favor, diga que vocês dois não estão namorando de novo. Achei que vocês tinham percebido que são totalmente incompatíveis quando ainda estavam no ensino médio, quando ela te deflorou atrás da casa da piscina.

Que maldosa.

Stace

Garoto Encontra Garota

Ei, aqui é a casa da Kate e do Dale. A gente não pode atender agora, por isso, deixe o seu recado depois do sinal e a gente retorna assim que puder. Valeu!

(*Sinal*)

Oi, Katie! É a mamãe de novo! Você não retornou o meu telefonema. Eu só queria que você soubesse que o Charlie e eu estamos em Santa Fé. Santa Fé, no Novo México. Ah, o lugar é adorável, você o Dale têm de vir visitar a gente alguma hora. O ar é tão...

— A-alô?
— Alô? Dale? É você? É a Carol, Dale.
— Ah, sra. Mackenzie. Oi. Tudo bem aí?
— Eu te acordei, Dale? Sinto muito mesmo. É o fuso horário. Deixa ver, aqui é meio-dia, então aí devem ser... três da tarde. Dale, o que você ainda está fazendo na cama às três da tarde?
— Eu tive um show ontem à noite. Só cheguei em casa às cinco.
— Ah, sei. Bom, a Katie está? Deixa eu falar com a Katie, e você pode voltar para a cama.
— Sra. M., a Katie não mora mais aqui.
— O quê?
— É. Faz tipo um mês.
— A Katie se MUDOU?
— É. Eu achei... ela não falou com a senhora?
— Não. A última vez que nos falamos, eu estava no Colorado. Certo, Charlie? A gente não falou com a Katie em Denver? Mas foi na semana passada, e ela não falou nada sobre..."
— Acho que ela não queria que a senhora ficasse preocupada.

— Ah. Ah, claro, você deve ter razão. Bom, o que aconteceu, Dale? Vocês dois brigaram?

— É. Acho que sim. Não sei. Ela começou com uma conversa maluca de casamento, e de estar desperdiçando os melhores anos da vida dela, e querer compromisso e essas merdas. Mas sabe como é, sra. M. M., eu preciso viver um dia de cada vez.

— Bom, claro que precisa, Dale. Você não quer se amarrar, assim como eu e o Charlie não queremos nos amarrar. É por isso que estamos viajando de carro pelo país inteiro, sem nunca parar em lugar nenhum durante muito tempo. Mas sabe como é, a Katie sempre foi mais convencional. Ela nunca gostava quando a gente viajava, nem quando fomos para a Disney.

— É. Ela disse que não queria ir na turnê com a gente. Isso se algum dia a gente fizer uma turnê, quer dizer.

— Hmmm. Isso é bem típico da Kate. Bom, sabe o quê, Dale? Me dá o telefone dela. Ela está na casa da Jen? Vou ligar para ela...

— Ela *estava* na casa da Jen. Mas a Jen disse que ela saiu de lá. Então, agora eu não sei onde ela está.

— Espera aí. Você não sabe onde a Kate está?

— Não. E a Jen não quer me dizer. É porque eu fiz uma coisa meio estúpida outro dia. Quer dizer, achei que era o tipo de coisa que a Kate queria que eu fizesse, meio romântico e toda essa merda. Mas acho que ela não achou nada romântico, porque ela mandou chamar a polícia para me prender...

— Então, só me dá o telefone da Jen, Dale. Tenho certeza de que a Jen vai me dizer onde a Katie está. E, Dale, sério, tente não levar para o lado pessoal. Você e a Katie foram feitos um para o outro. Quer dizer, não é à toa que vocês estão juntos desde o ensino médio, não é mesmo?"

Garoto Encontra Garota

— Não. Acho que não. Certo. O número da Jen é 555-1324. O DDD é 212. E, sra. M.?

— Pois não, Dale?

— Se a senhora falar com a Kate, diz para ela... diz para ela que eu a amo. Quer dizer, eu não posso ser quem ela quer que eu seja — porque eu só posso ser eu mesmo. Sabe como é? Mas eu continuo amando ela.

— Claro que eu digo, Dale. Isso é uma gracinha...

— E a senhora pode perguntar a ela onde ela colocou os filtros de café? Porque, tipo, a gente não consegue achar em lugar nenhum. A gente tem usado um par de meias do Scroggs, e descobrimos que meias não servem muito bem como filtro de café.

— Claro que eu pergunto, Dale. Beijos para você. Tchauzinho!

— Tchau.

(*Clique*)

✉

Para: Kate Mackenzie <katydid@freemail.com>
De: Jen Sadler <sleaterkinneyfan@freemail.com>
Assunto: A sua mãe

Má notícia: a sua mãe acabou de ligar. Ela finalmente conseguiu falar com o Dale, e ele contou para ela que vocês dois se separaram. Ela me pareceu muito preocupada. Eu disse que não tinha o seu telefone mas que podia arrumar. Disse que deixei no trabalho. Uma mentirinha, sabe como é, mas bom, não ofende ninguém, e assim você ganha um pouco de tempo.

Então. O que você quer que eu faça? Tentei ligar para você, mas a linha está ocupada há horas. O que vocês duas estão aprontando? Cantando todos os solteiros gostosos de Nova York?

J

✉

Para: Jen Sadler <sleaterkinneyfan@freemail.com>
De: Kate Mackenzie <katydid@freemail.com>
Assunto: A minha mãe

Aaargh. Eu sabia que ela ia descobrir mais cedo ou mais tarde. Ela ADORA o Dale. Ela nunca mais vai me deixar em paz por causa disso.

Eu tive de tirar o telefone do gancho porque a Dolly e o Esquiador ainda estão dormindo. Ou, pelo menos, ainda estão no quarto dela. Com a porta fechada.

Faz qualquer coisa, mas não dá este telefone para ela. Ela pode me ligar no trabalho amanhã. Quer dizer, agora que já não é mais segredo mesmo.

Então. Você e o Craig se divertiram sem mim neste fim de semana?

Garoto Encontra Garota

✉

Para: Jen Sadler <sleaterkinneyfan@freemail.com>
De: Kate Mackenzie <katydid@freemail.com>
Assunto: Alerta Peter H!!!!

O Peter acabou de chegar! Sério! E a Dolly ainda está na cama com o Esquiador! Estou fazendo tudo que posso para distraí-lo — ele pareceu meio surpreso de me ver aqui — mas não sei mais o que inventar. Já mostrei que sei tocar "Slave for U" no piano de meia cauda da Dolly.

Agora ele está examinando a casa, clicando a correspondência. A qualquer segundo ele vai entrar no quarto da Dolly, e daí vai ter pedaço de Esquiador para tudo quanto é lado! Ou, pelo menos, um silêncio constrangedor. O que eu...

Tarde demais

✉

Para: Kate Mackenzie <katydid@freemail.com>
De: Jen Sadler <sleaterkinneyfan@freemail.com>
Assunto: Alerta Peter H!!!!

NÃO ME DEIXA AQUI SEM SABER O QUE ACONTECEU!!!! CONTA LOGO!!!!

✉

Para: Jen Sadler <sleaterkinneyfan@freemail.com>
De: Kate Mackenzie <katydid@freemail.com>
Assunto: Alerta Peter H!!!!

Bom, adivinha só: acontece que o Esquiador é o MEU namorado. Quem ia adivinhar?

Pelo menos, foi a história que a Dolly contou, e parece que ela vai continuar com ela.

Mas o que o MEU namorado estava fazendo no chuveiro da DOLLY é um mistério — mas, aparentemente, um mistério que o Peter Hargrave não está nem um pouco a fim de decifrar. Agora ele e a Dolly estão abraçadinhos no sofá, lendo o *Sunday Times* e dando risada. O Esquiador ficou olhando torto para eles até que eu finalmente disse para ele que tinha aula de pilates (!) e dei um beijo para me despedir dele.

Não sei se vou agüentar isso durante muito mais tempo. Quer dizer, o Peter Hargrave é DONO do lugar em que eu trabalho. Será que dá mesmo para ficar mentindo para ele desse jeito?

Acho que, sem pagar aluguel, até que o preço é baixo. Mesmo assim, peguei o caderno de imóveis e vou sair daqui a pouquinho. Tem um monte de conjugados que cabem no meu orçamento, só que... são em NOVA JERSEY!!!!

A gente se fala mais tarde
Kate

Garoto Encontra Garota

> East 94th St. — conjugado para alugar,
> sem taxas, sem taxa de eletrodomésticos.
> Perto do Central Park,
> Construção pré-guerra, pé-direito alto,
> janela coz. e banh.,
> zelador residente, US$ 1.395/mês
> 212-555-9966

Já foi alugado. Claro.

> FIRST AVE/PRÓX. HOUSTON SEM TAXA
> CONJUG CLARO E AREJADO US$ 1.095
> Todas as unidades com banheira de mármore,
> Assoalho de madeira, eletrodom. novos
> e interfone c/ vídeo.
> Ligar p/ Armand 212-555-1790

Tem de pagar taxa.

> 27th St. East, conjugado charmoso US$ 1.395
> Reformado há pouco. Pé-direito alto,
> *closet* grande, assoalho, todos eletrodom. novos,
> VISITAÇÃO HOJE
> Ligue p/ marcar 646-555-0650

Alugado.

Ave. A próx. Houston taxa baixa,
Conjugado 45 m2, US$ 1.300
Assoalho de madeira, coz. independ.,
lava-louças ligue 212-555-0003

MENTIRAS! NADA ALÉM DE MENTIRAS!!!!!!!!!!
Ai, meu Deus, eu odeio todo mundo. Queria estar morta.

Garoto Encontra Garota

✉

Para: Kate Mackenzie <katydid@freemail.com>
De: Dale Carter <imnotmakinganymoresandwiches@freemail.com>
Assunto: Nós

Oi. O irmão do Scroggs me emprestou o computador. Ainda tenho permissão para te mandar *e-mail*, né? Quer dizer, eu sei que você não atende aos meus telefonemas. E acho que você também não gosta quando eu passo no seu trabalho.

Mas o negócio é que eu preciso falar com você, Kate. Quer dizer, isto aqui virou a maior confusão. Não estou acostumado a não ter você por perto. É meio... esquisito.

E, tudo bem, eu sei que eu estraguei tudo, mas acho que você está sendo um pouco dura demais com essa história de sair de casa e tal. Quer dizer, fala sério, Kate. Você é a minha — como chama mesmo? — pedra de lodo. Não consigo pensar em mais nada além de você. Está tudo uma porcaria. Quer dizer, lembra quando a gente estava em Luxor e a gente só ficava sonhando em quando se mudasse para Nova York, como ia ser maravilhoso e tudo o mais? Bom, eu sei muito bem que não foi tão maravilhoso assim Kate, mas ainda pode ser. Amanhã, a gente vai assinar o contrato com a gravadora. A gente vai ficar RICO, Kate. Mas eu nem consigo ficar empolgado com todas estas jóias porque você não vai estar aqui para me ajudar a gastar.

Eu sei que não posso te dar o que você quer, Kate, mas mesmo assim a gente ainda podia se divertir muito, muito mesmo. Quer dizer, a gravadora tem uma casa em Baha. Em BAHA, gata! Pensa nisso.

Bom, sei lá. É isso. Vê se relaxa, e não deixa o sistema acabar com você.

Dale

✉

Para: Dale Carter <imnotmakinganymoresandwiches@freemail.com>
De: Kate Mackenzie <katydid@freemail.com>
Assunto: Você

Pedra de toque, não pedra de lodo. Baja, não Baha. E você não pode gastar jóia, porque jóia é o que você compra com dinheiro.

Dale, vai por mim. Eu cheguei à conclusão de que não fui feita para ser namorada de um roqueiro. Não sei muito bem o que eu vou ser em vez disso. Mas tenho bastante certeza de que ir para Baja não está incluído no pacote. Sinto muito, mas as coisas são assim. Quanto mais cedo você aceitar este fato e seguir em frente, mais feliz você vai ser, Dale.

Com carinho,
Kate

✉

Para: Devon Hildenbrandt <devonhildenbrandt@hildenbrandtindustries.com>
De: Amy Jenkins <amy.jenkins@thenyjournal.com>
Assunto: Os brincos

Devon, você é uma deusa. Muitíssimo obrigada por me emprestar as suas safiras para ontem à noite. Ficaram maravilhosas com o top que eu comprei na Barney's.

Foi uma pena a gente não ter se visto no evento, mas o lugar estava lotado. Mas você viu quem ESTAVA lá? A top model Vivica! Mas eu achei que ela ficou meio gorda com aquele vestido, você não achou?

Mas, de todo jeito, eu me diverti à beça... tirando o fato de que eu vi com o canto do olho uma das minhas funcionárias lá... uma com quem tenho tido

Garoto Encontra Garota

bastante problema ultimamente. Parece que ela ficou toda íntima da Dolly Vargas, a editora de moda. Sabe como é, isso é um tanto irritante... Eu já trabalho no *Journal* há quase cinco anos e nunca fui convidada nem para tomar um café com alguma editora, outros membros da equipe então, nem pensar. Bom, acho que isso só serve para mostrar que a gente pode escolher os amigos, mas não os colegas de trabalho. Mesmo assim, me deixa meio aborrecida. Não faz nem um ano que ela trabalha para mim, e já conhece mais gente do que eu.

Mas tanto faz. Como eu estava dizendo, obrigada por ter emprestado os brincos. Mas vou logo avisando: vou pedir um par igual para o Stuart no nosso primeiro aniversário de casamento. Vai combinar direitinho com o anel de festa de safira que eu vou ganhar quando o Stuart Jr. nascer, rsrsrs!

A gente se vê na semana que vem, quando fomos beber coquetéis — vai ser no Pop, no centro da cidade, certo? Eu devolvo as suas safiras lá.

Beijos,
Amy

Amy Denise Jenkins
Diretora
Recursos Humanos
The New York Journal
216 W. 57th Street
Nova York, NY 10019
212-555-6890
amy.jenkins@thenyjournal.com

Esta mensagem, incluindo seus anexos, contém informações legais privilegiadas e/ou confidencias, não podendo ser retransmitida, arquivada ou copiada sem autorização do remetente. Caso tenha recebido esta mensagem por engano, por favor informe o remetente respondendo imediatamente a este *e-mail* e em seguida apague-a do seu computador.

✉

Para: Stacy Trent <IH8BARNEY@freemail.com>
De: Mitchell Hertzog <mitchell.hertzog@hwd.com>
Assunto: Clarissa

O que a Clarissa e eu fizemos ou deixamos de fazer naquela casa da piscina não é da sua conta. Eu fui ao museu com ela naquela noite porque a atual paixão dela — um banqueiro de investimentos qualquer — está viajando, e ela me convidou para ir com ela e, como o time da Universidade de Michigan não estava jogando. Eu pensei: por que não? Eu gosto tanto de arte quanto qualquer cara.

Então, fala para a mamãe não ficar tão animada assim. Não vai ter nenhum casamento duplo para o Stuart e eu.

Agora, se você me dá licença, preciso colocar uma semana de Travel Channel em dia.

O Fodido

✉

Para: Kate Mackenzie <kathleen.mackenzie@thenyjournal.com>
De: Amy Jenkins <amy.jenkins@thenyjournal.com>
Assunto: Código de vestimenta

Kate, como tenho certeza de que você está ciente, nós aqui no *Journal* tentamos manter um mínimo de compostura profissional.

Dito isso, acredito que a saia que você está usando hoje não tem comprimento apropriado para o ambiente de trabalho. Por favor, providencie para que esta peça seja retirada do seu rodízio de roupas semanal a partir de hoje.

Amy

Amy Denise Jenkins
Diretora
Recursos Humanos
The New York Journal
216 W. 57th Street
Nova York, NY 10019
212-555-6890
amy.jenkins@thenyjournal.com

Esta mensagem, incluindo seus anexos, contém informações legais privilegiadas e/ou confidencias, não podendo ser retransmitida, arquivada ou
copiada sem autorização do remetente. Caso tenha recebido esta mensagem por engano, por favor informe o remetente respondendo imediatamente a este e-mail e em seguida apague-a do seu computador.

Katydid:	A T.P.M. está dizendo que a minha saia não está adequada para ser usada no trabalho.
Sleaterkinneyfan:	NÃO!!! Qual é o problema com a saia? Reconheço que ela está mais para curta, mas acho que você está linda! A T.P.M. só está com inveja porque não tem coragem — ou imaginação — para usar qualquer coisa que termine acima do joelho.
Katydid:	Ou isso ou ela simplesmente me detesta. A Dolly me emprestou esta saia. É da Dolce e Gabbana! De camurça!
Sleaterkinneyfan:	Eu sei que você é chegada na camurça. E, para a alegria da nação, ninguém fez xixi nessa daí. Tirando o Esquiador... não, isso é ir longe demais. Tem alguma razão especial para você estar toda vestida de Modas-Dolly hoje? Ou ela te pegou na porta e te obrigou a vestir?
Katydid:	Bom, eu VOU almoçar com o Mitch Hertzog. Mas é um almoço de NEGÓCIOS.
Sleaterkinneyfan:	Tenho más notícias para você. Esta saia aí não é muito apropriada para tratar de negócios. Tem certeza de que a Dolly entendeu quando você disse que o almoço era de negócios?
Katydid:	Eu expliquei para ela que o Mitch e eu vamos nos encontrar para discutir um mandado para impedir que o Dale se aproxime de mim...
Sleaterkinneyfan:	Ah, muito bem. Nesse caso, tudo faz sentido. Se é que existe uma saia de pedir mandado para alguém não se aproximar da gente, é esta aí mesmo. Mas, voltando ao almoço. Quando foi que isto aconteceu?
Katydid:	Ah. Quando a gente se encontrou no sábado à noite no museu.
Sleaterkinneyfan:	Descreva.

Garoto Encontra Garota 197

Katydid: Não tem nada para descrever. Ele estava lá com uma mulher. Uma mulher muito bonita. Ela parecia um louva-a-deus. E o sobrenome dela é Doyle, igual a Hertzog, Webber e Doyle.

Sleaterkinneyfan: Ah. Mesmo assim, ele vai almoçar com você, não com ela.

Katydid: É um almoço de NEGÓCIOS.

Sleaterkinneyfan: Por isso é que você está usando esta saia tão de negócios.

Katydid: CALA A BOCA! Estou parecendo tão vagabunda assim? Você troca de saia comigo?

Sleaterkinneyfan: Você está de brincadeira? Aí eu é que vou ter de arrumar um mandado para o Rob da xerox ficar longe de mim. Ei, você deu uma olhada nos brincos da T.P.M.?

Katydid: Vi. Estou ficando cega com o brilho. Quem sabe não foi presente do Stuart?

Sleaterkinneyfan: Você sabe como é. Não dá para acreditar que ele já está dando uma coisa dessas para ela, sendo que ainda nem estão casados. Nem é aniversário dela! Sabe qual foi o último presente que o Craig me deu? Uma balança. Legal, né?

Katydid: Ei, o último presente que o Dale me deu foi uma baqueta. Ele disse que era do Flea. Mas não tenho certeza disso.

Sleaterkinneyfan: Como foi a procura por apartamento?

Katydid: Bom, se eu tivesse dez mil na conta para pagar o primeiro e o último mês de aluguel mais um depósito do seguro-fiança, eu estaria feita. Mas como não é o caso, acho que vamos ter de ficar eu, a Dolly, o Peter e o Esquiador. Pelo menos até eu receber a minha restituição do imposto de renda — e o contrato de aluguel do apartamento em que o Dale está terminar, para eu pegar a minha metade do seguro-fiança. E assim que eu

Meg Cabot

puder empenhar um par de botas de camurça com mijo por cima e minhas valiosas obras das Bangles.

Sleaterkinneyfan: Ai. Você sabe que sempre tem lugar na *Chez* Sadler.

Katydid: Obrigada. Você é o máximo. Eu... putz, telefone. A gente se fala mais tarde.

Garoto Encontra Garota

199

✉

Para: Jen Sadler <jennifer.sadler@thenyjournal.com>
De: Kate Mackenzie <kathleen.mackenzie@thenyjournal.com>
Assunto: A minha mãe

Achei que mães deveriam ser gentis e dar apoio para as filhas, além de amá-las incondicionalmente. Na verdade, lembro muito bem de quando o professor Wingblade disse para a gente que as mães são as ÚNICAS pessoas em quem podemos confiar para ter amor incondicional por nós.

Então, como é que a MINHA mãe, em vez de ficar mal por mim, porque o meu namorado se recusa a assumir um compromisso, fica gritando comigo porque eu o pressiono demais? Juro por Deus, minha própria mãe gosta mais do meu ex do que de mim.

Kate

✉

Para: Kate Mackenzie <kathleen.mackenzie@thenyjournal.com>
De: Jen Sadler <jennifer.sadler@thenyjournal.com>
Assunto: A sua mãe

Isso é só porque ela ainda não te viu com esta saia.

Não, falando sério. A sua mãe neste momento está atravessando o país em um *trailer*, na companhia de um homem dez anos mais novo que gosta de apitinhos de passarinhos. Certo? Até parece que uma mulher dessas ia te apoiar ao saber que você está terminando com o seu namorado que logo, logo vai ser uma estrela do rock. Por acaso ela disse que você deveria ter ficado "grávida sem querer" para poder se assegurar pelo resto da vida? Aposto dez contra um que ela disse. Será este o sinal de uma mulher que joga com o baralho inteiro na manga?

J

200   Meg Cabot

✉

Para: Jen Sadler <jennifer.sadler@thenyjournal.com>
De: Kate Mackenzie <kathleen.mackenzie@thenyjournal.com>
Assunto: A minha mãe

FOI MESMO! Ai, meu Deus, você por acaso foi atingida por um raio ou algo assim? Porque você é vidente.

Até parece que eu ia querer arrumar um marido DESSE jeito. Até parece que ter um marido é assim tão importante para mim. Quer dizer, uma pessoa pode ser um ser humano completo sem ser casada, sabe como é. Aliás, você se lembra de como o professor Wingblade disse que o grau de felicidade geral na vida era maior entre os solteiros do que os casados? O que ISSO significa para você?

Ah, desculpa. Por um segundo, esqueci que você é casada.

Mas só estou falando. Não é porque eu quero me casar que eu terminei com o Dale. É que se ele não me ama o bastante para querer se casar comigo, então é porque ele não me ama nem um pouco.

Ou qualquer coisa assim. Sabe do que eu estou falando? Meu Deus, eu ODEIO falar com a minha mãe, ela sempre me deixa confusa.

Kate

✉

Para: Kate Mackenzie <kathleen.mackenzie@thenyjournal.com>
De: Jen Sadler <jennifer.sadler@thenyjournal.com>
Assunto: A sua mãe

Entendi o que você quis dizer. Ei, mas você já não devia estar encontrando o seu companheiro de almoço por agora? Já é quase meio-dia e meia.

J

✉

Para: Jen Sadler <jennifer.sadler@thenyjournal.com>
De: Kate Mackenzie <kathleen.mackenzie@thenyjournal.com>
Assunto: A minha mãe

AAAAAAAAAAAAAAAAAAAAAAAAAA!!!!!!!!!!!!!!

Estou atrasada!

WU LING PALACE
Cozinha Autêntica de Sichuan

Ai, meu Deus, eu sabia que eu deveria ter obrigado a Jen a trocar de saia comigo, eu devo estar parecendo a maior vagabunda do mundo, não é à toa que ele saiu para a entrada do restaurante para atender o celular

Barbatana de tubarão do mar do Sul
para dois   US$ 19,95

já faz um tempão, deve estar com vergonha de ser visto na minha companhia, e quem é que pode culpá-lo, eu estou parecendo a

Sopa de carne de caranguejo com aspargos
para dois   US$ 8,95

Alyssa Milano em *Charmed* ou sei lá o quê. Ele deve estar com medo de mim, ai, meu Deus, por que fui

Caldo de peixe *maw*   US$ 8,95

dizer que almoçaria com ele? Quer dizer, ele é ADVOGADO, afinal de contas, e eu sempre jurei...

Filé de peixe com caldo para dois   US$ 7,95

Mas é que ele é tão *legal*, e o frango com molho de alho *é* mesmo muito bom aqui, e tenho certeza de que a ligação deve ser

Sopa com massa *chengdu*   US$ 3,50

Garoto Encontra Garota   203

importante de verdade, e ele pareceu MESMO preocupado quando
viu quem era no identificador de chamadas.

Sopa apimentada e ácida   US$ 3,50

Provavelmente é a respeito de algum caso importante ou algo assim.
Espero que não seja aquela tal de Clarissa, acho que ele não

Sopa de frango e milho com ovo   US$ 3,50

teria atendido se fosse, mas talvez, quem sabe? É meio engraçado,
acho que ele não gosta da Amy tanto assim. Ele diz que pessoas que
fazem exercício tantas vezes por dia quanto ela são assustadoras, o
que é bom

Bolinhos salteados   US$ 4,95

porque só Deus sabe que ontem eu mal conseguia me mexer por
causa daquela corrida ao redor do reservatório no dia anterior.

Bolinhos de legumes no vapor   US$ 4,95

Não que tenha sido uma corrida muito intensa, levando em conta
que a Dolly parava a cada sessenta segundos para falar com

Costeletas   US$ 6,95

alguém que estava passando, meu Deus, parece que ela conhece todo
mundo no planeta. Além do mais, ele gosta do

Camarão empanado   US$ 6,95

Travel Channel. O que significa que já temos algo em comum, não
que a gente goste pelas mesmas

Pato assado cantonês   US$ 5,95

razões, ele gosta porque já foi a todos aqueles lugares, eu gosto porque agora não preciso mais ir, porque

Rolinho primavera de legumes tipo Xangai   US$ 2,50

já vi tudo na TV. Mas, de todo jeito, já é alguma coisa, mais do que
eu tinha em comum com o Dale, sem contar

Massa fria com vinagrete apimentado   US$ 4,50

que a gente cresceu junto e nós dois gostamos de sexo, sabe como é.
E ele era o cara mais legal da escola inteira,

Frango refogado com taco de alface   US$ 6,95

e o único remotamente interessado em alguma coisa além de futebol
americano. E ele

Bolinho de porco sichuan com vinagrete
apimentado   US$ 4,50

não é o tipo de pessoa que só pensa em negócios (o Dale, quer dizer),
porque eu não sei se seria capaz de ficar com alguém que estivesse

Torrada de taro frita   US$ 3,95

sempre preocupado com quanto dinheiro vai ganhar ou qualquer
coisa assim, pelo menos o Dale tinha uma profissão criativa. Não é
que eu vá sair com o Mitch Hertzog nem nada. Quer dizer, ATÉ PARE-
CE. É só um almoço, pelo amor de Deus. Para conversar a respeito de
pedir um mandado para o Dale não poder mais chegar perto de mim.
Só que ele é TÃO LEGAL — o Mitch, quer dizer —, e ele é perfumado,

também, e hoje está usando uma gravata do Homem-Aranha. Ele disse que foi presente das sobrinhas também. Meu Deus, espero que não seja nada sério o que o Mitch tem com aquela mulher Louva-a-deus. AI, MEU DEUS

AQUELE ALI É O SCROGGS????

✉

Para: Mitchell Hertzog <mitchell.hertzog@hwd.com>
De: Kate Mackenzie <kathleen.mackenzie@thenyjournal.com>
Assunto: Almoço

Por favor, deixe eu pedir desculpa mais uma vez. SINTO MUITO PELO SEU TERNO. Não sei o que deu no Dale, não sei mesmo. Acho que ele achou que a gente estava junto ou algo assim, ha ha! Bom, você sabe que ele é um pouco instável. Mas realmente não é um cara violento. Só implica com ternos, parece.

POR FAVOR, você tem de me mandar a conta da lavanderia. É o mínimo que eu devo fazer por você.

Kate

✉

Para: Kate Mackenzie <kathleen.mackenzie@thenyjournal.com>
De: Jen Sadler <jennifer.sadler@thenyjournal.com>
Assunto: Você

O que aconteceu????? Você está branca feito papel. Por acaso um daqueles *voyeurs* com câmeras filmaram por baixo desta sua saia quando você estava descendo a escadaria na frente do prédio? Porque a gente pode achar o cara e mandar dar uma surra nele se você quiser. Eu conheço pessoas que podem se encarregar disso.

J

✉

Para: Jen Sadler <jennifer.sadler@thenyjournal.com>
De: Kate Mackenzie <kathleen.mackenzie@thenyjournal.com>
Assunto: O que aconteceu

Ah, só o DE SEMPRE. Eu me fiz de idiota completa. POR QUE eu NUNCA consigo me passar por uma mulher de negócios bem-resolvida? POR QUÊ???

É CLARO que a gente estava tendo um almoço bem agradável — bom, tirando o fato de ele ter recebido uma ligação no meio da refeição, mas não faz mal, devia ser a respeito de algum acordo multimilionário no qual ele está trabalhando, ou qualquer coisa assim — quando ninguém mais, ninguém menos do que o DALE entrou no restaurante, além de todo o resto do pessoal da I'm Not Making Any More Sandwiches, e ele começou a fazer a maior confusão para saber o que eu estava fazendo ali, como se fosse o maior acaso do mundo, só que ele ficava falando *ocaso*, e daí o Mitch apareceu e falou algo do tipo: "Desculpa pelo telefonema", e se sentou na minha frente, e quando eu vi, o Dale tinha jogado o prato inteiro de frango com molho de alho em cima do Mitch.

Então, lá fiquei eu, toda desajeitada, tentando limpar a roupa dele, o que significa, claro, que eu tive de tocar nele de verdade, apesar de estar usando um guardanapo, mas posso só fazer um intervalo para dizer uh-lá-lá? Quer dizer, deu para SENTIR os músculos dele através de todo aquele arroz chinês. Como é que um advogado consegue ficar com um corpão daqueles? Quer dizer, o Dale toca guitarra, mas sabe como é, o tórax dele é praticamente recurvado para dentro e ele parece anêmico...

Mas, bom.

Foi absolutamente a maior vergonha do mundo, certo? O que eu FAÇO??? Eu fiz o Dale pedir desculpa, mas deu para ver que ele não foi sincero. E acho que nem dá para colocar a culpa nele, afinal, a gente estava MESMO conversando a respeito de conseguir um mandado para ele não poder mais chegar perto de mim, mas, falando sério, a culpa é toda do Dale. Quer dizer, pêssegos Del Monte? Quem faz uma coisa dessas?

O que você acha que eu devo fazer? Mandar flores? Ou bombons? Isso não me parece muito... certo. Para um cara, quer dizer. O que você faria? Quer dizer, se fosse o Craig. E se vocês dois não fossem casados. Mas se mesmo assim você achasse ele gostoso demais e quisesse que ele gostasse de você. Apesar de ele ser um robô corporativo sem alma. Que gosta do Homem-Aranha.

Quer dizer, eu mandei um *e-mail* para ele, mas não me parece o suficiente. Sabe do que eu estou falando?

Eu queria mesmo, de verdade, estar morta.

Kate

⋯⋯

✉

Para: Kate Mackenzie <kathleen.mackenzie@thenyjournal.com>
De: Jen Sadler <jennifer.sadler@thenyjournal.com>
Assunto: O que aconteceu

Você fez a coisa certa. Pode acreditar, se o cara está interessado, ele vai te perdoar.

Mas e o Dale? Você vai pegar o mandado para impedir que ele se aproxime de você ou não? Parece que não é VOCÊ que deveria fazer isto. O sr. Músculos é que está precisando de um.

Deu para ver se ele tinha barriga de tanquinho?

J

⋯⋯

✉

Para: Jen Sadler <jennifer.sadler@thenyjournal.com>
De: Kate Mackenzie <kathleen.mackenzie@thenyjournal.com>
Assunto: O que aconteceu

O mandado! Ai! Eu me esqueci completamente disso!

Tem barriga de tanquinho sim. O cara é todo definido.

Ai, meu deus. Não acredito que acabei de escrever isso.

Kate

....

✉

Para: Kate Mackenzie <kathleen.mackenzie@thenyjournal.com>
De: Jen Sadler <jennifer.sadler@thenyjournal.com>
Assunto: O que aconteceu

Porcaria. É verdade que as loiras se divertem mais.

J

....

✉

Para: Kate Mackenzie <kathleen.mackenzie@thenyjournal.com>
De: Mitchell Hertzog <mitchell.hertzog@hwd.com>
Assunto: Almoço

Você não me deve nada. Olha, falando sério, não se preocupe. Como é que você ia saber que a gravadora ia escolher AQUELE restaurante, entre todos os que existem em Manhattan, para levar a banda do seu ex-namorado para almoçar depois da assinatura do contrato? É a região central da cidade, e existem mesmo muitas gravadoras em Manhattan.

E eu achei que ele se comportou muito bem, depois da surpresa inicial.

O molho de alho vai sair.

Se alguém precisa pedir desculpa, sou eu. Sinto muitíssimo mesmo por aquele telefonema terrivelmente longo. É que a minha irmã menor voltou para a casa dos nossos pais, saída da faculdade, e ela e a minha mãe estão tendo problemas e, de algum jeito, parece que eu sempre me envolvo.

Bom, mas se você quiser mesmo me recompensar, a gente pode tentar de novo. Que tal um jantar na sexta à noite?

Diz o que você acha.

Mitch

P.S. Aliás, levando em conta o que aconteceu hoje, acho que seria mais seguro a gente comer em casa. Tudo bem na minha casa? Posso fazer camarão ao alho e óleo.

P.P.S. Será que você pode me dar alguma dica para explicar por que a banda do seu ex se chama I'm Not Making Any More Sandwiches? Não que eu esteja louco para sair e comprar o CD novo deles. Só estou curioso.

....

✉
Para: Mitchell Hertzog <mitchell.hertzog@hwd.com>
De: Kate Mackenzie <kathleen.mackenzie@thenyjournal.com>
Assunto: Jantar

Eu adoraria jantar na sua casa, se você achar que não vai dar trabalho demais. E você tem de me deixar levar alguma coisa. Pode ser a sobreme-sa? Obrigada pelo convite... e por ser compreensivo em relação ao Dale.

A razão por que a banda se chama I'm Not Making Any More Sandwiches, quer dizer, eu não vou mais fazer sanduíche nenhum, é porque o Dale tra-balhava no único lugar que vendia *bagels* no centro de Luxor, em Kentucky, onde a gente foi criado, e as pessoas sempre entravam lá e pediam sanduí-ches de *bagel* — sabe como é, tipo presunto e queijo no *bagel*, ou pasta·de

Garoto Encontra Garota

amendoim e geléia — e o Dale não achava certo, porque para ele *bagel* não é um pão bom para fazer sanduíche, porque é grosso demais e não dá para morder direito sem machucar a gengiva ou algo assim, então ele fez um tipo de greve e só colocava coisas tradicionais nos *bagels*, como salmão defumado ou *cream cheese*, e o gerente ficou bravo e perguntou o que ele estava fazendo, e o Dale gritou: "Eu não vou mais fazer sanduíche nenhum", e daí o mandaram embora — injustamente, segundo ele.

Bom, mas daí o jornal local ficou sabendo da controvérsia dos *bagels* e fez uma reportagem enorme de primeira página, com uma foto enorme do Dale. Na legenda, estava escrito *I'm Not Making Any More Sandwiches*. E a frase pegou na cidade, então os caras da banda resolveram aproveitar os 15 minutos de fama do Dale e colocaram este nome na banda, e pegou.

Eu queria poder conversar mais, mas tenho uma reunião de trabalho. A gente se fala mais tarde!

Kate

Meg Cabot

New York Journal
Reunião de Funcionários da Divisão de Recursos Humanos

Pauta:

Ai, meu Deus, tem como isso aqui ficar mais chato?
Não dá para acreditar que a T.P.M. me arrastou de um
E-MAIL do Mitch para isto aqui.
–K

Revisão da Política de Assédio Ilegal
A empresa se compromete a oferecer um ambiente de trabalho livre de assédio ilegal.

Então, agora é Mitch? Você gosta dele!
—J

A política da empresa proíbe o assédio devido a sexo (que inclui assédio sexual, assédio relativo ao gênero e assédio relativo a gravidez, parto ou condições médicas relacionadas)

Cala a boca.

Gosta sim. Pode admitir.

e assédio relativo a raça, religião, cor, nacionalidade ou descendência, incapacidade mental ou

Ele me convidou para jantar na sexta à noite na casa dele.

física, condições de saúde, estado civil, filiação política, idade, orientação sexual

Jantar na casa dele? Que sexy. Deve ter sido a saia. Não deve ter sido por causa de todo o molho de alho que escorreu pelas calças dele, não é mesmo?

ou qualquer outro embasamento protegido por leis federais, estaduais ou locais, ou por decreto. Todos os tipos de assédio citados acima são ilegais. O assédio proibido e ilegal inclui, mas não se limita, aos seguintes comportamentos:

Cala a boca. Meu Deus, eu detesto isto aqui. Aliás, eu disse que ia levar a sobremesa. Você pode me dar a sua receita de torta de limão?

Você acha mesmo que o Mitch é do tipo que gosta de torta de limão? Acho que ele tem mais cara de torta de biscoito com sete camadas.

Má conduta verbal como apelidos, piadas ou comentários depreciativos, cantadas ou qualquer insinuação sexual indesejada.

Torta de biscoito com sete camadas é pesada demais.

Pesada para o quê? Para uma sessãozinha pós-jantar de...

Má conduta visual como pôsteres, fotografias, desenhos ou gestos depreciativos e/ou com orientação sexual, incluindo os acessados ou enviados por meio de *e-mail.*

CALA A BOCA!

Como foi que você adivinhou o que eu ia escrever?

Má conduta física como ataque, toques indesejados, bloqueio do movimento normal ou interferência no trabalho devido a sexo, raça ou qualquer outro embasamento protegido pela lei.

Porque eu te conheço. Meu Deus, mas que CHATICE!

Nem diga. Por que ela está usando meia-calça cor de bronzeado? Será que ela quer que a gente fique achando que ela foi passar o fim de semana em Aruba e só as pernas dela pegaram uma cor?

Ameaças e exigências de submissão a pedidos sexuais como condição à continuação do emprego ou para evitar qualquer outro tipo de perda, e oferta de benefícios empregatícios em compensação por favores sexuais; e

Devem ter acabado as transparentes. E eu sei com toda a certeza que ela não foi passar o fim de semana em Aruba.

retaliação por ter relatado ou ameaçado relatar assédio.

Eu a vi no Met no sábado à noite.

Se você/um dos seus clientes acredita que você/ela/ele foi assediado de maneira ilegal, forneça uma queixa por escrito ou verbal. A sua queixa deve incluir os detalhes do(s) incidente(s), o nome dos

Você acha que ela e o Stuart foram para casa depois e fizeram sexo selvagem?

Eca! Obrigada por me fazer pensar nesta imagem.

indivíduos envolvidos, e os nomes de quaisquer testemunhas. A empresa dará início imediato

Garoto Encontra Garota

Bom, deve ser a única razão por que ele gosta dela, certo? Ela não tem mais nenhuma qualidade para salvar. Quer dizer, ela é a maior vaca do mundo, sedenta por poder, puxadora de tapete e duas caras.

à investigação efetiva, completa e objetiva das alegações de assédio. Se a empresa determinar que ocorreu assédio ilegal, ações reparadoras

Você não pode usar uma palavra como vaca durante as reuniões de funcionários! Meu Deus, qual é o seu problema, Jen?????

serão tomadas de acordo com as circunstâncias envolvidas. Qualquer funcionário que a empresa determinar como culpado por assédio ilegal estará sujeito a medidas disciplinares

Bom, você sabe que é verdade. Tem de ser o sexo. Ela deve ficar dando BSEs o dia inteiro.

apropriadas, que podem chegar a demissão. Quaisquer medidas tomadas contra o assediador serão

Espera aí... o que é mesmo BSE?

informadas ao funcionário que fez a queixa e a empresa tomará atitudes

Ah, minha pequena inocente de Kentucky. Boquetes Sob Encomenda.

apropriadas para recompensar qualquer perda sofrida pelo funcionário como resultado do assédio. A empresa não vai

ECA!!!! Será que você pode parar? Além do mais até parece que ele também é um partidão. Quer dizer, ele não é nenhum George Clooney no departamento visual, e por acaso ele TEM alguma personalidade? Ou senso de

humor? Você sabe muito bem que a sra. Lopez não se recusa a servir torta para qualquer um. Ela é muito discriminatória.

retaliar nenhuma pessoa que faça uma queixa e não vai permitir nem tolerar retaliação por parte da gerência, dos outros funcionários ou dos colegas. A empresa incentiva todos os funcionários a relatar quaisquer incidentes de assédio proibidos por estas diretrizes imediatamente, de modo que as queixas possam ser analisadas com rapidez e correção.

É, bom, mas a Amy também é. E ela não é do tipo de ficar noiva de qualquer um que ganhe menos de um milhão por ano. Quer dizer, quando tem tanto dinheiro assim entrando, dá para relevar qualquer careca e qualquer unidade diminuta.

Dá para parar??? Não faz isso no meio dos jogos de confiança!!!!

Eu detesto estas porcarias de jogos de confiança. Que diabos eles vão revelar?

Hmm, a resposta seria confiança entre os colegas.

Por favor. Eu não confiaria na Amy nem para me avisar de um ônibus que estivesse vindo a toda quando eu fosse atravessar a rua. Você acha mesmo que eu vou confiar nela para me segurar se eu cair de costas?

Não é esse que a gente vai fazer hoje. E, além disso, a gente deveria estar aprendendo para poder passar em todas as divisões e falar para as pessoas fazerem. Sabe como é. Vamos dar uns WORKSHOPS de confiança para os funcionários.

Garoto Encontra Garota

Faça-me o favor. Você consegue se imaginar fazendo o negócio de sentar no colo do pessoal de reportagem? O George Sanchez ia esmagar todo mundo embaixo daquele peso enorme.

Como representante de Recursos Humanos, Jen, você não deve demonstrar preconceito em relação a pessoas com problemas de peso.

Tanto faz! O George precisa largar os Krispy Kremes. Que ele não teria assim tanta vontade de comer se a T.P.M. não tivesse demitido a sra. Lopez. Espera. O que foi que ela disse que a gente precisa fazer?

Ai, meu Deus, você precisa parar de tomar tanto hormônio. A gente tem de se dividir em dois grupos e construir abrigos...

Nem me diga. Usando aqueles exemplares velhos do Journal que ela está colocando ali?

É, mas não podemos usar nem fita adesiva nem tesoura.

PQP!

JEN!

Fala sério. isto aqui é a coisa mais idiota...

Oh-oh. Ela está nos dividindo em grupos agora.

É melhor eu ficar no seu grupo. ou então...

✉

Para: Amy Jenkins <amy.jenkins@thenyjournal.com>
De: Stuart Hertzog <stuart.hertzog@hwd.com>
Assunto: Ida Lopez

Querida, fiz todo o possível para impedir, mas não consegui fazer você escapar de uma conferência de levantamento de informações pré-julgamento com o Mitch. Ele insiste para que a reunião aconteça ainda nesta semana, então, achei que amanhã seria o melhor dia... Assim podemos acabar logo com isso. E você não precisa se preocupar, porque vou estar ao seu lado o tempo todo.

Ele também quer que a Kate Mackenzie esteja presente. Só Deus sabe por quê. Já parei de tentar adivinhar o que o meu irmão pensa. Colocando de uma maneira bem geral, ele tem uma natureza bastante esquisita. Se não fosse pelo fato de eu me lembrar da minha mãe grávida dele, eu ficaria achando que ele é adotado. Juro que nenhum dos outros membros da família Hertzog é igual ao Mitch.

Bom, exceto a minha irmã Janice, talvez. Mas ela ainda é bem nova, e espero que os defeitos de caráter dela ainda tenham cura.

Mas, como eu disse, ele é um ótimo advogado. Lembre-se de que eu te amo e que nunca permitiria que alguém fizesse alguma coisa para te magoar.

Depois do depoimento eu te levo para almoçar onde você quiser.

Com todo o meu amor,
Stuart

Stuart Hertzog, sócio sênior
Hertzog, Webber e Doyle, Escritório de Advocacia
444 Madison Avenue, conjunto 1.505
Nova York, NY 10022
212-555-7900

Garoto Encontra Garota

✉

Para: Kate Mackenzie <kathleen.mackenzie@thenyjournal.com>
De: Jen Sadler <jennifer.sadler@thenyjournal.com>
Assunto: Jogos de confiança

Falei para você que a gente ia trucidar aqueles fracassados.

J

✉

Para: Jen Sadler <jennifer.sadler@thenyjournal.com>
De: Kate Mackenzie <kathleen.mackenzie@thenyjournal.com>
Assunto: Jogos de confiança

É, mas, Jen, a gente se conhece desde a faculdade. O pessoal da recepção nunca pára lá nem seis meses. Você achou mesmo que eles iam conseguir erguer a casa deles mais rápido, ou que ia ser mais firme do que a nossa?

Kate

✉

Para: Kate Mackenzie <kathleen.mackenzie@thenyjournal.com>
De: Jen Sadler <jennifer.sadler@thenyjournal.com>
Assunto: Jogos de confiança

Fala sério! São todos mais novos do que nós! E a gente arrasou! Nem adiantou a Amy chegar e amarrar aquele lenço na sua cabeça, a gente ganhou mesmo assim. Com uma das integrantes da equipe CEGA!

E o pessoal da tesouraria? Tem gente lá que trabalha junta há ANOS, e a gente ganhou deles também. NÓS SOMOS O MÁXIMO!!!

J

✉

Para: Jen Sadler <jennifer.sadler@thenyjournal.com>
De: Kate Mackenzie <kathleen.mackenzie@thenyjournal.com>
Assunto: Jogos de confiança

Eu tinha me esquecido deste seu lado competitivo. Já faz um tempo que a gente não joga Palavras Cruzadas, acho. Não é uma característica muito bonita da sua personalidade, Jen.

Kate

✉

Para: Kate Mackenzie <kathleen.mackenzie@thenyjournal.com>
De: Jen Sadler <jennifer.sadler@thenyjournal.com>
Assunto: Jogos de confiança

E daí? A GENTE GANHOU!!!!! Estou dizendo, só é uma questão de tempo até a gente tomar conta deste lugar, você e eu. Vamos montar a Clínica de Terapia Gratuita da Kate e da Jen rapidinho! Espera só para ver!

J

✉

Para: Jen Sadler <jennifer.sadler@thenyjournal.com>
De: Kate Mackenzie <kathleen.mackenzie@thenyjournal.com>
Assunto: Jogos de confiança

Hmm, tudo bem, certo, CALÍGULA.

Acabei de receber uma ligação da Amy. Ela quer falar comigo na sala dela NESTE INSTANTE. Ela disse assim mesmo. Onde ela acha que está? Em um pronto-socorro? Será que ela está lá desfibrilando um coração ou só preenchendo o formulário de demissão das pessoas?

Garoto Encontra Garota 221

Espero que a gente abra a Clínica de Terapia Gratuita da Kate e da Jen logo.

Kate

....

✉

Para: Kate Mackenzie <kathleen.mackenzie@thenyjournal.com>
De: Amy Jenkins <amy.jenkins@thenyjournal.com>
Assunto: Amanhã

Apenas para confirmar a nossa conversa, amanhã de manhã você e eu vamos estar no escritório da Hertzog, Webber e Doyle às nove horas para darmos nosso depoimento relativo ao caso de Lopez *versus* o *New York Journal*. Você vai estar vestida de maneira profissional. Você vai responder a todas as perguntas sem faltar com a verdade. No entanto, não vai dizer nada que possa ser interpretado como algo que não se reflita de maneira positiva sobre o seu empregador.

Esse assunto é muito sério, Kate, e estou contando com você para lidar com ele tendo isto em mente, e não permitir que quaisquer sentimentos pessoais que você possa ter em relação à funcionária em questão possam anuviar a sua posição.

Amy

Amy Denise Jenkins
Diretora
Recursos Humanos
The New York Journal
216 W. 57th Street
Nova York, NY 10019
212-555-6890
amy.jenkins@thenyjournal.com

Esta mensagem, incluindo seus anexos, contém informações legais privilegiadas e/ou confidencias, não podendo ser retransmitida, arquivada ou copiada sem autorização do remetente. Caso tenha recebido esta mensagem por engano, por favor informe o remetente respondendo imediatamente a este *e-mail* e em seguida apague-a do seu computador.

....

✉

Para: Mitchell Hertzog <mitchell.hertzog@hwd.com>
De: Sean <psychodramabeautyqueen@freemail.com>
Assunto: A mamãe

Olha, desculpa mesmo por ter interrompido o seu almoço importante de negócios ou o que quer que aquilo fosse, mas, falando sério, não sei quanto tempo mais eu vou conseguir agüentar isto aqui. Ela é LOUCA, tá? LOUCA.

Adivinha só o que ela fez AGORA. Vai. Adivinha. Fui até o *shopping* por apenas uma hora para ver se tinha chegado o gibi novo dos *X-Men*, e o que foi que ela fez? O QUE FOI QUE ELA FEZ?

Ela borrifou o meu quarto inteiro com aquele *spray* detector de drogas.

E nem é brincadeira. Sabe aquele *spray* que a gente compra pela televisão, por uns US$ 19,95 ou sei lá o quê? Aquele *spray* que fica de uma certa cor se tiver resíduo de droga no objeto que você está borrifando?

Bom, ela borrifou aquela merda no meu quarto INTEIRO.

E É CLARO que eu não uso drogas — pelo menos não em CASA, não sou IDIOTA — então é CLARO que não ficou de cor nenhuma.

Mas adivinha só? TUDO NO MEU QUARTO ESTÁ GRUDENTO. Fala sério.

Garoto Encontra Garota

Parece que aquelas gêmeas loucas da Stacy estiveram aqui. Quer dizer, até o meu CASACO DE COURO está grudento! O casaco de couro que eu precisei economizar MESES para comprar, porque você sabe que a mamãe nem me deixa chegar perto do dinheiro que o vovô deixou para mim. Quer dizer, eu tive de virar noites e noites trabalhando na loja de patins para comprar aquele casaco.

E agora está parecendo uma daquelas tiras adesivas para pegar mosca. Não estou brincando. Quando eu cheguei em casa, já tinha uma mariposa colada nele.

Eu confrontei a mamãe e ela disse — saca só — que o STUART disse para ela fazer isso. O STUART. O próprio sr. Diga Não às Drogas.

Não agüento mais isto aqui, Mitch. Acho que existe uma boa chance de eu enlouquecer completamente e pegar aquela desgraça daquela coleção da Madame Alexander e jogar fora com o lixo, que é O LUGAR DELA.

Ou você acha que eu estou exagerando? Mas pensa bem, Mitch: minhas CALCINHAS estão grudentas. E não porque eu andei me divertindo com elas!!!!

Sean

....

✉

Para: Sean <psychodramabeautyqueen@freemail.com>
De: Mitchell Hertzog <mitchell.hertzog@hwd.com>
Assunto: A mamãe

Muito obrigado pelas últimas linhas falando das suas calcinhas. Realmente, é uma coisa que todo cara quer saber a respeito da irmã mais nova. Não mesmo.

Olha, eu já disse que você pode ficar na minha casa quando quiser. Mas tenha em mente que a única maneira para você convencer a mamãe e o papai que está pronta para voltar para a faculdade é se você fizer o jogo deles durante alguns meses. Se você der um tempo nas tinturas de cabelo e nas diatribes à mesa de jantar sobre a nojeira do materialismo, eles já vão estar comendo na sua mão quando chegar a época da matrícula para o início do ano letivo.

Erga a cabeça e manda tudo para a lavanderia... e coloca na conta da mamãe, claro.

Mitch

....

✉
Para: Kate Mackenzie <kathleen.mackenzie@thenyjournal.com>
De: Dolly Vargas <dolly.vargas@thenyjournal.com>
Assunto: Você

Querida, foi MUITO legal da sua parte fingir que o Esquiador era seu namorado ontem. Você é mesmo uma companheira de apartamento INES-TIMÁVEL. Não sei como eu vivi sem você até hoje.

Então, hoje eu vou voltar bem tarde para casa — são os desfiles de outono, sabe como é —, então, por favor, abre a porta para o Esquiador quando ele aparecer por lá — provavelmente vai ser lá pelas nove — e eu vou ficar agradecida para sempre. Ele teve alguma discussão com o senhorio dele — não sei o quê, tento não prestar atenção quando ele fala, porque ele é muito chato. Mas aqueles ombros! Ai!

Ele prometeu que não vai atrapalhar. E não precisa se preocupar com o Peter, ele tem aula de golfe no Chelsea Piers hoje à noite; então a gente só vai vê-lo de novo na quarta, no mínimo.

Tchau!
Bjs.
Dolly

Garoto Encontra Garota

225

✉

Para: Kate Mackenzie <kathleen.mackenzie@thenyjournal.com>
De: Dale Carter <imnotmakinganymoresandwiches@freemail.com>
Assunto: Almoço

Certo, eu sei que te devo desculpas por tudo que aconteceu hoje no restaurante. Sinto muito, de verdade. Na verdade, estou tão arrependido que já escrevi uma música sobre o assunto. Chama "Frango à la Kate". Você pode POR FAVOR ir ao nosso show hoje à noite para ouvir quando eu cantar? A gente vai tocar lá em Bryant Park, no desfile de uma das coleções de outono. É o nosso primeiro show oficial com a gravadora nova.

E, apesar do que o Scroggs acha, a gente não se vendeu só porque vai tocar em um desfile. Quer dizer, a vida não é isso mesmo? Um desfile de moda?

Então, aquele cara em quem eu joguei frango é mesmo o seu advogado? Ou ele é, tipo, seu namorado novo? Porque, para mim, pareceu que ele gosta mais de você do que como se fosse, sabe como é, só alguém para quem ele está dando uma de advogado.

Dale

✉

Para: Dale Carter <imnotmakinganymoresandwiches@freemail.com>
De: Kate Mackenzie <kathleen.mackenzie@thenyjournal.com>
Assunto: Frango

Cliente. As pessoas para quem os advogados "dão uma de advogado" se chamam clientes. E é só isso o que eu sou do Mitchell Hertzog. Cliente dele. Só isso.

Mas, Dale, você precisa mesmo desistir desse negócio de tentar me conseguir de volta. Falando sério. Porque eu não vou voltar. Não estou dizendo que eu não te amo mais — tem uma parte de mim que provavelmente vai te amar para sempre. Mas, nesse tempo que eu passei longe de você, eu percebi uma coisa: é que eu não estou mais *apaixonada* por você. E acho que já faz um tempinho que não estou mais.

E não é só porque você não quer se comprometer. É porque eu percebo agora que você e eu temos valores e objetivos de vida completamente diferentes. Quer dizer, falando sério, Dale, o que eu vou fazer quando você e a banda saírem em turnê? Vou te seguir pelo país inteiro? Eu não sou uma tiete. Eu não ia ser feliz. O que me deixa feliz é ajudar os outros.

E não vem dizer que VOCÊ precisa da minha ajuda e que isso devia bastar para mim. Não estou falando em cuidar dos sapatos de boliche de alguém e de ter certeza de que sempre tem filtro de café no apartamento. Estou falando em ajudar as pessoas a fazer escolhas relativas à carreira e à vida. Sei que às vezes pode até não parecer, mas em última instância, quando as coisas funcionam da maneira que deviam funcionar, é o que eu faço aqui no *Journal*. E eu gosto muito, muito mesmo disso.

Mas até você precisa reconhecer que o meu trabalho e o seu trabalho são completamente incompatíveis. Quer dizer, quantas estrelas do rock você já viu em *Behind the Music* que são casadas com representantes de recursos humanos? Nenhumazinha.

Então, Dale, por favor, por favor, por favor sai dessa. Eu não vou voltar, não mesmo, e eu sei que, com o tempo, você vai ver que é melhor assim.

Com amor,
Kate

Diário de Kate Mackenzie

De acordo com o professor Wingblade, todos os seres humanos têm valor e dignidade. Mas fico aqui imaginando se ele continuaria pensando assim se ele conhecesse a T.P.M. Quer dizer, ela é mesmo uma pessoa repreensível. Agorinha mesmo, quando a gente se encontrou na recepção do escritório da Hertzog, Webber e Doyle, ela deu uma olhada em mim e falou assim: "Bom, já estava mesmo na hora de você começar a se vestir como uma profissional." Bem na frente da recepcionista e do Stuart e tudo o mais!

Graças a Deus que o Mitch ainda não tinha chegado. Mas, mesmo assim. Acho que ela pensa que TODO MUNDO tem dinheiro para comprar roupa cara sempre que quiser. Talvez, se eu ganhasse setenta mil por ano igual a ela, e não quarenta, igual a mim, eu pudesse. Mas, com o meu salário, só faço o que posso.

E ela foi tão má com a coitada da sra. Lopez! Preciso reconhecer que eu fiquei meio surpresa de vê-la aqui — na sala do Mitch, quer dizer. Acho que eu tinha me esquecido que essa coisa toda gira em torno dela, e não da T.P.M. Ela consegue mesmo se transformar no centro de tudo — estou falando da T.P.M.

Tipo quando a sra. Lopez ficou toda feliz de me ver e me ofereceu uma fatia de bolo de cenoura da fôrma que ela tinha trazido, a T.P.M. me olhou com a cara mais feia do mundo por ter aceitado. O bolo, quer dizer. Talvez ela só tenha ficado com inveja porque a sra. Lopez não ofereceu bolo para ELA... Ela provavelmente vai transformar isso em um problema enorme, vai dizer como eu decepcionei o departamento inteiro porque resolvi ficar do lado da funcionária e não da empresa. Aposto que vou ficar fazendo jogos de confiança de agora até o fim da eternidade.

Mas eu nem ligo. Este bolo é o céu. Ah, se eu fosse capaz de fazer uma sobremesa boa assim para quando eu for à casa do

Mitch... A sra. L me deu a receita. E dizem que o caminho até o coração de um homem passa pelo estômago...

Hoje ele está com uma gravata da Mulher Maravilha. Eu adoro a Mulher Maravilha. ELA nunca deixaria que uma chefe tirana, perversa e maldosa a deixasse se sentindo culpada por comer bolo.

O mais estranho é que, quando ele apareceu, a sra. Lopez deu bolo PARA ELE também. Não para o Stuart. Ela não ofereceu um pedaço de bolo para o STUART. Mas ofereceu para o irmão dele.

O que significa que a implicação toda da sra. Lopez com o Stuart (seja ela qual for) não é por causa da FAMÍLIA Hertzog.

Por que eu estou achando isso tão reconfortante, não faço a menor idéia. Mas, por alguma razão, o fato de a sra. Lopez gostar do Mitch faz com que eu não me sinta tão mal assim por também gostar dele.

Ops, lá vem a assistente dele. Acho que é a minha vez.

Bolo de Cenoura da Ida Lopez

Pré-aqueça o forno a 180°C. Unte e enfarinhe duas assadeiras de 28 centímetros.

Passe por uma peneira, misture e reserve:

2 xícaras de farinha
2 1/2 colheres de chá de bicarbonato de sódio
2 colheres de chá de canela
1 colher de chá de sal

Em uma tigela separada, misture uma xícara de óleo de canola e 1 1/2 xícara de açúcar. Junte à mistura de óleo e açúcar, três ovos e os ingredientes secos. Depois, adicione:

1 xícara de calda de maçã sem açúcar
3-4 xícaras de cenouras raladas (tire o excesso de líquido espremendo com um pano limpo e seco)
1 xícara de nozes

Coloque na batedeira em baixa velocidade e bata até incorporar (não bata demais). Divida a massa entre as duas fôrmas. Asse durante 40 a 50 minutos, virando as fôrmas um quarto de volta a cada 15 minutos.

Para fazer a cobertura, bata 370 gramas de **cream cheese** (em temperatura ambiente), 140 gramas de manteiga (em temperatura ambiente), 1 1/2 xícaras de açúcar de confeiteiro e 1 colher de sopa de suco de limão.

> Depoimento de Kathleen Mackenzie
> referente ao caso de Ida D. Lopez/União Sindical
> de Funcionários de NYJ, Regional 6884
> contra
> The New York Journal
> tomado nas instalações da
> Hertzog, Webber e Doyle
> 444 Madison Avenue, conjunto 1.505
> Nova York, NY 10022

Presentes:
Kathleen Mackenzie (KM)
Mitchell Hertzog (MH)
Amy Jenkins (AJ)
Stuart Hertzog (SH)
Ida Lopez (IL)
Jeri Valentine (JV), advogado da queixosa
Gravado por Anne Kelly (AK) para futura comparação com a transcrição da estenógrafa
Miriam Lowe, habilitada para o registro estenográfico e tabeliã regulamentada no e para o Estado de Nova York

MH: Sra. Mackenzie, muito obrigado por estar aqui hoje. Sra. Mackenzie, o advogado da sra. Lopez e eu estávamos discutindo agora há pouco o caso de Ida Lopez com a sua supervisora, a sra. Jenkins, e parece haver uma divergência que, espero, a senhora possa esclarecer, se for o caso.

SH: Objeção.

MH. Stuart, você não pode fazer uma objeção. Isto aqui é uma conferência para levantamento de dados, não estamos no tribunal.

SH: Bom, você não ouviu quando eu tentei interromper.

MH: Talvez seja porque você não deveria interromper.

Garoto Encontra Garota

SH: Quando se trata da proteção do meu cliente, eu vou interromper sim, com toda a certeza, com a freqüência que for necessária, se isso nos ajudar a chegar à verdade.

JV: Peço desculpas pela interrupção, senhores. Mas vocês dois não defendem o mesmo cliente?

SH: É o que seria de se esperar, não é mesmo? A gente deveria estar trabalhando para descobrir a verdade, Mitch. Em nome do nosso *cliente.*

MH: Mas é exatamente o que eu estou tentando fazer. Descobrir a verdade.

SH: Ao perguntar à sra. Mackenzie a respeito de uma carta que ela não tem como se lembrar de ter escrito?

MH: Estou preparado para dar mais credibilidade à sra. Mackenzie do que você. Acredito que ela seja capaz de se lembrar de documentos que tenha enviado com sua assinatura. A maior parte das pessoas se lembra.

SH: Sim, mas a maior parte das pessoas não tem, como a sra. Mackenzie, várias centenas de funcionários sob sua responsabilidade, para os quais ela escreve cartas todos os dias.

MH: No entanto, ela não escreve várias centenas de cartas por dia. Escreve, sra. Mackenzie?

KM: Não.

JV: Não olhe para mim, Stuart. Eu com toda a certeza não vou fazer objeção nenhuma.

SH: Mitch...

MH: Sra. Jenkins, a senhora continua afirmando que a sra. Mackenzie escreve várias centenas de cartas por dia?

AJ: Não, certamente que não. Mas continuo afirmando que o documento em questão pode...

MH: Vamos simplesmente perguntar à sra. Mackenzie, certo? Sra. Mackenzie, vou fazer perguntas a respeito de um certo documento que a senhora supostamente escreveu e quero que me diga o que for possível a respeito dele.

KM: Bom, eu posso tentar.

MH. Ótimo. O documento em questão é uma carta de advertência por escrito que, segundo a sra. Jenkins, Ida Lopez recebeu antes de sua demissão na semana passada. A senhora se lembra de ter escrito tal carta?

KM: Eu me lembro de ter escrito um *rascunho* de uma carta de advertência para a sra. Lopez depois do incidente que ocorreu anteriormente àquele pelo qual foi demitida.

AJ: Está vendo? Eu disse!

JV: Com licença, sra. Jenkins. Acredito, sra. Mackenzie, que a senhora disse que fez um *rascunho* da carta em questão?

KM: Foi. Mas não cheguei a terminar.

AJ: É mentira!

JV: Por favor, sra. Jenkins. Sr. Hertzog, o senhor poderia por favor controlar a sua cliente?

MH: Ei, Amy. Calma aí.

SH: Isto aqui é ridículo! A sra. Jenkins está claramente aborrecida. A carta em questão foi sem dúvida concluída e enviada, já que temos a cópia assinada aqui, com a rubrica da sra. Lopez, indicando o seu recebimento...

IL: E estou dizendo que eu nunca assinei esta carta!

KM: Ela está certa. A sra. Lopez não pode ter rubricado a carta que eu estava escrevendo para ela, porque eu nunca cheguei a terminar. Fui interrompida, e logo depois disso, a T.P.M. — quer dizer, a Amy — ligou e disse que era para eu demi...

AJ: Não disse nada!

KM: ... tir a sra. Lopez. Amy, do que é que você está falando? Você disse sim.

AJ: Isso é uma invenção completa, uma campanha feita por uma funcionária incompetente para se defender porque ELA fez cagada.

KM: Do que é que você está falando? Você me disse...

AJ: Ela está mentindo! Stuart, ela está mentindo, obviamente. Como é que não pode estar, se a carta existe *e* foi rubricada pela sra. Lopez...

Garoto Encontra Garota 233

IL: Eu não rubriquei coisa nenhuma! Ninguém nunca me entregou nada!

MH: Tem uma maneira muito fácil de esclarecer esta divergência, você não acha, Jeri? Por que não mostra uma cópia da carta em questão para a sra. Mackenzie...

AJ: Isso é um ultraje! Stuart, você vai deixar ele fazer isso comigo? Você vai acreditar na palavra de uma pessoa que claramente tem algo contra o jornal, e não na minha?

JV: A sra. Mackenzie não tem motivo nenhum para ter alguma coisa contra o jornal. Não é mesmo, sra. Mackenzie?

KM: Não, é claro que não.

JV: Muito bem. Agora, se a senhora me fizer o favor de dar uma olhada neste papel aqui que foi encontrado no arquivo pessoal da sra. Lopez...

SH: Mitch, será que posso conversar com você no corredor um instantinho?

MH: Espera um pouquinho, Stuie. Eu quero ver o que a sra. Mackenzie tem a dizer.

SH.   Mitch. No corredor. Agora.

JV: Sr. Hertzog, poderia por favor fazer silêncio? A sra. Mackenzie está tentando se concentrar.

SH: Ah, Jeri, você deve estar de sacanagem comigo.

JV: Sinto muito, mas não estou fazendo nada disso. Parte do caso da minha cliente contra o jornal inclui o fato de que os procedimentos apropriados de demissão — neste caso, como foi estipulado pelo sindicato dela — não foram seguidos. E, no entanto, como que por milagre, este pedaço de papel, que a minha cliente afirma nunca ter visto antes, apareceu no arquivo dela. Eu simplesmente quero verificar se a sra. Mackenzie de fato escreveu tal carta e a enviou. Sra. Mackenzie? A senhora de fato redigiu a carta de advertência por escrito que tem em mãos agora e a enviou?

AJ: Você não pode pedir a ela que se lembre de cada pedaço de papel que passa pela mesa dela. Afinal de contas, ela é só um pau-mandado...

JV:	Mais uma vez, Mitch, eu gostaria de pedir para que você controle a sua cliente.
MH:	Amy. Fica fria.
SH:	Esfria *isto aqui*, Mitch.
MH:	Miriam, você pode por favor anotar na transcrição que o advogado de defesa acabou de fazer um sinal obsceno com o dedo médio para o colega?
ML:	Sim, senhor.
SH:	Miriam, elimine esta parte.
MH:	Tarde demais, não é mesmo, Miriam?
ML:	Sim, senhor.
JV:	Sra. Mackenzie.
KM:	Pois não?
JV:	O papel que está nas suas mãos. Você se lembra de ter escrito isto?
KM:	Hmm... Bom, eu me lembro de ter começado... ou era um parecido.
AJ:	Está vendo? Está vendo? Eu disse que ela não ia lembrar. Posso ir embora agora?
JV:	Por favor, sra. Jenkins. Sra. Mackenzie?
KM:	Mas eu não escrevi isto aqui.
AJ:	É mentira dela!
SH:	Falando sério, Jeri, você não está vendo o que ela está fazendo? Esta moça tem alguma coisa contra o empregador dela porque a sra. Jenkins teve de repreendê-la ontem por usar uma saia de comprimento inapropriado para o local de trabalho, e ela só está tentando...
JV:	É verdade, sra. Mackenzie?
KM:	Bom, é verdade sobre a saia. Quer dizer, a Amy me entregou uma carta de advertência a respeito disso.
MH:	Aquela saia que você estava usando ontem? De camurça preta que você usou no restaurante?
KM:	Hmm, é sim.
MH:	Eu gostei da saia. Qual era o problema da saia?

Garoto Encontra Garota

SH: Você pode POR FAVOR se ater ao assunto em questão, Mitchell? Estamos falando de falsificação aqui. Porque se esta moça está dizendo que não enviou a carta que tem nas mãos, é uma acusação muito séria...

MH: Você assinou esta carta, Kate?

KM: Esta assinatura parece ser minha. Mas eu não escrevi — nem assinei — esta carta.

AJ: Isto é impossível!

MH: E você não entregou esta carta para a sra. Lopez rubricar?

KM: Em ocasião nenhuma entreguei qualquer documento de qualquer espécie para a sra. Lopez assinar.

JV: Muito obrigado, sra. Mackenzie. Sr. Hertzog, sra. Jenkins, acho que nos veremos no tribunal. Ida, vamos embora.

SH: Espera aí só um pouco! Jeri, larga essa porcaria de pasta aí. A gente não terminou ainda.

MH: É mesmo? Acho que terminou, sim.

SH: Com licença, sra. Mackenzie, a senhora se dá conta da gravidade do que está dizendo?

MH: Você acha que a gente terminou, Jeri?

JV: Com toda a certeza, Mitch.

SH: A senhora está insinuando, sra. Mackenzie, que alguém fez uma falsificação.

KM: Bom. Disso eu não sei. Só sei que não escrevi aquela carta. E que não entreguei para a sra. Lopez assinar.

MH: Muito obrigado, sra. Mackenzie. Pode ir agora.

SH: Não, ela não pode ir porra nenhuma, Mitch.

JV: Bom, eu e a minha cliente estamos indo, porra!

SH: Ninguém vai a lugar nenhum. Sra. Mackenzie, há quanto tempo a senhora trabalha no *New York Journal*?

JV: Stuart, a sra. Mackenzie já deu o depoimento dela. Não estou interessado em...

SH: É, mas foi você quem pediu para que ela estivesse aqui hoje, para ajudar a esclarecer alguns pontos — foram as suas palavras, não?

JV: Foram, mas...

SH: Muito bem, é a única coisa que eu estou tentando fazer. Ajudar a esclarecer alguns pontos. Então. Sra. Mackenzie, faz pouco menos de um ano que a senhora trabalha no jornal. correto?

MH: Stuart, este caso é meu, creio, não seu.

KM: Hmm. Sim?

SH: Certo. E acredito que a senhora foi contratada depois de ser muito bem recomendada por sua amiga, a sra. Jennifer Sadler. Está correto?

KM: A Jen me falou da vaga que tinha no lugar onde ela trabalhava, sim, e eu me inscrevi...

MH: Acredito que as suas palavras exatas, Stuart, foram que você estava envolvido de maneira muito pessoal no caso, e por isso não queria se meter...

SH: E então a senhora foi contratada, está correto, sra. Mackenzie? E a senhora e Jen, como a chama... Diria que ela é sua melhor amiga?

MH: Stuart, aonde diabos você quer chegar com essa história?

SH: Com licença. Só estou pedindo para que tenha os mesmos direitos que você, Mitchell. A senhora não estava, sra. Mackenzie, morando com a sra. Sadler até pouco tempo atrás?

KM: Bom, eu... quer dizer, eu estou tendo um pouco de dificulda-de para achar um apartamento, e então eu estava hospedada na casa da Jen até achar um lugar que pudesse pagar sozinha...

SH: E a senhora e a sra. Sadler — que, acredito, conheceu na facul-dade — às vezes fofocam no local de trabalho?

MH: Stuart, falando sério, o que isso...

SH: Ah, você já vai ver. Vocês duas não gostam de trocar bilhetes, e mensagens pelo computador, e *e-mails* o dia inteiro, sra. Mackenzie?

KM: Bom, a Jen e eu... Quer dizer, temos uma relação profissional bem próxima, e ela me ajuda com meus projetos relacionados ao trabalho...

SH: Relacionados ao trabalho. Por acaso fazer comentários a res-peito das roupas da sua supervisora, a sra. Jenkins, é um assunto relacionado ao trabalho?

Garoto Encontra Garota

KM: Bom, parece que os comentários dela a respeito das minhas roupas são... então, é sim.

MH: *Touché.*

SH: E o fato de vocês se referirem à sra. Jenkins como... Como é mesmo? Ah, sim. T.P.M. Isto é um assunto relacionado ao trabalho?

KM: Como é que você sabe...

MH: Stuart, chega.

JV: Concordo com o Mitch. O que isso tudo tem a ver com o fato de que a sua cliente — ou pelo menos alguém na empresa dela — falsificou as iniciais da minha cliente em documentos que ela nunca viu?

SH: Estou chegando lá. O que significa T.P.M., sra. Mackenzie?

KM: Hmm. Significa... Significa Trabalhadora Perspicaz e Madrugadora. Porque a Amy é uma pessoa esperta, que trabalha muito e sempre chega cedo.

SH: Trabalhadora Perspicaz e Madrugadora

KM: Ãh-hã.

SH: Você se dá conta de que deve dizer a verdade aqui, não é mesmo, sra. Mackenzie?

KM: (inaudível)

SH: O que foi que a senhora disse, sra. Mackenzie?

KM: Nada.

SH: É verdade que a senhora e a sra. Sadler não gostam da sra. Jenkins e passam a maior parte do tempo no trabalho fazendo piadas sobre ela, todos os dias?

KM: Não. Isso não é verdade de jeito nenhum.

SH: Também não é verdade que a senhora é amiga de diversos funcionários do *New York Journal* que não querem outra coisa além de ver a sra. Lopez recontratada?

KM: Bom, sou sim. Quer dizer, todo mundo adora a sra. Lopez, e nós todos sentimos muita falta dela...

SH: Aí está uma afirmação nada exata. Nem todo mundo no *New York Journal* adora a sra. Lopez. Nem todo mundo acredita que ela deve ser readmitida. Nem todo mundo concorda que ela FAZ a melhor torta de limão da cidade...

MH: Stuart. Pára com isso. O negócio está ficando pessoal, e eu não acho...

SH: Os SEUS amigos são as únicas pessoas que se sentem assim, não é verdade, sra. Mackenzie? Inclusive a mulher com a qual a senhora está morando agora, a sra. Dolly Vargas. Que por acaso está envolvida — e estou falando no sentido romântico — com o dono do *New York Journal*, Peter Hargrave, que TAMBÉM exprimiu seu desagrado com a perda dos doces preparados pela sra. Lopez. Não é verdade, sra. Mackenzie?

KM: O que é verdade? Que eu moro com a Dolly ou que o Peter gosta dos bolinhos de canela da sra. Lopez?

SH: Não é verdade, sra. Mackenzie, que a senhora e todos os funcionários do *New York Journal* são tão viciados nos doces desta senhora que a senhora resolveu mentir a respeito de não ter escrito uma carta de advertência para que ela tenha uma brecha para poder retomar seu posto de trabalho?

KM: Não!

MH: Stuart. Pera aí.

SH: Não é verdade que você detesta tanto a Amy Jenkins que faria qualquer coisa para que ela se encrencasse frente aos superiores dela — como por exemplo mentir a respeito de um documento que tem o que parece ser a sua assinatura, como a senhora mesma afirmou?

KM: Não! Quer dizer, é, parece a minha assinatura, mas não é. Eu nunca tive nem a oportunidade de terminar de escrever. A Amy me mandou um *e-mail* e disse...

SH: Isso é tudo, não tenho mais perguntas.

KM: Mas não é verdade. Quer dizer, sobre a carta...

SH: Eu disse que não tenho mais perguntas, sra. Mackenzie.

MH: Eu tenho uma pergunta para você, Stuart. Como é que você consegue dormir à noite?

SH: Melhor do que você, quando o papai ficar sabendo disso. Vamos Amy. Terminamos o que tínhamos para fazer aqui.

Diário de Kate Mackenzie

Estou encrencada. Encrencada DE VERDADE.

Ai, meu Deus. Ai, meu Deus. Não estou entendendo absolutamente nada. O Mitch disse que não é nada, mas acho que ele só está falando isso para eu não me sentir tão mal. É alguma coisa, sim. É obviamente alguma coisa. Quer dizer, a minha chefe acabou de me acusar de ser uma mentirosa. Como é que isto não pode ser nada?

E compreendo muito bem como, do ponto de vista dela, seria mais benéfico que eu fosse considerada uma mentirosa e não, sabe como é, ela. O que ela é, basicamente. Quer dizer UMA de nós está mentindo, e, se não sou eu, tem de ser ela. Porque com toda a certeza eu nunca escrevi aquela carta, e com toda a certeza nunca pedi para a sra. Lopez assinar.

Então, quem foi?

Pelo menos tenho a sra. Lopez para confirmar a minha versão. Ela também está dizendo que não assinou.

Só que...

Sinto muito em dizer isso, mas a sra. Lopez é um amor, só que não é a testemunha mais confiável que existe. Quer dizer, com toda a certeza ela tem um objetivo em mente, que é conseguir o emprego dela de volta. O meu objetivo parece ser me vingar da AMY, mas por quê? Quer dizer, é verdade que eu acho que ela é a maior fracassada e a pessoa mais superficial do mundo, e é verdade que a gente a chama de T.P.M., mas como foi que ela descobriu? A Jen vai ficar louca quando ficar sabendo que a Amy sabe, e a última coisa que eu quero é aborrecer a Jen, ela já tem problemas suficientes com a história da fertilidade e...

AH!!! Eu preciso me controlar. Pensar em alguma outra coisa que não seja o Stuart Hertzog. Vou pensar em gatinhos e arco-íris. Ah, droga, não vai dar certo. Vou pensar no Travel Channel. Isso, o Travel Channel, mar azul e céu sem nuvens por cima, cabaninhas sobre palafitas acima da água, como em Bali...

Ai, meu Deus, não dá para acreditar que a minha chefe basicamente me acusou de ser mentirosa na frente do Mitchell Hertzog, a única pessoa do mundo que eu queria impressionar com o meu profissionalismo confiante. Até agora eu já falei coisas sem sentido a respeito de frango com molho de alho, meu ex-namorado JOGOU frango com molho de alho em cima dele, quase vomitei na frente dele, meu ex cantou baladas na frente dele e agora a minha chefe fica me chamando de mentirosa na frente dele...

O Mitch disse que eu só preciso voltar para a empresa e encontrar o E-MAIL que a Amy me mandou dizendo para não fazer mais a advertência por escrito – e encaminhar para ele. Também encaminhar para ele o rascunho da carta que eu estava escrevendo para a sra. Lopez, mas que nunca cheguei a terminar. Parece que ele acha que isso vai dar jeito em tudo.

Mas como é que isso vai consertar as coisas? Com certeza, vai provar que eu não tive nada a ver com aquela carta. Mas não vai ajudar o JOURNAL a vencer o caso da sra. Lopez contra a empresa. E o Mitch não deveria estar do lado da empresa, e não da sra. Lopez? Quer dizer, não é o JOURNAL que está pagando os honorários dele?

Mas é como... É como se ele quisesse que a sra. Lopez vencesse. Como se ele tivesse armado tudo isso só para fazer a Amy mostrar exatamente como ela é a maior mentirosa do mundo.

O que para mim está ótimo, só que...

A Amy SABE que a gente a chama de T.P.M. Ela SABE.

Quer dizer, até parece que isto vai fazer com que seja minimamente DESCONFORTÁVEL trabalhar com ela, ou algo assim...

Ah, POR QUE a gente colocou esse apelido nela? Quer dizer, ela É uma tirana, perversa e maldosa, mas a gente devia ter guardado isso só para a gente. Não é legal ficar xingando os outros, mesmo que mereçam. Todos os seres humanos têm valor e dignidade, é o que o professor Wingblade sempre dizia. Todos os seres humanos têm valor e dignidade. Tirando talvez os nazistas. E a Al-Qaeda. E as tiranas, perversas e malvadas...

PÁRA COM ISSO! A Amy não é tão má quanto o Hitler! Ela não matou ninguém.

QUE A GENTE SAIBA.

Nunca mais vou chamá-la de T.P.M. Nunca mais vou chamá-la de T.P.M. Nunca mais vou chamá-la de T.P.M. Nunca mais...

Ai, meu Deus, o táxi está a um quarteirão do número 216 da rua W. 57th neste instante. Por favor, Deus, não permita que a Amy esteja lá quando eu entrar. Por favor, permita que eu chegue à minha mesa e encaminhe o E-MAIL e o rascunho e pegue as minhas coisas e vá para casa, para ficar lá o resto do dia, alegando que estou doente... Por favor por favor por favor por favor por favor.

Quatro dólares e cinqüenta centavos mais gorjeta para o taxista. Não posso esquecer de mandar um formulário de reembolso para a T.P.M.!

Espera... Por que o Carl Hopkins está parado na frente da porta?

THE NEW YORK JOURNAL

A publicação fotográfica líder de mercado em Nova York

Divisão de Segurança
The New York Journal
216 W. 57th Street
Nova York, NY 10019
212-555-6890

MEMORANDO

Para: Todos os funcionários
De: Administração de Segurança
Assunto: *Persona non grata*

Notificação de *persona non grata*

Favor observar que o indivíduo abaixo mencionado foi classificado como *persona non grata* no edifício da W. 57th Street, número 216, a partir da data desta notificação, e vai continuar com este *status* indefinidamente. Este indivíduo não tem permissão para entrar no edifício da W. 57th Street, número 216, em qualquer horário durante o termo desta sanção.

Nome: Kathleen A. Mackenzie
RG: 3164-000-6794
Descrição: (fotografia anexa)
Caucasiana do sexo feminino, 25 anos de idade
1,65 metro, entre 55 e 60 quilos
Cabelo loiro, olhos azuis

Ao avistar este indivíduo, entrar em contato com a segurança imediatamente.

c/c: Amy Jenkins, Diretora de Recursos Humanos

Olá, esta é a caixa-postal de Jennifer Sadler. Desculpe, mas não posso atender agora. Depois do sinal, por favor deixe o seu nome e o seu telefone, e eu retorno assim que puder.

(*Sinal*)

Jen? Jen, cadê você? É a Kate. Estou aqui embaixo, na recepção. Não querem me deixar subir. Estão falando que eu sou *persona non grata*. Eu falei para eles que deve ser um erro, mas disseram que não, e até me mostraram o formulário. Diz que eu peso entre 55 e 60 quilos. Eu pareço mesmo tão gorda assim? Eu só peso 53. Aposto que foi a Amy que escreveu! Acho que isso explica... Você sabe o que está acontecendo? Eu... Ah, espera, a Amy está chegando. Ela está segurando... Ai, meu Deus, ela está trazendo uma caixa com as minhas coisas. Lá está o globo de neve da Disney que fica em cima do monitor do meu computador. Por que a T.P.M. está com o meu globo de neve? Ai... Meu... Deus...

(*Clique*)

THE NEW YORK JOURNAL
A publicação fotográfica líder de mercado em Nova York

Amy Denise Jenkins
Diretora
Recursos Humanos
The New York Journal
216 W. 57th Street
Nova York, NY 10019
212-555-6890
amy.jenkins@thenyjournal.com

Kathleen A. Mackenzie
Representante de Funcionários
Recursos Humanos
The New York Journal
216 W. 57th Street
Nova York, NY 10019

Esta carta tem como objetivo informá-la de que, a partir desta data, o seu contrato empregatício com o *New York Journal* foi suspenso. Os pertences pessoais da sua estação de trabalho foram listados e empacotados. Você será acompanhada pela segurança para fora do prédio, e foi listada *como persona non grata* neste local. Caso precise conversar com alguém em relação à sua demissão do *New York Journal*, terá de fazê-lo por telefone. Sua rubrica abaixo indica o recebimento desta carta.

Amy Jenkins
Diretora de Recursos Humanos

Garoto Encontra Garota

Diário de Kate Mackenzie

Bom, aconteceu. Fui demitida. Fui demitida mesmo.

Eu nunca tinha sido demitida antes. Nem quando eu era atendente do bufê de salada no Rax Roast Beef lá em Luxor e a minha gerente, a Peggy Ann, disse que eu era a pior atendente de bufê de salada que eles tinham tido, porque eu tirava os pedaços de couve-flor que caíam nas tigelas de molho, em vez de só dar uma mexidinha e fazer ir para o fundo. Mesmo assim, nunca tinha sido demitida.

Até agora.

Como é que isso foi acontecer? Eu não entendo como isso pode ter acontecido. Hoje de manhã eu tinha emprego. Hoje de manhã eu não tinha namorado nem lugar para morar. Mas ainda tinha emprego. E era um emprego de que eu até gostava.

E agora não tenho mais emprego. Não tenho namorado, não tenho lugar para morar e não tenho emprego.

Ai, meu Deus, sou uma SEM-TETO!

É verdade! Bom, tirando o fato de eu estar hospedada em uma suíte de cobertura (que não é minha), eu me transformei em parte das estatísticas, sou uma das diversas pessoas sem-teto desempregadas de Nova York.

Ai, meu Deus! Logo vou estar morando em uma caixa de papelão! No bairro de Alphabet City (só que agora Alphabet City ficou superchique – aposto que até uma caixa de papelão lá custa US$ 1.200 por mês... e provavelmente também vão querer o depósito do primeiro e do último mês, mais o seguro-fiança).

O que eu vou fazer? Quer dizer, falando sério. Não tenho mais emprego, não tenho casa... O QUE EU VOU FAZER????

Acho que eu podia pedir um empréstimo para o Dale. Ele acabou de ganhar milhões. Ou sei lá quanto pagam para integrantes de bandas que acabaram de assinar contrato com uma gravadora grande.

Mas se eu pedir dinheiro emprestado para o Dale, vou ter de falar com ele. E não quero falar com ele. Não depois daquele incidente do frango com molho de alho. Além do mais, ele vai ficar se sentindo todo superior — AH, ELA NÃO CONSEGUE VIVER SEM MIM.

O mesmo vale para a minha mãe. Quer dizer, ela se recusa a encostar em um centavo que seja do dinheiro que o papai deixou para ela quando morreu... bom, pelo menos não no principal. E, além do mais, ela só vai falar de novo que é para eu voltar com o Dale. Juro que ela ia ter mais orgulho de mim se eu simplesmente ficasse seguindo o Dale e a banda por aí, usando um poncho tricotado a mão, do que ela jamais sentirá por eu ter emprego e lugar para morar conquistado, com o meu próprio esforço.

A Jen? Não, não posso voltar para a casa da Jen, ela tem os problemas dela. Não posso ficar recorrendo à Jen cada vez que sofro um contratempo financeiro ou emocional.

O Mitch? O Mitch? Como é que eu posso sequer pensar em ir para a casa do Mitch? Quer dizer, afinal de contas, tudo isso é culpa dele! Ele SABIA que a Amy tinha falsificado aquela carta. Ele sabia que a Amy tinha falsificado, e queria que o advogado da sra. Lopez visse isso, porque, por alguma razão, o Mitch está do lado da sra. Lopez, e não do jornal. O que está muito certo, já que a sra. Lopez é uma senhora bacana e tudo o mais, e que nada disso é culpa dela, aliás.

SÓ QUE AGORA EU NÃO TENHO MAIS EMPREGO!!!!!!!!!! Era isso que ele queria? Que eu fosse demitida?

Não, espera. O Mitch é uma pessoa razoável. Uma pessoa decente. Uma pessoa razoável e decente nunca faria uma moça ser demitida porque o ex dela jogou frango na calça dele.

Eu devia simplesmente ter largado aquele trabalho idiota, para começo de conversa, para mostrar a minha indignação relativa ao que aconteceu com a sra. Lopez. Falando sério, parece carma ou alguma coisa parecida. Porque como eu não pedi demissão, como deveria ter feito segundo meus princípios morais, o meu trabalho me foi tirado.

Garoto Encontra Garota

E, putz, por acaso eu não vou receber indenização? Ou pelo menos um seguro-desemprego? Eu deveria PELO MENOS receber seguro-desemprego. Por que eu não li o manual do funcionário com mais atenção? Vejamos, sou funcionária da administração, não da redação, então isso significa... que vou receber duas semanas de indenização? Ou serão quatro semanas? Por que eu não sou de um sindicato qualquer? Daí a T.P.M. não ia ter coragem de me demitir sem fazer uma advertência verbal e por escrito primeiro...

Vejamos... o seguro-desemprego para uma pessoa que ganhava US$ 40.000 por ano é...

Ai, meu Deus. O Esquiador acabou de chegar. Ele disse que a Dolly falou para ele encontrá-la aqui depois do trabalho. Eles vão a algum jantar beneficente ou algo assim. Nossa, o Esquiador fica mesmo bacana de SMOKING. Uau. Não tão bacana quanto o Mitch Hertzog, mas...

AI, MEU DEUS, NÃO DÁ PARA ACREDITAR QUE EU ESCREVI ISSO!!!! Nunca mais vou ter nenhum pensamento gentil para o Mitch Hertzog. AQUELE CARA FEZ COM QUE EU FOSSE DEMITIDA!!!!!!!!!

O Esquiador acabou de perguntar o que eu estou fazendo aqui no meio do dia. Eu disse que fui demitida por defender as minhas convicções no trabalho. Ele parece ter ficado impressionado. Disse que isso pede uma comemoração.

E, pensando bem, eu DEVERIA comemorar mesmo. Estou livre da opressão da tirana, perversa e maldosa! Não sei onde vou achar um trabalho novo; o primeiro e o último mês de aluguel, além do seguro-fiança, então, nem pensar enquanto eu estiver vivendo do seguro-desemprego, mas estou livre! Liberada! Por que eu não deveria comemorar com uma vodca com tônica no meio da tarde?

"É, a gente devia comemorar mesmo", (acabei de dizer para o Esquiador. Ele acabou de abrir uma vodca Grey Goose.

Falando sério, as coisas não estão TÃO ruins assim, não é mesmo? É, eu não tenho emprego, nem vida, nem lugar para morar etc. E nem posso voltar a morar com os meus pais, porque o meu pai morreu e a minha mãe está atravessando o país em um trailer do tamanho da sacada da Dolly.

Mas eu tenho algo que poucas pessoas têm — aaaah, os drinques do Esquiador são bem fortes. Eu tenho o que pode ser chamado de o maior dom de todos: a oportunidade de começar tudo de novo. Falando sério, eu podia ser qualquer coisa. Poderia ser médica — bom, isso se eu arranjasse dinheiro para pagar a faculdade de medicina. E se ver sangue não me fizesse suar em bicas. Eu podia ser política — sério, eu ia ser muito boa nisso, sabe como é, porque eu sei o que é ser pisoteada e esmagada, como as pessoas de Jersey City ou qualquer lugar assim. Eu podia ser advogada...

Ah, não, eca, advogada, nunca! Nunca quero ficar igual ao Stuart Hertzog. Eu ODEIO o Stuart Hertzog. Tanto quanto eu odeio a Amy Jenkins. Os dois se merecem. Espero que aproveitem bem o casamento deles no clube de campo e a lua-de-mel nas ilhas Sandals e a casa deles em Westchester e os 2,1 filhos sem cachorro por causa da alergia das crianças e o carrão poluente e desperdiçador de gasolina — claro, Esquiador, obrigada, quero mais um copo sim — e as duas semanas deles em Aspen e o verão em Cape e os sapatos da JP Tod e os suéteres de cashmere da Tse nas criancinhas de dois anos e as pré-escolas que custam dez mil por ano para ter aula duas vezes por semana e depois a escola primária certa porque Deus me livre se o Junior não entrar na faculdade certa para arrumar o trabalho certo para não acabar como EU, A MAIOR LOUCA DESEMPREGADA SEM-TETO QUE NINGUÉM AMA E QUE VAI MORRER SEM UM TOSTÃO, AMARGA E SOZINHA...

Certo, mais uma bebidinha, daí preciso sair pra rua purque só mulhé de bratunt.

Garoto Encontra Garota   249

✉

Para: Dolly Vargas <dolly.vargas@thenyjournal.com>
De: Jen Sadler <jennifer.sadler@thenyjournal.com>
Assunto: Kate

Dolly, uma coisa HORRÍVEL aconteceu. A Kate foi demitida! A Amy a mandou para a rua antes do almoço. Não sei o que aconteceu naquela reunião que as duas tiveram hoje de manhã, mas a Amy chegou aqui fula da vida, com a SEGURANÇA, limpou a mesa da Kate, confiscou o computador dela e pronto. Não consegui falar com a Kate — nem sei onde ela está. Ela me deixou um recado um pouco antes do meio-dia, mas desde então...

Dolly, você TEM de falar com o Peter sobre isso. A Kate é uma BOA funcionária. Se ela foi demitida — e desse jeito —, deve ter sido um erro. Provavelmente tem a ver com a sra. Lopez. POR FAVOR POR FAVOR peça ao Peter para ver o que aconteceu.

E se ela aparecer na sua casa, será que você pode pedir para ela me ligar? Estou muito preocupada, de verdade.

Jen

✉

Para: Jen Sadler <jennifer.sadler@thenyjournal.com>
De: Dolly Vargas <dolly.vargas@thenyjournal.com>
Assunto: Kate

Querida, não se preocupe. Eu acabei de ligar para casa, e a Kate está a salvo com o Esquiador. Ele disse que está cuidando bem dela.

É CLARO que eu vou falar com o Peter, mas sabe como é, ele foi para São Francisco hoje de manhã, para dar uma olhada nos vinhedos dele. Quer dizer, vou ficar muito feliz de poder fazer qualquer coisa para ajudar a nossa fofa, mas acho que o Peter não vai poder fazer muita coisa enquanto não voltar.

Mas olha só, se isso faz com que você se sinta melhor, vou dar uma ligada para o Mitch Hertzog. Ele vai saber o que fazer. Afinal, pelo que a Kate me contou — e é difícil ter certeza, porque ela está enrolando toda a língua — foi ele quem causou a demissão dela. Então, ele pode muito bem fazer com que ela seja readmitida.

Preciso correr aqui — são tantos modelos novos, e tão poucos adjetivos para descrevê-los...

Bjs.
Dolly

Garoto Encontra Garota

Olá, queridos e queridas! Sou eu, a Dolly! Não estou em casa no momento — ou talvez esteja, mas... indisposta. Bom, deixe o seu recado e eu retorno no segundinho que puder! Tchauzinho!

(*Sinal*)

Kate? Kate, sou eu, a Jen. A Dolly disse que você está em casa. Por que você não atende? Kate, anda logo, atende. Eu sei que você está chateada — caramba, eu também ia estar. Mas isto aqui não acabou, certo? A Dolly e eu vamos conseguir o seu emprego de volta, não se preocupe. A gente não vai deixar aquela porra daquela T.P.M. vencer. Estamos todas no mesmo barco, Kate, e vamos conseguir o seu emprego de volta. Você ouviu bem? Bom, me liga assim que você receber este recado. Estou muito preocupada com você, Kate, de verdade.

(*Clique*)

Olá, queridos e queridas! Sou eu, a Dolly! Não estou em casa no momento — ou talvez esteja, mas... indisposta. Bom, deixe o seu recado e eu retorno no segundinho que puder! Tchauzinho!

(*Sinal*)

Kate? Aqui é o Mitch Hertzog. Acabei de saber. Olha, eu estou muito... nem sei como começar a pedir desculpas. Eu não fazia a menor idéia — quer dizer, eu suspeitava que ela tinha aprontado alguma, mas nunca, em um milhão de anos, achei que ela fosse dar um golpe tão baixo... Olha, não vou deixar fazerem isso com você. Só preciso daquele *e-mail* que a Amy te mandou e do rascunho da carta que você escreveu, e daí consigo o seu emprego de volta rapidinho. Se você conseguir pedir para algum colega encaminhar os documentos do seu computador, estamos feitos. Kate? Você está aí? Se estiver, atende. Se não... bom, me liga assim que você puder. Você tem os meus números. Só... Meu Deus, não dá para acreditar que ela tenha feito isso. Sinto muito mesmo. Liga para mim.

(*Clique*)

Garoto Encontra Garota

$\boxtimes$

Para: Stuart Hertzog <stuart.hertzog@hwd.com>
De: Mitchell Hertzog <mitchell.hertzog@hwd.com>
Assunto: Kate Mackenzie

Bom, espero que você esteja satisfeito. A sua noiva, obviamente agindo de acordo com as suas instruções, acabou de cavar a própria sepultura. É isso mesmo, Stu. Porque eu vou enterrar a Amy por causa disto. Enterrar bem enterradinha. Espero que isso não interfira muito nos seus planos de casamento. Não se preocupe, ela não vai desistir de se casar com você, já que ela vai PRECISAR trocar de nome quando eu tiver acabado com ela. Ela não vai conseguir entrar em nenhuma lista de convidados nesta cidade com o sobrenome Jenkins.

Ah, e diga a ela, da minha parte, que ela não sabe o significado do que é ser um *fodido*. Mas logo vai saber.

Mitch

$\boxtimes$

Para: Dolly Vargas <dolly.vargas@thenyjournal.com>
De: Mitch Hertzog <mitchell.hertzog@hwd.com>
Assunto: Kate

Como assim, "Não precisa se preocupar que ela está segura com o Esquiador"? Que diabos é um Esquiador?

Mitch

Meg Cabot

Diário de Kate Mackenzie

Vodca com tônica é bom. Eu adora minha vogca com tônica!!!!!!!! Eu adoro= Esquiador por fazer vojca com tônics e hvjdh p dsjksd kfjs lsjfg eet Eskaiuds wolka é bom oifd fj kfhac lalj e lsa Isqueajor akfhJKFSH DOlly meique gosta akhfkjvh amigu bunitão!!!!
Ha ha

Garoto Encontra Garota

⊠
Para: Mitchell Hertzog <mitchell.hertzog@hwd.com>
De: Stuart Hertzog <stuart.hertzog@hwd.com>
Assunto: Kate Mackenzie

Ei, não vem ME culpar porque a sua namoradinha conseguiu ser demitida. Se ela não sabe brincar, não devia se meter com as crianças maiores, não é mesmo? Além do mais, a única pessoa que você DEVE culpar pelo que aconteceu é você mesmo. Foi você que quis falar daquela carta idiota, meu amigo, não eu, e nem o Jeri.

A pergunta verdadeira é...

Por que você fez isso? Será que era algum vestígio do seu comportamento de cavaleiro da távola redonda, de querer que aquela tal de Lopez fosse readmitida? Ou será que você só queria fazer a Amy ficar mal? Você está assim com tanta inveja de eu ter encontrado uma mulher tão perfeita que você não agüenta me ver feliz? É isso, Mitch?

Bom, espero que você esteja satisfeito. Aquela vaca daquela Lopez não vai ser readmitida, a Amy com certeza vai ganhar uma promoção por isso, e a sua loirinha vai ter que fazer fila para ganhar comida do governo.

A vida é bela, meu camarada. A vida é bela.

"Stuie"

Stuart Hertzog, sócio sênior
Hertzog, Webber e Doyle, Escritório de Advocacia
444 Madison Avenue, conjunto 1.505
Nova York, NY 10022
212-555-7900

Olá, você ligou para o celular de Arthur Hertzog. Estou no campo de golfe neste momento — ou talvez no bar — e não posso atender. Mas deixe um recado que eu ligo de volta rapidinho.

(*Sinal*)

Pai, aqui é o Stuart. Você precisa voltar para casa. Estou falando sério. Eu sei que você deve estar se divertindo muito, e só Deus sabe que você merece mesmo umas férias, assim como todos nós. Mas o Mitch está fora de controle. Estou falando muito sério. Estou preocupado que ele chegue mesmo às vias de fato comigo — ou pior: com a minha noiva. Pai, eu precisei me trancar na minha sala porque agora mesmo, no corredor — na frente da Clarissa — na frente de todas as recepcionistas — ele tentou me dar um soco. Um soco em mim, pai. Ele tentou me acertar fisicamente. Você sabe que ele sempre foi maior do que eu. Você PRECISA fazer alguma coisa. Liga para mim hoje à noite, vou estar em casa.

(*Clique*)

Olá, você ligou para o celular de Arthur Hertzog. Estou no campo de golfe neste momento — ou talvez no bar — e não posso atender. Mas deixe um recado que eu ligo de volta rapidinho.

(*Sinal*)

Arthur, é a Margaret. Você sabe que eu nunca iria incomodá-lo deliberadamente quando você está no seu retiro interminável dos garotos perdidos. Mas se

Garoto Encontra Garota

você se dignasse a escutar os seus recados de vez em quando, ia ver que a bruxa está solta por aqui. O Mitchell atacou o Stuart fisicamente — quis dar um soco nele! — no corredor. Fui informada de que representantes da lei não foram chamados, mas só porque o Stuart não quis manchar a reputação do escritório com essa controvérsia. Você PRECISA fazer alguma coisa, Arthur. Ah, e também não tem sido lá muito agradável viver com a sua filha Janice nestes últimos dias. Acho que seria de bom tom se você também desse uma ligadinha para ela para dizer que as drogas matam! Foi POR ISSO que eu invadi a privacidade dela. Porque eu não quero que ELA termine como o Mitch. Você sabe que ele fumava maconha quando estava na Tailândia, não sabe? Juro que é o THC residual que está fazendo com que ele se comporte desta maneira. Ai, pelo amor de Deus, Arthur, larga esse taco e volta para CASA!

(*Clique*)

Olá, você ligou para o celular de Arthur Hertzog. Estou no campo de golfe neste momento — ou talvez no bar — e não posso atender. Mas deixe um recado que eu ligo de volta rapidinho.

(*Sinal*)

Pai, é a Sean. Falando sério. Eu vou matar esta mulher. Se ela entrar no meu quarto mais uma vez, eu não vou mais responder pelos meus atos. Além do mais, a namorada do Stuart é uma tapada. É só isso.

(*Clique*)

Olá, você ligou para o celular de Arthur Hertzog. Estou no campo de golfe neste momento — ou talvez no bar — e não posso atender. Mas deixe um recado que eu ligo de volta rapidinho.

(*Sinal*)

Oi paizinho, é a Stacy. Olha. Você deve estar recebendo uns recados... Não vou dizer que compreendo totalmente o que está acontecendo mas, se eu fosse você, simplesmente ignoraria. É só o Stuart se comportando como um idiota. Como está o tempo aí? Nevou aqui ontem à noite. Só um pouquinho, mas era neve. Neve! Em março! As meninas mandaram um beijo, e o Little John também. Te adoro.

(*Clique*)

Garoto Encontra Garota

259

✉

Para: Mitch Hertzog <mitchell.hertzog@hwd.com>
De: Stacy Trent <IH8BARNEY@freemail.com>
Assunto: Kate

Certo, certo, acalme-se. Eu mal consegui entender o seu recado. Parece que você já saiu do escritório e, como não está atendendo o celular, vou tentar te mandar um *e-mail* pelo BlackBerry. Então, você teve uma reunião com o Stuart e a namorada dele e a bela Kate hoje de manhã, e daí parece que a Amy demitiu a Kate, e agora você não consegue encontrá-la (a Kate) porque ela fugiu com um tal de Esquiador?

Bom, fala sério, Mitch. Ela não parece ser uma pessoa das mais estáveis, se anda com sujeitos conhecidos como Esquiador. Talvez seja melhor para você cair fora.

Mas foi mesmo maldade da Amy demitir a moça. Aliás, por que foi mesmo que ela fez isso?

O Little John falou a primeira frase inteira dele hoje, caso você esteja interessado. Foi: "Enfia no seu, babaca." Parece que ele ouviu da boca do "tio Mitch", que disse isso para o "tio Stu" no sábado passado. Então, muito obrigada.

Com muito amor,
Stace

✉

Para: Stacy Trent <IH8BARNEY@freemail.com>
De: Mitch Hertzog <mitchell.hertzog@hwd.com>
Assunto: Kate

Obrigado, recebi a sua mensagem. Mas não se preocupe. Eu a achei. Bom, "a gente" achou para falar a verdade — eu esbarrei com a Jen, amiga da Kate, na entrada do prédio da Dolly Vargas. Parece que ela estava tão preocupada com a Kate quanto eu, e nós dois viemos correndo para cá, em táxis separados. Nós finalmente conseguimos convencer o porteiro a deixar a gente subir, já que ninguém atendia o interfone.

Graças a Deus que ele deixou. Parece que o "Esquiador", o "amiguinho" mais novo da Dolly — não da Kate — fez o favor de embebedá-la completamente com vodca e tônica. Parece que ele não vê problema nenhum nisso, porque ele também está mais para lá do que para cá. Mas não foi ele quem a gente achou caído, de cara no tapete de pele de urso da Dolly.

Ainda bem que os dois ainda estão totalmente vestidos, ou eu ia tirar aquele sorrisinho safado da cara dele a tapa.

Aliás, o nome verdadeiro dele é Gunther. Ele não sabe por que todo mundo só se refere a ele como Esquiador.

Bom, mas o negócio é que agora eu e a Jen estamos tentando deixar a Kate sóbria, apesar de ela não estar se mostrando muito receptiva à nossa estratégia. A Jen está tentando fazer com que ela tome um pouco de vitamina B agora.

Desculpa pela ligação assustadora — acho que eu só precisava conversar com alguma pessoa sã por um minuto. Mas essa tal de Jen parece ser uma pessoa surpreendentemente lúcida, para uma moça de recursos humanos.

Vou apenas ignorar a sua insinuação de que a Kate não tem estabilidade mental.

Ah, e dá parabéns para o Jason para mim. Vou ficar orgulhosíssimo quando o meu filho usar a palavra *babaca* em uma frase completa.

O Fodido

Garoto Encontra Garota

⊠

Para: Mitch Hertzog <mitchell.hertzog@hwd.com>
De: Stacy Trent <IH8BARNEY@freemail.com>
Assunto: Kate

<Ainda bem que os dois ainda estão totalmente vestidos, ou eu ia tirar aquele sorrisinho safado da cara dele a tapa.>

Você gosta dela, você gosta dela, você gosta dela, muito, muito, muito.

Desculpe. Por um segundo parecia que eu estava de volta ao primário

Então, você está apaixonado pela bonitinha instável, hein? Tudo bem, pode confessar para a sua irmã mais velha. Você sempre teve mesmo um pouco de complexo de salvador quando se trata de moças. Você simplesmente ADORA se meter e dar uma de herói.

Mas você acha mesmo que ela vai conseguir o emprego de volta? Quer dizer, sem ofensa, mas não é você que está noivo da chefe dela.

Ah, hmm, só para avisar: se ela ficar sóbria, pode ser que não goste mais de você. Pelo que eu entendi, foi VOCÊ o responsável pela demissão dela.

Stace

P.S. Eu vou me vingar bonito de você quando você tiver os seus filhos. As primeiras palavras deles vão ser "Eu adoro o meu tio Stuart".

⊠

Para: Stacy Trent <IH8BARNEY@freemail.com>
De: Mitch Hertzog <mitchell.hertzog@hwd.com>
Assunto: Kate

Em referência à sua acusação de que eu tenho algum tipo de "complexo de salvador" quando se trata da escolha das minhas parceiras românticas: tenho de discordar. Reconheço que não foram muitas, mas as mulheres com as quais escolhi sair sempre foram altamente independentes, com objetivos muito definidos e vida própria. Até mesmo a comissária de bordo que você mencionou — aquela de Kuala Lumpur —, ela queria montar uma academia de ginástica algum dia. O corpo dela era muito importante para ela, e ela queria mantê-lo em forma, e queria muito ajudar outras mulheres a fazer o mesmo...

Desculpa eu estar fazendo graça, mas a minha intenção é muito séria. O negócio é o seguinte: a namorada do Stuart realmente aprontou com a gente. A Kate e eu, quer dizer. Bom, mais com a Kate. Eu suspeitava, mas não tinha certeza, de que a Amy tinha falsificado um documento — e falsificou a assinatura da Kate nele. Reconheço que eu tinha esperança de forçar a sra. Jenkins a admitir a ação dela no depoimento hoje. Achei que seria legal esfregar na cara do Stuart que a futura esposa dele não é a florzinha inocente que ele quer que a gente acredite que ela é. Sabe como é, quero que ele reconheça que a Amy é capaz de me xingar de fodido e tudo o mais. Na verdade, eu queria ver se fazia com que ela me xingasse na frente dele.

Mas você acha que a sra. Jenkins — com a ajuda do Stuart — não ia conseguir virar a mesa? Já vi gente que joga sujo na vida, mas até alguns dos cafetões que eu defendi no passado não chegaria nem aos pés dos subterfúgios que aqueles dois inventam. Agora a Amy está dizendo que quem está mentindo é a Kate, e usou isto como desculpa para demiti-la.

O negócio é que a Amy apreendeu o computador da Kate, então, as chances de provar que ela está mentindo são próximas de zero. Mesmo assim, meu ímpeto para ver a verdade vir à tona é forte demais, levando em conta que esta confusão toda é minha culpa — e onde há uma intenção, há um meio blablablá...

Garoto Encontra Garota

Você sabe como nós, os caras com complexo de salvador, somos. É sempre a mesma coisa.

Ei, você chegou a falar com o Stuart? Eu quase enfiei um soco bem na cara dele, mas tropecei em uma daquelas porcarias de vaso de samambaias que o papai espalhou pela recepção toda. Daí ele se escondeu na sala dele e se recusou a sair. Que bebezão.

É melhor eu ir agora. Preciso recarregar a bateria e parece que a Kate está acordando...

O Fodido

....

✉

Para: Margaret Hertzog <margaret.hertzog@hwd.com>
De: Stuart Hertzog <stuart.hertzog@hwd.com>
Assunto: Mitch

Tentei ligar para você, mãe, mas ninguém atende. Por acaso você conseguiu falar com o papai? Tentei ligar para ele, e nada. Espero que você tenha melhor sorte.

É muito sério, mãe, estou preocupado. Acho que o Mitch precisa ser medicado. Está bem claro que ele está tendo problemas para controlar a raiva, como o ataque violento que ele teve hoje ilustrou tão bem. Sugiro que marquemos uma reunião com o terapeuta a que você está mandando a Janice para ver se ele pode conduzir algum tipo de intervenção relacionada ao Mitch. O homem com toda a certeza está sofrendo de algum tipo de delírio. Quase fico aqui imaginando se isso não é um resquício da época que ele passou trabalhando como defensor público. Você sabe muito bem que ele viu algumas fotografias assombrosas no período, de assassinatos e de desmembramentos e de mulheres que eram homens e só Deus sabe mais o quê.

E, sinceramente, ele não pode ficar achando que todo o sacrifício e o tempo que ele dedicou a isso tenha valido a pena, porque a única coisa que ele fez foi tentar defender desclassificados que nunca foram talhados para funcionar dentro da sociedade mesmo, e provavelmente nem deveriam ter nascido.

Talvez o Mitch só esteja precisando de umas férias. Talvez o papai possa dar um jeito de o Mitch passar uma temporada no apartamento de Aspen. Acho que se a gente conseguir afastá-lo do escritório por um tempo, ele vai ficar bem.

Pense bem nisso, mãe. Desde que você obrigou a Janice a largar a faculdade e voltar para casa, ele tem agido de uma maneira estranha — não fala mais com você, a não ser que seja para acusá-la de se intrometer onde não é chamada e onde não precisa, esse tipo de coisa. Parece que ele está do lado da JANICE.

Ele estragou a vida dele de maneira tal que não é surpresa nenhuma ele achar que a Janice também deve estragar a dela. Graças a Deus que o papai conseguiu resgatar o Mitch quando ofereceu um emprego para ele no escritório. Imagine só o que ele estaria fazendo agora se o papai não tivesse sido tão generoso. Provavelmente estaria trabalhando para o Fundo de Defesa Legal, ou algo pior.

Bom, de todo modo, ligue para mim, mãe, assim que você puder. Nós realmente precisamos fazer alguma coisa a respeito do Mitch, antes que seja tarde demais.

Stuart

P.S. A Amy mandou lembranças. Hoje fomos ver um apartamento verdadeiramente adorável, de três quartos na Quinta Avenida, com quarto de empregada e cozinha com copa. Também tiramos sangue para fazer um teste genético, para nos assegurar de que nenhum de nós dois carrega qualquer distúrbio. Você sabe que o lado da família do papai sempre foi meio esquisito — quer dizer, estou falando de tudo que aconteceu antes de o meu

Garoto Encontra Garota

bisavô chegar à Ellis Island. Vai ser interessante descobrir se tem algum tipo de psicose circulando pela nossa família. Porque estou convencido de que este é o problema do Mitch.

Stuart

Stuart Hertzog, sócio sênior
Hertzog, Webber e Doyle, Escritório de Advocacia
444 Madison Avenue, conjunto 1.505
Nova York, NY 10022
212-555-7900

....

✉
Para: Kate Mackenzie <katydid@freemail.com>
De: Vivica <vivica@sophisticate.com>
Assunto: O seu ex

Cara Kate,

Oi, você não me conhece, mas uma noite destas eu fiz um desfile (sou modelo) em Bryant Park para o Marc Jacobs e conheci o seu ex-namorado, o Dale Carter, vocalista da banda I'm Not Making Any More Sandwiches (você não acha que este é o nome mais engraçado do mundo para uma banda? O Dale me contou por que a banda tem este nome e eu achei a história mais FOFA do mundo).

Bom, mas o negócio é que eu achei o Dale bem gato e tal. Quer dizer, eu sempre quis ter um namorado que talvez me imortalizasse em uma música. Tipo aquela tal de Alison sobre quem aquele cara lá canta, ou a Lady in Red. Ou a Layla. Ou aquela sortuda daquela *showgirl*, a Lola, aliás.

Mas o negócio é que, devido a uma experiência terrível que eu tive há dois anos com um homem que, depois descobri, era assassino (bom, ele tinha tentado matar uma pessoa e agora está na cadeia para cumprir sentença de

Meg Cabot

vinte anos a prisão perpétua), eu parei de sair com caras que não têm referências, principalmente das ex deles. Eu realmente gostaria de conhecer o Dale melhor, porque ele é um gatinho — adoro o cavanhaquezinho dele! — e músico e tudo o mais. Mas eu disse para ele: "Não tem jeito de eu te convidar para sair, cara, a menos que você me dê o telefone da sua mãe e o e-mail das últimas cinco mulheres com quem você saiu."

Bom, você pode imaginar que eu fiquei bastante surpresa quando descobri que o Dale só ficou com uma mulher nos últimos dez anos. Quer dizer, eu nunca fiquei com a mesma COR DE CABELO tanto tempo assim, ficar com ALGUÉM então, nem pensar. Acho que é muito impressionante o fato de você e o Dale terem ficado tanto tempo juntos, apesar de você, como o Dale diz, ter apunhalando ele pelas costas quando pediu para ele se comprometer e daí foi embora, transformando-no na migalha que ele é hoje.

Eu, no entanto, não estou em busca de compromisso, tendo visto que só tenho vinte e qu... três anos e, como disse, sou modelo, então viajo muito entre Nova York, Milão e Paris, e a última coisa que quero é ser acorrentada. Sabe do que eu estou falando? Quer dizer, eu finalmente arrumei um cachorro, mas o Pedro é um maltês e cabe na minha carteira, praticamente. Se eu também pudesse arrumar um namorado tamanho-carteira, seria uma maravilha mas, como não dá, tenho de encontrar um que não se importe de ter uma namorada que viaja muito. Mas como o Dale vai passar os próximos 18 meses em turnê com a banda, ele diz que não se importa que eu viaje.

Então, se você não se importar, Kate. Será que você pode ligar para o meu celular, no horário que for melhor para você? O número é 917-555-4532. E, se você puder responder verdadeiro ou falso aos itens abaixo, eu vou ficar superagradecida.

Com carinho,
Vivica

1) Meu ex nunca tentou matar alguém pelo dinheiro da herança.
V ou F

Garoto Encontra Garota

2) Meu ex é um apreciador de belas artes, como por exemplo esculturas em madeira de naufrágio.
V ou F

3) Meu ex nunca transaria com uma camareira de hotel enquanto eu estivesse na praia.
V ou F

4) Meu ex nunca mentiria a respeito de ter um emprego e depois tentaria pedir um empréstimo para mim com a intenção de não pagar nunca.
V ou F

5) Meu ex nunca pegou emprestado a minha calcinha fio dental da Dior e arregaçou ela toda.
V ou F

6) Meu ex gosta de cozinha exótica, tipo flores de cebola do TGI Friday's.
V ou F

7) Meu ex é um apreciador dos animais.
V ou F

8) Meu ex respeita a mãe/as irmãs/as tias.
V ou F

9) Meu ex nunca pediu para alguém fingir que é ele para fazer um repórter achar que ele é outra pessoa.
V ou F

10) Meu ex não ronca.
V ou F

Valeu mesmo!

V

✉

Para: Kate Mackenzie <katydid@freemail.com>
De: Mitchell Hertzog <mitchell.hertzog@hwd.com>
Assunto: Oi

Lembra de mim? Tudo bem, foi uma pergunta idiota.

Espere antes de apertar o botão Excluir. Ouça o que eu tenho a dizer — ou melhor, leia o que eu tenho a dizer.

Eu não tinha absolutamente nenhum direito de fazer o que eu fiz. E nem posso começar a dizer como estou arrependido. Eu estraguei tudo, completa e totalmente. A minha intenção era dupla, se é que adianta alguma coisa eu te dizer — e eu até posso ser exonerado da Ordem dos Advogados por confessar isto, mas que se dane: 1) conseguir que a Ida fosse readmitida — uma pessoa que faz *brownies* como os dela nunca deveria ficar desempregada; e 2) mostrar ao meu irmão o tipo de mulher com quem ele vai se casar, obrigando a minha futura cunhada a revelar o tipo de mentirosa duas caras que ela é.

Eu deveria saber que a sra. Jenkins reagiria do jeito que reagiu. Afinal, ela e o meu irmão são farinha do mesmo saco.

Eu sei que você não escreveu aquela carta, Kate. Eu sei que a Amy escreveu, falsificou a sua assinatura e a rubrica da Ida Lopez nela, e daí enfiou no arquivo da Ida. Aposto que ela só fez isso depois que a Ida impetrou o processo de rompimento de contrato, quando a Amy deve ter percebido que ela passou por cima das determinações do sindicato em seu zelo para aplacar o orgulho ferido do meu irmão.

Mas o motivo real de eu estar escrevendo — além de pedir desculpas — é que eu não quero que você se preocupe com nada disso, porque eu vou conseguir o seu emprego de volta.

Garoto Encontra Garota

E daí nós vamos ver o que a sua chefe acha de receber em vez de mandar uma carta de demissão, só para variar.

Olha, a gente precisa mesmo se encontrar para conversar sobre tudo isso. O que você vai fazer hoje à noite? Se não estiver muito mal por causa de tanta vodca com tônica, por que não janta na minha casa? Acho que é mais seguro do que jantar fora. Pelo menos para o meu guarda-roupa.

Por favor não diga não. Eu te devo um jantar, no mínimo.

Mitch

Diário de Kate Mackenzie

Socorro.

Dor. Dor intensa que se irradia a partir dos olhos. Mal consigo me mexer.

O que ACONTECEU? Aaaaah, escrever com letras maiúsculas faz os meus olhos doerem. Mas, falando sério... o que foi que ACONTECEU ontem à noite? Está tudo começando a voltar, mas em fragmentos. Eu me lembro... do Esquiador. Eu lembro que o Esquiador foi bem legal comigo.

Mas por quê? Por que o Esquiador resolveu ser legal comigo? Ele é namorado da Dolly. Sei que tem alguma coisa a ver com o meu trabalho, mas...

Aaaah. Certo. Eu não tenho emprego. Eu não tenho mais emprego. O que é bom, porque... já são 12h45, e isso significa que, se eu tivesse emprego, estaria três horas e 45 minutos atrasada a esta altura.

A Amy. A Amy me demitiu. Aquela vaca idiota. Não dá para acreditar que ela fez isso.

A Jen. Jen veio aqui na noite passada? Eu me lembro vagamente.

Ai. Meu Deus.

A Jen veio aqui na noite passada. Para ver se eu estava bem. Mas também veio o...

MITCH HERTZOG!

O Mitch Hertzog veio aqui ontem à noite para ver se eu estava bem. Só que eu estava TRÊBADA. E... ai, meu Deus. Acho que eu vomitei em cima dele.

Certo. Certo, respire fundo. Vá até o telefone. Simplesmente vá até o telefone e ligue para a Jen para ver se você vomitou mesmo em cima do Mitch Hertzog. Talvez tenha sido só um pesadelo...

Garoto Encontra Garota

Não foi um sonho. Acabei de sair do telefone com a Jen. Eu vomitei mesmo em cima do Mitch Hertzog. Nos sapatos dele, nada menos.

Ah! E ele estava usando uns sapatos bem bonitos! Eram daqueles sociais, com costuras. A Jen disse que os furinhos ficaram cheios de restos de vômito.

O que só posso dizer que é... Bom.

Ai, meu Deus. Se tivesse sobrado alguma coisa para vomitar, eu vomitaria agora.

Por que eu fui deixar o Esquiador preparar tantos drinques para mim? Por que eu simplesmente não disse não? Ai, meu Deus, além de ser sem-teto, desempregada e sem namorado, ainda sou alcoólatra. Vão ter de me mandar para uma clínica de desintoxicação.

Só que eu não tenho dinheiro para me internar, porque não tenho mais seguro-saúde, porque perdi o emprego.

A Jen disse que o Mitch foi muito gentil e ficou preocupado comigo ontem à noite. Que maravilha. A pessoa responsável pela minha demissão foi toda gentil e ficou preocupada comigo ontem à noite. Enquanto eu vomitava em cima dos sapatos dele.

Por que eu não percebi o que ia acontecer? Não estou falando do negócio de ficar de ressaca depois de beber com o Esquiador. Estou falando do negócio de ter perdido o emprego. Meu Deus, eu simplesmente fui andando na direção da armadilha, não fui? Da armadilha da Amy.

Claro que eu tive um guia excelente para me levar até lá... o sr. Mitch Hertzog.

Hertzog. Meu Deus. Até soa como se eu estivesse botando para fora uma noitada inteira de vodca com tônica quando eu falo esta palavra. Hertzog. Hertzog. Amy Hertzog.

Ai, meu Deus, eu queria estar morta.

Recado da

Dolly

Bom dia, minha querida hóspede! Só estou deixando este recadinho para dizer que sei que você provavelmente está se sentindo que nem merde ce matin. Não se apavore, eu sou a rainha da ressaca. Tem suco de tomate na geladeira e vitamina B no armarinho do meu banheiro.

E não se preocupe com o tapetinho do banheiro. A Hortense vêm às quintas. Ela faz mágica com manchas de qualquer tipo.

O Esquiador disse que se divertiu à beça ontem à noite. Parece que você fica muito divertida quando está chumbada. Ele disse que você cantou para ele o Hino Estadual de Kentucky. A gente devia marcar de ir a um karaokê uma noite destas – você, eu e o Esquiador. Vai ser superdivertido.

Bom, comporte-se amor e, se chegarem uns pacotes da VPS para o Esquiador, faz o favor de esconder em algum lugar, para o caso de o Peter chegar aí sem avisar. Não quero ter nenhuma surpresa desagradável, se é que você me entende.

Fique bem, e use a minha banheira de hidromassagem se achar que ajuda.

Tchauzinho,
Bjs.
Dolly

Garoto Encontra Garota   273

✉

Para: Kate Mackenzie <katydid@freemail.com>
De: Jen Sadler <jennifer.sadler@thenyjournal.com>
Assunto: Você

Ei, você aí. Tudo bem? Como você está segurando a barra? Muita gente ficou preocupada com você. O seu amigo advogado parece ser um cara legal de verdade. Ele também é muito atencioso. Me liga se você quiser conversar.

J

✉

Para: Jen Sadler <jennifer.sadler@thenyjournal.com>
De: Kate Mackenzie <katydid@freemail.com>
Assunto: Eu

É, um cara legal de verdade. Um cara legal de verdade que me fez ser demitida.

Ah, e se as coisas já não estivessem ruins o suficiente, adivinha só o que eu recebi hoje de manhã? Quer dizer, além de um pedido de desculpas do Mitch — que não é nem de longe o suficiente, na minha opinião. Ele teve a coragem de me convidar para jantar. É! Jantar! Tipo, até parece que isso vai me ajudar a recuperar o emprego.

Recebi um *e-mail* da VIVICA. Sabe a top model? Aquela que faz as propagandas da Victoria's Secret na TV?

É. Adivinha só em quem ela está interessada? No Dale. Mas ela quer primeiro saber o que eu acho dele. A I'm Not making Any More Sandwiches tocou em um desfile e eles se conheceram. Ela quer sair com ele, mas não quer seguir em frente a não ser que ele goste de esculturas feitas com madeira de naufrágio ou qualquer coisa do tipo. Sei lá. Eu estava com uma ressaca grande demais para ler o e-mail dela direito.

Meu Deus. Eu deveria simplesmente ter ficado em Kentucky. É sério.

Kate

....

✉

Para: Kate Mackenzie <katydid@freemail.com>
De: Jen Sadler <jennifer.sadler@thenyjournal.com>
Assunto: Você

Não, você não devia ter ficado em Kentucky coisa nenhuma. Se você tivesse ficado em Kentucky, nunca deixaria de ter usado sombra azul nos olhos. Falando sério, Kate, não ficava bem em você.

Além do mais... você não teria conhecido o Mitch.

Kate, eu sei que você pode não acreditar, mas o cara estava magoado de verdade ontem à noite. Ele está se sentindo PÉSSIMO com o que aconteceu entre você e a Amy. Acredito mesmo que ele não imaginou este desfecho. Eu não sei exatamente o que aconteceu no depoimento — ele me contou pouca coisa — mas a intenção dele NUNCA foi que você fosse demitida. Acho de verdade que ele está do seu lado nessa história toda, Kate. Acho que ele queria ajudar a sra. Lopez a ser readmitida... porque ele achou que era o que VOCÊ queria.

Acho que ele também queria fazer a Amy parecer uma mentirosa, mas sei lá, este tiro também saiu completamente pela culatra.

Eu sei que neste momento você não deve estar muito a fim de perdoar o cara, mas falando sério, acho que ele tinha boa intenção. E ele nem piscou por causa dos sapatos. Nem o seu *vômito* é nojento para ele. Isso tem de ter algum significado.

Garoto Encontra Garota 275

Sabe o que ele faz para ficar em forma? O Mitch, quer dizer? Ele é voluntário na ACM. Foi assim que ele conseguiu todos aqueles músculos de que você falou. Ele joga basquete em cadeira de rodas. Com caras deficientes, sabe?

Você acha que um cara desses ia MESMO fazer uma moça perder o emprego de propósito? Não.

Agora, desencana. A gente vai conseguir o seu trabalho de volta. Prometo.

E liga para o cara e diz que vai jantar com ele.

J

....

✉

Para: Jen Sadler <jennifer.sadler@thenyjournal.com>
De: Kate Mackenzie <katydid@freemail.com>
Assunto: Eu

Você está CHAPADA???? Não vou jantar com o Mitch Hertzog. Mesmo que esse negócio de basquete em cadeira de rodas seja verdade. Ou você só está dizendo isso para eu começar a gostar dele? Porque se eu descobrir que não é verdade...

Não que isso faça diferença. O CARA ME FEZ SER DEMITIDA, JEN.

E, certo, talvez você tenha razão, e ele não tenha tido intenção, e está mesmo chateado por causa disso. Mas o fato é que EU NÃO TENHO EMPREGO. Nem ENDEREÇO PERMANENTE. Nem... NADA.

Então, mesmo que ele GOSTE de mim e do meu vômito, que contribuição eu posso dar à relação? É isso aí, um zero bem grande.

Então, de que vai adiantar jantar com ele? Porque o que um CARA PERFEI-TO, QUE JOGA BASQUETE EM CADEIRA DE RODAS COMO ELE, VAI VER EM UMA REJEITADA DESEMPREGADA COMO EU?

Vou enfiar a minha cabeça no forno.

Kate

....

✉

Para: Kate Mackenzie <katydid@freemail.com>
De: Jen Sadler <jennifer.sadler@thenyjournal.com>
Assunto: Você
Enc: Diz que é mentira! ✉ Kate ✉ Kate

Bom, antes de se matar, dá uma olhada nestes *e-mails* do pessoal do jornal. Você acha que essa gente te considera uma rejeitada? ACHA?

....

✉

Enc: <katydid@freemail.com>
Para: Jen Sadler <jennifer.sadler@thenyjournal.com>
De: Nadine Wilcock-Salerno <nadine.salerno@thenyjournal.com>
Assunto: Diz que é mentira!

É verdade mesmo? A Kate levou o bilhete azul? Mas POR QUÊ? Ela era a representante de funcionários mais legal que esta empresa idiota já teve (com a exceção desta com quem falo, obviamente)!

Isso FEDE a Amy Jenkins. Ela está por trás disso? Eu sabia que aquela vaca estava aprontando alguma no outro dia quando eu a vi no refeitório dos funcionários e ela pegou um pedaço de pão com manteiga e enfiou na boca, mesmo. Faz dois anos que eu não a vejo sair da dieta do Atkins... Eu devia ter adivinhado que ela estava comemorando alguma coisa.

Garoto Encontra Garota   277

O que eu posso fazer para ajudar a trazer a Kate de volta? Porque se a Amy acha que a gente não vai fazer nada em relação a esse assunto, ela está chapada. Ela pode nos dizer para sermos gracinhas e darmos uma limpadinha, e ela pode levar embora a nossa Senhora das Sobremesas. Mas ela não pode demitir a Kate e sair impune. De jeito nenhum.

Nad :-(

....

⊠
Enc: <katydid@freemail.com>
Para: Jen Sadler <jennifer.sadler@thenyjournal.com>
De: Mel Fuller-Trent <melissa.fullertrent@trentcapital.com>
Assunto: Kate

Ai, meu Deus, é verdade mesmo? A Amy demitiu a Kate? Por quê? Espero que não tenha sido por falta de pontualidade.

Jen, isso é terrível. A Kate foi TÃO legal comigo quando estavam reclamando porque eu só ia trabalhar meio-período... A gente precisa FAZER alguma coisa! O que eu posso fazer? Os Trent adoram organizar uns eventos beneficentes. Será que a gente pode organizar um evento beneficente? Para a Kate? Me diz o que eu posso fazer, POR FAVOR!!!!

Mel

....

⊠
Enc: <katydid@freemail.com>
Para: Jen Sadler <jennifer.sadler@thenyjournal.com>
De: Tim Grabowski <timothy.grabowski@thenyjournal.com>
Assunto: Kate

Acabei de ficar sabendo. Isto significa guerra. A T.P.M. está ciente disso, não está? Que, ao demitir a Kate, ela está se isolando do departamento técnico inteiro? Porque não tem nenhum cara aqui que se recusaria a andar sobre brasas pela Kate.

Ela é a única nesta porcaria de departamento (sem contar você, Jen) que tratava a gente, o pessoal da informática, com alguma coisa que se assemelha remotamente a respeito. Isso sem mencionar compaixão.

E ela também costumava participar das nossas festas de maratonas de *Farscape*.

O que a gente pode fazer para ela voltar? É só falar que a gente faz.

Tim

....

✉
Para: Kate Mackenzie <katydid@freemail.com>
De: Jen Sadler <jennifer.sadler@thenyjournal.com>
Assunto: Você

Você acha que estes *e-mails* parecem ser de gente que está feliz porque você foi embora? Não, de jeito nenhum. As pessoas aqui gostam de você, Kate. O MITCH gosta de você também, com ou sem vômito no sapato. Então, anime-se.

Além do mais, você não pode enfiar a cabeça no forno da Dolly, acabei de confirmar com ela, e é elétrico. O pior que vai acontecer é você se assar.

J

....

✉
Para: Jen Sadler <jennifer.sadler@thenyjournal.com>
De: Kate Mackenzie <katydid@freemail.com>
Assunto: Eu

Garoto Encontra Garota   279

Obrigada pelos *e-mails*. Acho que fizeram eu me sentir melhor. Um pouco.

Vou sair para comprar um jornal. Preciso começar a procurar outro emprego. Isso sem falar em um apartamento. Mas comecemos pelo começo.

Eu mencionei que detesto todo mundo no universo inteiro? Com a exceção da receptora deste *e-mail*, claro.

Kate

MENSAGEIROS — c/ ou s/exp
SER ENTREGADOR é o máximo!
Por acaso a sua empresa de entrega oferece
seguro-saúde, fundo e plano de aposentadoria?
Nós oferecemos! E também pagamos bem
US$ 250 — US$ 600/semana. Nossos atendentes
têm experiência. Meio-período e integral.
212-555-6773 só com hora marcada.

Faça-me o favor. Eu nem tenho bicicleta.

TRABALHO EM ESCRITÓRIO, meio
período e integral.
Dias úteis. Ambiente agradável para trabalho
bem variado.
Algum contato com clientes, habilidade c/
Word e Excel obrigatória. Salário a combinar.
Currículo por fax c/ pretensão salarial para:
212-555-4052

Não dá para acreditar que eu fiz faculdade para poder arquivar documentos.

EMPREGOS DE ATIVISMO AMBIENTAL
A NYPIRG está contratando alunos e formados
para campanha urgente de proteção ao
ar e à água em NY. Meio-período e integral.
Contrat. imediata. US$ 300-US$ 1.000/semana
opção p/ adiant. e benef.
Falar com Angie: (212) 555-PIRG
(x7474)

Garoto Encontra Garota   281

Ou bater na porta dos outros.

Arrecadação de fundos e desenvolvimento.
CENTRO COMUNITÁRIO DE LÉSBICAS,
GAYS, BISSEXUAIS E TRANSGÊNEROS.
Procura consultores c/ exp. Preferência para
transg. pós-operação. Candidatos qualif.,
enviar carta de apresent.
c/ hist. salarial + posição desejada:
212-555-2657

Ótimo. A única maneira de eu me qualificar para este aqui é eu me transformar em mulher-homem.

ELETRICISTA Técnico c/ exp. c/
seguintes habilidades: instalação de fiação,
painéis, interruptores e tomadas,
ar-condicionado e refrigeração, fiação de
bx. volt., interfone, sist. de alarme e segurança,
controles motores, exaustores e bombas. Acima
de US$ 1.000/semana. 212-555-1460

POR QUE eu não fui ser eletricista?

RESTAURANTE DE COMIDA NATURAL.
Meio-período e integral.
Pessoal para lidar c/ frutas e legumes, bar e caixa.
Exp. no ramo de comida natural necessária.
Não telefone. Favor comparecer pessoalmente a
Yoga Yogurt, 229 W. 13th St
(entre avs. 7th e 8th)

Trabalho com comida. Talvez eu possa voltar para Kentucky e pedir meu trabalho no Rax Roast Beef de volta.

Precisa-se de SALVA-VIDAS
Condiciona/o e treina/o grátis p/ ótimos
empregos de salva-vidas nas praias e piscinas
de NY. Oferta de emprego depois da conclusão
do treina/o, teste e checagem de antecedentes.
+16 anos na data de contratação.
Ligue 212-555-7880

Ha! ATÉ PARECE!

Garoto Encontra Garota

✉

Para: Jen Sadler <jennifer.sadler@thenyjournal.com>
De: Mitchell Hertzog <mitchell.hertzog@hwd.com>
Assunto: Kate

Oi, Jen. Tentei ligar, mas só caiu na caixa-postal.

Você teve notícias da Kate hoje de manhã? Como ela está? Mandei um *e-mail* para ela, mas não recebi resposta.

Me fala se você estiver sabendo de alguma coisa.

Mitch

✉

Para: Mitchell Hertzog <mitchell.hertzog@hwd.com>
De: Jen Sadler <jennifer.sadler@thenyjournal.com>
Assunto: Kate

Ela está bem. Contrariada, mas bem.

Acho que você não vai ficar muito chocado se eu disser que você não é uma das pessoas preferidas dela nesta manhã. Parece que ela não se lembra muito bem do que aconteceu ontem à noite. Aliás, como estão os seus sapatos?

ǀ

✉

Para: Jen Sadler <jennifer.sadler@thenyjournal.com>
De: Mitchell Hertzog <mitchell.hertzog@hwd.com>
Assunto: Kate

Meus sapatos estão ótimos. E é muito bom saber que a Kate está bem. Mas não é assim tão bom, sabe como é, o fato de ela me odiar profundamente. Mas não posso dizer que a culpo.

Olha só, você tem acesso ao computador da Kate no trabalho? Eu estava aqui imaginando se você não está a fim de cometer um crimezinho do colarinho branco para mim. Nada muito grave, só checar a caixa de ENTRADA da Kate e ver se ainda tem uma mensagem da Amy Jenkins — aquela em que ela disse para a Kate parar de escrever a carta de advertência para a Ida Lopez. Você pode fazer isso para mim e me dizer o que achou? Eu ficaria muito agradecido.

Mitch

....

✉
Para: Mitchell Hertzog <mitchell.hertzog@hwd.com>
De: Jen Sadler <jennifer.sadler@thenyjournal.com>
Assunto: Kate

Desculpe ser a portadora de notícias tão ruins, mas o computador da Kate foi todo reconfigurado e o disco rígido foi trocado. A Amy chegou aqui logo depois do almoço e cuidou para que não restasse nenhum vestígio do trabalho da Kate Mackenzie na empresa. Ela também confiscou os arquivos dela. Imagino que já tenham encontrado o destino deles no fragmentador de papel da empresa. A Amy é muito meticulosa na cruzada dela para dominar toda a divisão de RH desta empresa.

Então, a menos que a Kate tenha imprimido uma cópia do *e-mail* da Amy e levado para casa — o que é altamente improvável, conhecendo a Kate, que gosta de manter a vida pessoal e o trabalho bem separados —, sinto dizer que não tem como recuperar.

Mas foi uma boa tentativa, Romeu.

J

Garoto Encontra Garota   285

✉

Para: Jen Sadler <jennifer.sadler@thenyjournal.com>
De: Mitchell Hertzog <mitchell.hertzog@hwd.com>
Assunto: Kate

Não vou desistir assim tão fácil. Me dá o nome e o telefone do responsável
pela informática, pode ser, Jen? Valeu.

Mitch

✉

Para: Mitchell Hertzog <mitchell.hertzog@hwd.com>
De: Tim Grabowski <timothy.grabowski@thenyjournal.com>
Assunto: Kate

Recebi a sua mensagem. Tentei ligar, mas caiu na caixa-postal.

Bom, mas em resposta à sua pergunta, a única maneira de ler o *e-mail* da
Amy Jenkins seria por meio do computador dela. Todos os nossos *e-mails*
passam por um servidor POP. O programa de correio eletrônico faz o
download automático dos *e-mails* do servidor para o disco rígido do remetente, e daí apaga do servidor, então, a única maneira de obter o *e-mail*
enviado é entrar no disco rígido do computador que o enviou.

E isso é praticamente impossível, a menos que você tenha a chave da sala
da Amy.

Gostaria de poder ajudar mais. A Kate é a maior fofa, e nós todos estamos
de coração partido com o que aconteceu. Se você falar com ela, diz que a
próxima maratona de *Farscape* vai ser na casa do Raj. Ela vai saber do que
eu estou falando

Tim

✉

Para: Kate Mackenzie <katydid@freemail.com>
De: Tim Grabowski <timothy.grabowski@thenyjournal.com>
Assunto: Você

Ei, qual é a sua história com o Dylan McDermott? Vocês dois já estão juntos ou o quê? Espero que sim. Aquele cara faz mesmo muito bem para os olhos. Mas que coisa é essa de gravatas dos Super-Amigos? Hermès tem muito mais classe.

Mesmo assim, parece que ele gosta de você de verdade. Pelo menos ele quer mesmo te ajudar a ser readmitida, o que é praticamente a mesma coisa. Recebi uma mensagem dele.

Me convida para o casamento?

Saudades.

Tim

✉

Para: Jen Sadler <jennifer.sadler@thenyjournal.com>
De: Kate Mackenzie <katydid@freemail.com>
Assunto: Mitch

Qual é a história do Mitch com o suporte? O Tim acabou de dizer que o Mitch tinha entrado em contato com ele. Anda logo, abre a boca. Você sabe que não consegue guardar segredo.

Kate

P.S. Quando fui comprar o jornal, quase fui atropelada por um táxi, e nem liguei. Falando sério, foi tipo: "Ah, olha, este táxi vai bater em mim." Mas

Garoto Encontra Garota 287

eu não fiquei com medo nem nada. Porque que diferença faria se eu morresse? Sem o meu emprego, não tenho contribuição nenhuma para fazer para a sociedade mesmo. DARIA NO MESMO SE EU ESTIVESSE MORTA.

Fui salva no último segundo por um entregador de comida chinesa que me puxou para a calçada. Mas sei lá.

....

✉

Para: Kate Mackenzie <katydid@freemail.com>
De: Jen Sadler <jennifer.sadler@thenyjournal.com>
Assunto: Mitch

A história do táxi é aterrorizante, mas não vai fazer eu te contar o que o Mitch queria.

Ele me fez prometer que não diria.

Mas juro, Kate, este cara só quer o melhor para você. Ele é sincero.

Acho que você devia repensar esta história de suicídio por atropelamento de táxi. Mesmo.

J

....

✉

Para: Jen Sadler <jennifer.sadler@thenyjournal.com>
De: Kate Mackenzie <katydid@freemail.com>
Assunto: Ele é sincero

Claro, é o que todos eles dizem. Desculpe se eu aproveitar esta oportunidade para vomitar mais um pouco. Ah, espera aí, o porteiro está tocando o interfone. Flores do Esquiador para a Dolly, sem dúvida.

Ei, você sabe se a gente tem de dar gorjeta para um entregador de flores?

Kate

....

✉

Para: Kate Mackenzie <katydid@freemail.com>
De: Jen Sadler <jennifer.sadler@thenyjournal.com>
Assunto: Entrega de flores

Tem de dar gorjeta sim. Dois ou três paus, no mínimo. Você nunca recebeu flores?

E como é que você sabe que são do Esquiador? Talvez sejam do grande Peter Hargrave em pessoa. Me liga para dar a descrição, já que o Craig não me manda flores desde que a gente se casou, e eu esqueci como é.

J

Floricultura do East Side
"Diga com flores!"

1.125 York Avenue * Nova York NY 10028

Para: Kate Mackenzie
a/c Dolly Vargas
610 East End Avenue, cobertura A

Me perdoa?

Mitch

✉

Para: Jen Sadler <jennifer.sadler@thenyjournal.com>
De: Kate Mackenzie <katydid@freemail.com>
Assunto: Entrega de flores

Rosas. Duas dúzias delas. Cor-de-rosa.
Do Mitch.
Tipo: assim eu vou esquecer que ele me fez ser demitida.
Mesmo assim. É gentil da parte dele. Levando em conta que eu vomitei nos sapatos dele e tudo o mais.

Kate

✉

Para: Kate Mackenzie <katydid@freemail.com>
De: Jen Sadler <jennifer.sadler@thenyjournal.com>
Assunto: Entrega de flores

Então, você vai jantar com ele ou não?

J

✉

Para: Jen Sadler <jennifer.sadler@thenyjournal.com>
De: Kate Mackenzie <katydid@freemail.com>
Assunto: Jantar

Até parece que umas flores vão ajeitar tudo! Não vou jantar com ele de jeito nenhum.

Faça-me o favor.
De jeito nenhum.

Kate

Garoto Encontra Garota

✉
Para: Mitchell Hertzog <mitchell.hertzog@hwd.com>
De: Kate Mackenzie <katydid@freemail.com>
Assunto: Oi

Oi? Mitch, tentei ligar para o seu escritório agorinha mesmo, mas a sua assistente disse que você saiu. Bom, mas eu só queria agradecer pelas flores. São lindas.

Obrigada também por ter me ajudado ontem à noite... quer dizer, a Jen me contou que você ajudou. Eu não me lembro muito bem de nada, só da parte em que eu mandei ver nos seus sapatos. Desculpa por isso. Toda vez que você chega perto de mim, parece que derramam alguma coisa em cima de você. Como se eu fosse o vulcão do monte Santa Helena ou algo assim.

Bom, e se aquela oferta de jantar ainda estiver de pé, eu aceito.

Kate

✉
Para: Kate Mackenzie <katydid@freemail.com>
De: Mitchell Hertzog <mitchell.hertzog@hwd.com>
Assunto: Oi

Claro que a oferta de jantar ainda está de pé. Está bom às sete? Fico feliz que você tenha gostado das flores. Não se preocupe com os sapatos. Eu não gostava muito deles mesmo.

Mitch

✉

Para: Jen Sadler <jennifer.sadler@thenyjournal.com>
De: Kate Mackenzie <katydid@freemail.com>
Assunto: Eu

Eu vou.

QUE ROUPA EU PONHO?????

Kate

✉

Para: Kate Mackenzie <katydid@freemail.com>
De: Jen Sadler <jennifer.sadler@thenyjournal.com>
Assunto: Você

Eu tinha certeza.

Vai de saia.

E lembre-se de que, apesar de ele ser um advogado que joga basquete em cadeira de rodas com vômito no sapato, você não sabe por onde ele andou. Não se esqueça de usar camisinha, madame "Eu Só Fiquei Com Um Cara a Vida Inteira".

J

✉

Para: Jen Sadler <jennifer.sadler@thenyjournal.com>
De: Kate Mackenzie <katydid@freemail.com>
Assunto: Eu

EEEEEEEEEEEEEEECAAAAAAA!!!!!!!!!

Kate

Garoto Encontra Garota

Diário de Kate Mackenzie

O que eu estou fazendo? Quer dizer, por que estou tão preocupada com a roupa que vou colocar hoje à noite para ir à casa do Mitch? Eu nem deveria IR à casa do Mitch. Eu não tenho emprego, não tenho lugar para morar, acabei de sair de um relacionamento. Este cara só tem me causado problema e, além do mais, nós dois não temos nada em comum a não ser o apreço mútuo pelos BROWNIES da sra. Lopez e pelo Travel Channel. Quer dizer, ele é ADVOGADO.

Será que devo usar meia-calça modeladora ou não? A gente sabe que elas marcam um pouco... mas se eu não usar, minha barriga fica aparecendo.

Ai, meu Deus, não dá para acreditar que eu fico pensando em uma coisa dessas.

Será que tenho tempo de preparar alguma receita da sra. Lopez? Não... Não dá para assar um bolo. E fazer escova... DROGA!!!!!!!!!

```
Supermercado D'Agostino nº 6
        1.507 York Avenue
      Nova York, NY 10021

Caixa 2 Hora: 18h02
Funcionário 411
Nome: Dolores

1/2 kg camarão
  graúdo           US$ 17,99
2 alcachofras      US$  2,99
4 limões           US$  2,00
1 manteiga
  irlandesa        US$  5,99
1 pct fettucine    US$  3,99
1 pão francês      US$  1,99
1 chocolate
  El Rey           US$  2,52
1/2 kg café        US$  6,99
1 alho             US$  0,59
4 peras            US$  2,00
Subtotal           US$ 47,05
Imposto            US$  3,88
Total              US$ 50,93

Cartão de débito
Mitchell Hertzog
xxxx-xxx-xxxx-xxxx

        Obrigado por
    comprar no D'Agostino
```

Garoto Encontra Garota

Bem-vindo à CVS

Caixa 1 Hora: 18h22

1 pct. Lâmina barb.
Bic Fem   US$ 2,99

1 meia-calça
model.   US$ 1,49

1 pct. Camisinha
Trojan text.   US$ 7,99

1 pó comp.
Almay   US$ 7,99

Subtotal   US$ 19,49
Imposto   US$ 1,61
Total   US$ 20,09

Cartão de débito
Kathleen Mackenzie
xxxx-xxx-xxxx-xxxx

Obrigado por comprar
na CVS

296   Meg Cabot

$\boxtimes$

Para: Stacy Trent <IH8BARNEY@freemail.com>
De: Margaret Hertzog <margaret.hertzog@hwd.com>
Assunto: O seu irmão

Stacy, tentei ligar, mas ninguém atendeu. Ou vocês todos saíram, ou a sua *au pair* está no telefone com o namorado sueco dela de novo e não quer atender. Sugiro veementemente que você arranje uma linha independente para ela. E espero que você esteja deduzindo do pagamento semanal dela estas ligações que ela vive fazendo para esse rapaz.

Bom, o negócio é que eu acabei de receber uma ligação extremamente aflitiva do seu irmão Stuart. Ele diz que você não está cooperando nem um pouco com os planos de casamento dele. Compreendo que a semana do dia 21 de junho é a única no futuro próximo que eles dois podem se afastar do trabalho, e que — apesar de o Jason ter prometido que eles poderiam usar o seu jardim para a cerimônia no dia do solstício de verão — parece que há algum problema — e estou custando a acreditar, mas o Stuart disse que ouviu da sua boca — com o seu conventículo?

Sinceramente, Stacy. Você acha mesmo que eu vou acreditar que você se uniu a um conventículo? Que agora é alguma espécie de feiticeira praticante? Você mora em Greenwich, pelo amor de Deus. Não tem conventículo nenhum em Greenwich.

Além do mais, achei que os Trent fossem episcopais, não *wicca*.

Se você só está FALANDO que vai ter um encontro de conventículo ou qualquer coisa do tipo no solstício de verão para irritar o Stuart... bom, você conseguiu.

Qual é o seu problema, Stacy? Por que você não pode ser simpática com o seu irmão? Entre todos vocês, o Stuart foi o único que nasceu com algum bom senso. Por que você e o Mitch têm de ficar contra ele o tempo todo? Ele

Garoto Encontra Garota

sempre foi um rapaz extremamente sensível, como eu sei que você sabe, especialmente no que diz respeito ao tamanho da cabeça dele. No entanto, isso nunca impediu que vocês dois o apelidassem de Piu-Piu quando eram pequenos, não é? Ah, vocês dois eram mesmo hilários.

Alegar que você faz parte de um conventículo não é uma piada nada divertida, Stacy. É cruel, e insensível, principalmente levando em conta que você tem três filhos. E se as crianças ouvirem, Stacy? Além do mais, eu quero que essa Amy Jenkins GOSTE da gente. Pelo amor de Deus, ela não recebeu o que eu chamaria exatamente de boas-vindas calorosas à família. O seu pai não retorna as ligações de ninguém em Scottsdale, o Mitch causa a maior confusão na empresa dela, você vem dizer que é uma feiticeira praticante, e a Janice... bom, a Janice é só a Janice. Realmente, a coitada da moça vai achar que vocês todos estão pegando no pé dela, e quem pode culpá-la? Finalmente temos a chance de trazer um pouco de sangue NORMAL para a linhagem dos Hertzog, e vocês ficam tentando estragar tudo, para todo mundo.

Bom, eu não vou aceitar nada disso. Você vai permitir que o seu irmão realize a cerimônia do casamento dele na sua casa, como o seu próprio marido prometeu que aconteceria. Você entendeu bem, Stacy?

E falando nisso, seria educado você oferecer o chá de cozinha da Amy. Não estou dizendo que precisa ser na sua casa. Nós podemos fazer aqui. Mas acho que seria um gesto simpático se a festa fosse oferecida por você e a Janice.

Espero que, até lá, todo o verde já tenha saído do cabelo dela.

Bom, é só isso. Ligue para mim.

Mamãe

✉

Para: Kate Mackenzie <katydid@freemail.com>
De: Vivica <vivica@sophisticate.com>
Assunto: Dale

Oi. Eu sei que você provavelmente ainda não teve tempo de examinar o questionário que eu mandei para você. O Dale disse que você é representante de recursos humanos, e eu sei que este é um trabalho muito importante e que você vive ocupada. Não é igual a ser modelo. Quer dizer, quando a gente é modelo, sabe como é, a gente só precisa experimentar roupas e sorrir e tal. Mas é bem difícil sorrir quando a gente sente o coração se quebrando dentro do peito — como eu senti o meu. Até aquela noite em que eu conheci o Dale. Eu sei que ele é o seu ex-namorado e tudo e que você provavelmente já não sente mais por ele o que você sentia quando começaram a sair, mas vocês continuam amigos, certo? O Dale disse que sim. Então, eu estava torcendo para você me dar um retorno, porque já faz muito, mas muito tempo mesmo que eu não conheço um cara tão legal quanto o Dale. A maior parte dos caras nem se lembra do meu nome, só querem ficar comigo para chegar no escritório na segunda-feira e contar para todo mundo que traçaram uma *top model*.

O Dale, ele disse que vai escrever uma música sobre mim. Assim que ele conseguir encontrar uma palavra que rime com Vivica.

Mas não estou pressionando por causa do questionário. Quando você tiver um tempinho... Eu sei que você deve estar mesmo muito ocupada ajudando os outros e tudo. O Dale disse que você era assistente social. Acho isso admirável. Quer dizer, as pessoas são o nosso melhor recurso. Uma vez eu salvei um cachorro em uma rua da Cidade do México. Mas não é a mesma coisa do que salvar pessoas. E acontece que o cachorro tinha um problema de infecção no coração e teve de ser sacrificado. Não dá para sacrificar as pessoas, o que é uma pena, porque algumas merecem, tipo o meu ex. Mas esta é outra história.

Bom, sei lá. Responde ao meu questionário quando você tiver um tempinho, tá? Obrigada.

Tchau.

V

Diário de Kate Mackenzie

Certo, respire, Kate. Você precisa respirar.

Mas é que nunca um cara teve tanto problema por minha causa. Quer dizer, ele fez um jantar inteiro para mim e tal. Uma vez, quando eu estava de cama, o Dale fez um chá para mim, mas foi tudo. Além do mais, ele deixou o saquinho de chá dentro da xícara quando foi esquentar no microondas e o fiozinho pegou fogo e incendiou a cozinha e precisamos chamar os bombeiros para apagar, e tivemos de comprar armários novos, então não sei se conta.

Mas o Mitch preparou um prato para mim. Camarão ao alho e óleo.

E estava bom. Estou falando do camarão. Muito, muito bom mesmo. Ele disse que foi a um acampamento de culinária quando era criança (Acampamento de culinária! Parece que ninguém na família dele ficou muito animado com a idéia... queriam que ele fosse para o acampamento de futebol com o irmão, o Stuart. Mas o Mitch disse que estava mais interessado em fazer tortas do que gols).

Bom, mas agora ele está na cozinha, preparando a sobremesa. Ele não quer me dizer o que é. Sinceramente espero que inclua chocolate.

Mas não é por isso que eu estou nervosa. A sobremesa, quer dizer. E o negócio de um cara ficar cozinhando para mim.

Não, é porque ele acabou de me contar que TRABALHAVA COMO DEFENSOR PÚBLICO.

É verdade. Ele só foi trabalhar no escritório do pai porque ele teve um infarte e depois fez cirurgia de ponte de safena, e implorou para o Mitch ficar de olho nas atividades do escritório enquanto ele se recuperava.

Parece que uma grande parte da recuperação do sr. Hertzog inclui jogar golfe com os amigos no Arizona.

Garoto Encontra Garota

Que seja. O negócio é que o Mitch não é um andróide corporativo sem alma. Ele nunca defendeu as grandes corporações e na verdade está ansioso para voltar a trabalhar nos tribunais criminais. Onde, parece, ele defende as pessoas que não têm dinheiro para pagar um advogado.

E o negócio é que o Mitch poderia arrumar emprego onde quisesse. Ele não PRECISA ser defensor público. Ele faz isso – bom, provavelmente pela mesma razão por que eu me tornei assistente social...

Para fazer diferença.

COMO É QUE EU NÃO VOU GOSTAR DELE???? Aliás, mais do que gostar, até.

Ele fez com que eu fosse demitida. Ele fez com que eu fosse demitida porque não gosta da namorada do irmão.

E eu ainda estou com vontade de pular em cima dele. EU SEI! Eu tenho algum problema muito sério mesmo.

De verdade. Porque – ai, meu Deus – ele é totalmente perfeito. Quer dizer, ele COZINHA, e é VOLUNTÁRIO, e quer AJUDAR OS OUTROS... Meu Deus, até o apartamento dele é perfeito. Quer dizer, obviamente é um apartamento MASCULINO, e é um pouco bagunçado – tem uns bonés de beisebol enfiados junto de livros de mistério nas prateleiras; tabelas dos jogos de basquete da temporada da Universidade de Michigan jogadas por cima da mesinha de centro; um exemplar de Playboy saindo de baixo do sofá, onde ele escondeu claramente há pouco tempo.

Mas o apartamento é lindo. Ele herdou do avô que já morreu. Tem dois quartos, sendo que um ele usa como escritório, e quarto de hóspedes para quando as sobrinhas e o sobrinho o visitam, como ele disse, e dois banheiros. Tem 170 metros quadrados e varanda com vista para o East River. Ele é proprietário, o que é bom, porque o aluguel de um lugar destes seria de no mínimo cinco mil por mês. Talvez até mais, porque tem academia no prédio. Só o condomínio deve ser no mínimo 1500 por mês.

E ele tem três TVs, uma delas com no mínimo 42 polegadas (para assistir aos jogos, como ele diz).

E, certo, toda a mobília é marrom: sofá marrom, poltrona marrom, jogo americano marrom na mesa, até lençóis marrons (eu dei uma espiada quando fui ao banheiro) na cama.

Mas eu poderia dar um jeito nisso. Eu assisto a Trading Spaces, eu sei como umas capas bem colocadinhas podem alegrar um ambiente...

AI, MEU DEUS, O QUE EU ESTOU PENSANDO?

O professor Wingblade ficaria passado. Quer dizer, ele sempre nos disse que precisamos desenvolver uma relação baseada em confiança e harmonia mútua antes de...

AI, MEU DEUS, ELE TEM TIVO!!!!!! Acabei de encontrar o controle remoto, enfiado entre as almofadas do sofá. TiVo. Eu nunca tive um namorado que tivesse TiVo. Nunca tive um namorado que tivesse uma TV só dele. Quer dizer, fui eu quem comprei a que o Dale e eu...

Espera. Eu preciso me controlar. É, parece que o Mitch pode ser um cara ótimo – apesar do negócio todo de ter feito com que eu fosse demitida. E, sim, o apartamento dele é ótimo.

Mas, apesar de ele ter sido defensor público, no momento está ganhando quinhentos dólares por hora para defender gigantes corporativos de gente como a sra. Lopez, que nunca fez mal a ninguém (que não merecia, pelo menos).

E ele age de uma maneira tão arbitrária no que diz respeito a isto tudo que ele conseguiu fazer com que eu fosse demitida. DEMITIDA!!!!

Além do mais, tenho problemas demais neste momento. Não posso entrar de cabeça em uma relação amorosa com alguém que eu acabei de conhecer. Preciso achar um emprego, e um apartamento, e um objetivo na vida. O professor Wingblade disse que a gente não pode amar ninguém de verdade se não aprender a amar a nós mesmos, e a verdade é que eu estou achando bem difícil me amar desde que eu fui demitida. Não que eu me defina por meio do meu trabalho. É só que... sem o meu trabalho, quem SOU eu? Qual é o meu objetivo na Terra? Eu quero fazer diferença e ajudar aos

Garoto Encontra Garota

outros, mas parece que ninguém quer PERMITIR que eu faça essas coisas. Então, se eu não posso cumprir a minha missão na Terra, O QUE EU ESTOU FAZENDO AQUI????

E, falando sério, suponha que alguma coisa aconteça MESMO entre o Mitch e eu. Como é que eu vou apresentá-lo para as pessoas? "Ah, este aqui é o meu namorado. É uma história engraçada: ele fez com que eu fosse demitida."

Hmm, isso não vai fazer com que ele seja muito bem-visto no meu círculo social, se é que você me entende.

Mas, ai, meu Deus, os lábios dele são tão bonitos! Os do Mitch, quer dizer. O que um defensor público faz com uns lábios daqueles? Não é JUSTO!!! Eu fiquei olhando para a boca do Mitch durante todo o jantar, quando ele estava me contando sobre o ano que ele tirou para viajar pelo mundo todo. E os lábios dele têm um formato muito bonito. Parece que são mesmo muito... fortes. Se tem uma coisa que eu não suporto, são lábios fracos. Mas não preciso me preocupar com os do Mitch. Tenho a sensação de que aqueles lábios seriam capazes de fazer qualquer mulher esquecer que não tem dinheiro nem casa para morar... além de mais umas outras coisinhas.

Droga. A Louva-a-Deus. Eu me esqueci da Louva-a-Deus! Será que eles estão juntos? Será que são só amigos? Qual é a história entre os dois? Por que eu não me lembrei de perguntar durante o jantar? Meu Deus, se ele estiver saindo com ela, eu simplesmente vou ter de ME MATAR. Como é que eu posso competir com uma louva-a-deus com jeitão de Ingres e roupa de marca, principalmente porque eu mal tenho dinheiro para comprar uma meia-calça modeladora?

Que diabos. Eu não quero ter um relacionamento com um advogado. Quero?

Ai, meu Deus, acabei de dar uma olhada na cozinha, e ele fez peras cozidas com calda de chocolate para a sobremesa. Peras cozidas com calda de chocolate com sorvete de BAUNILHA HÄAGEN-DAZS para sobremesa...

COMO É POSSÍVEL RESISTIR A ESTE HOMEM?

Diário de Kate Mackenzie

Ai, meu Deus! Que HORROR!!!! Eu tinha razão! Eu tinha razão! Sobre os lábios dele, quer dizer! Eles são MUITO fortes!

Isso é TERRÍVEL. Os lábios dele são tão fortes, e eu estou praticamente derretendo em cima do sofá. Ah, POR QUE eu fui beijá-lo? POR QUE POR QUE POR QUÊ???? Eu NÃO preciso me apaixonar neste momento – principalmente por um advogado!

Mas a culpa é toda minha. A gente estava saboreando nossas peras cozidas com calda de chocolate quando alguma coisa, não sei o quê, se apoderou de mim. Acho que foi quando ele estava falando das sobrinhas dele e de como ele as estava ensinando a falar japonês (por exemplo, BACCA significa "idiota"), e uma delas perguntou como é que os japoneses conseguiam se entender, já que todos falavam uma língua estrangeira, e daí uma disse assim para a outra: "Porque eles NASCERAM falando, sua BACCA."

E alguma coisa dentro de mim simplesmente estalou, e eu PRECISEI pular em cima dele e começar a beijá-lo, eu simplesmente precisei fazer isso, a Louva-a-Deus que se dane!

E, ai, meu Deus, ele pareceu tão surpreso... Mas meio feliz também.

E eu tinha razão. Eu tinha MUITA razão. Os lábios dele são mesmo muito fortes, e ele beija com vontade, e a gente deve ter ficado se beijando por uma meia hora, porque o sorvete derreteu todo. Mas não foi a única coisa que derreteu, porque eu juro por Deus que eu me fundi com a minha meia-calça modeladora, que eu tive de usar porque o vestido que a Dolly me emprestou é tão justo que a minha barriga estava aparecendo na frente, e agora eu acho que fiquei tão quente por causa dos beijos que a minha pele grudou na LYCRA, e graças a Deus que o Mitch pediu licença e saiu um pouco, se não poderia ter ocorrido uma pequena reação nuclear nas cercanias da minha virilha, e agora se eu simplesmente conseguir tirar esse negócio idiota antes de ele voltar, talvez ele nem perceba que eu estava usando meia-calça modeladora para começo de conversa.

Aliás, onde ele se enfiou? Ai, meu Deus, e se ele saiu porque sabe que é errado se envolver com uma pessoa desempregada e sem-teto? Mas ele fica repetindo que vai conseguir o meu emprego de volta. Só que eu não sei como, até parece que eu faço parte de um sindicato, como a sra. Lopez, e posso processar a empresa por não ter feito uma advertência por escrito nem nada.

Mas dá licença, ele ganha a vida — ou pelo menos ganhava, — defendendo os rejeitados pela sociedade. Quem é ELE para desprezar uma pessoa só porque ela por acaso está desempregada — graças inteiramente a ELE, falando nisso?

Espera... e se não for por isso que ele se retirou? E se ele se retirou por causa da Louva-a-Deus? E se eu o ataquei antes que ele tivesse a oportunidade de explicar que está noivo da Louva-a-Deus?

Bom, ela que se dane. Eu acho que roubar o namorado dos outros é uma coisa condenável, mas caramba, não dá para fazer peras com calda de chocolate para uma mulher e achar que ela...

NÃO! Meu Deus, qual é o meu PROBLEMA? Eu NÃO quero me envolver com ninguém neste momento.

ESPERA! E se ele foi buscar uma camisinha? Será que é isso que os caras fazem? Quer dizer, o Dale nunca fez, porque nós fomos o primeiro e o único de cada um de nós — bom, até hoje, talvez — e vai saber o que está acontecendo entre ele e aquela tal de Vivica...

E, além do mais, eu tomo pílula.

Mas isto aqui é diferente, somos dois adultos na cidade grande, não garotos de escola se divertindo no banco de trás do Chevette da mãe dele. Será que eu devia ter dito algo como: "Não se preocupe, eu trouxe proteção", já que eu trouxe mesmo, está na bolsa?

Mas talvez a mulher não deva dizer essas coisas. Talvez seja meio uma coisa de vagabunda. Talvez eu devesse ter esticado a mão como quem não quer nada e pegado a caixinha...

TALVEZ EU SIMPLESMENTE DEVESSE IR EMBORA!!!!!!!!!! Porque, falando sério, onde é que isto aqui vai chegar? Eu me mudei para Nova York para AJUDAR os outros, como é que eu posso me envolver com alguém que...

Mas os defensores públicos ajudam as pessoas, não ajudam?

Só que ele não é mais defensor público, ele é... ai, meu Deus...

Qual é o barulho de uma mão batendo palmas sozinha? Qual é o peso de um único grão de areia? A resposta é: igual ao meu interesse no recado que você vai deixar aqui. Então seja breve.

(*Sinal*)

Mitchell, aqui é a sua mãe. Mitchell, se você estiver aí, atenda. Mitchell, estou falando muito sério. A sua irmã menor desapareceu. A Janice fugiu. Eu cheguei em casa da Reunião da Sociedade Norte-Americana de Colecionadoras de Bonecas e ela não estava mais aqui. Não faço a menor idéia de onde ela está e estou morrendo de preocupação, porque... bom, nós tivemos um desentendimentozinho antes. Ela está com você, Mitchell? Não sei para onde mais ela poderia ter ido. Se você tiver notícias dela, Mitchell, diga para mim. Eu sei que não estamos nos falando muito neste momento, você e eu, mas... bom, acho que você poderia informar à sua própria mãe se a filha dela está bem. Quer dizer, seria o mínimo que a educação exige. Seja lá quais forem os seus sentimentos a meu respeito. Então... Ligue para mim. Por favor.

(*Clique*)

✉

Para: Stacy Trent <IH8BARNEY@freemail.com>
De: Mitchell Hertzog <mitchell.hertzog@hwd.com>
Assunto: Precisamos conversar

Tira a criança que for do telefone, porque não estão atendendo a chamada em espera, e vê se me liga.

Isto é muito sério.

Mitch

✉

Para: Mitchell Hertzog <mitchell.hertzog@hwd.com>
De: Stacy Trent <IH8BARNEY@freemail.com>
Assunto: Precisamos conversar

Não é nenhuma criança, é o Jason. Ele está no telefone com a avó dele. É a conversa semestral que eles têm para decidir onde vão aplicar a fortuna deles. Qual é o problema?

Stacy

P.S. Como foi o grande jantar ontem à noite? Deu certo? Estou falando do afrodisíaco camarão ao alho e óleo.

Vou dizer uma coisa, ia precisar de muito mais que camarão para fazer com que EU me esquecesse de que você causou a minha demissão. Espero que ela não seja TÃO fácil assim, ou você vai perder o interesse, eu sei muito bem. Você sempre gostou de um desafio. Principalmente se tiver peitos

Garoto Encontra Garota 309

✉

Para: Stacy Trent <IH8BARNEY@freemail.com>
De: Mitchell Hertzog <mitchell.hertzog@hwd.com>
Assunto: Precisamos conversar

É a Sean. Ela apareceu no meu apartamento ontem à noite. Em um momento altamente inoportuno. Não quero falar sobre isso pelo sistema de e-mail do escritório. Não quero que o Stuart fique sabendo. Você pode vir a Nova York e almoçar comigo hoje? É importante.

Mitch

✉

Para: Mitchell Hertzog <mitchell.hertzog@hwd.com>
De: Stacy Trent <IH8BARNEY@freemail.com>
Assunto: Precisamos conversar

É claro que eu vou. Quanto mistério! A gente se vê ao meio-dia.

Stacy

P.S. Eu te ligo da recepção do prédio. Não quero correr o risco de esbarrar com o Stuie.

✉

Para: Kate Mackenzie <katydid@freemail.com>
De: Jen Sadler <jennifer.sadler@thenyjournal.com>
Assunto: E AÍ?????

COMO FOI????? Não dá para acreditar que você não me ligou ontem à noite. Você chegou a ir para CASA ontem à noite? Porque eu já falei com a Dolly e ela disse que quando ela e o Esquiador se retiraram para o *boudoir*

— foi exatamente assim que ela falou, aliás — você ainda não tinha aparecido.

Ai, meu Deus, você AINDA está com ele? Onde você ESTÁ? ME LIGA E ME CONTA TUDO!!!!!

J

P.S. Fico feliz em saber que alguém está se dando bem. Quer dizer, não que eu não esteja. Mas, com essa história toda de engravidar, é meio chato só transar quando um palitinho diz que você pode, e não quando dá vontade. Mas não faz mal. CONTA TUDO!

....

✉

Para: Jen Sadler <jennifer.sadler@thenyjournal.com>
De: Kate Mackenzie <katydid@freemail.com>
Assunto: E AÍ?????

Desculpa, eu voltei tarde demais e depois perdi a hora. Estou me transformando na MAIOR preguiçosa. Quer dizer, não é porque eu estou desempregada que preciso AGIR dessa maneira. Mas aqui estou eu, acordando todos os dias depois das dez. Que HORROR!

Além do mais, perdi *Charmed*.

Bom, sinto muito por desapontá-la, mas não aconteceu nada. Bom, não foi exatamente NADA, mas não o que você está pensando. A gente se beijou. No sofá da sala. Durante um bom tempo.

E, Jen: ele tem lábios MUITO fortes.

Estou muito confusa.
Quer almoçar? Tem de ser um lugar barato, porque eu estou dura.

Kate

Garoto Encontra Garota   311

✉
Para: Kate Mackenzie <katydid@freemail.com>
De: Jen Sadler <jennifer.sadler@thenyjournal.com>
Assunto: E Aí?????

Não quero ofender, querida, mas almocei ao meio-dia, como qualquer pessoa normal. Você vai ter de se virar sozinha.

E na matéria de ficar com alguém, você é patética. Vocês se BEIJARAM? Só ISSO???

Você TEM DE estar confusa: um advogado gostoso que joga basquete em cadeira de rodas faz jantar para você e vocês só se BEIJAM. Eu sei que já faz um tempinho, Katie, mas faça-me o favor. Você não podia ter feito nada melhor do que ISSO?

J

✉
Para: Jen Sadler <jennifer.sadler@thenyjournal.com>
De: Kate Mackenzie <katydid@freemail.com>
Assunto: E Aí?????

Faça-me o favor. Não é por isso que eu estou confusa. A gente teria transado feito coelhos se o porteiro não tivesse tocado o interfone. O Mitch nem ia responder, mas aí eu falei: "E se o prédio estiver pegando fogo?", e ele falou um monte de palavrão (!!!!!!!!!!) e foi atender o interfone, e o porteiro falou tipo assim: "A Sean está aqui para falar com o senhor", e daí o Mitch falou mais palavrão (!!!!!!!!) e disse: "Deixa eu falar com ela", aí veio uma voz de mulher chorando e falando assim: "Mitch, você não vai acreditar no que ela fez comigo."

Juro por Deus que, durante um segundo, eu achei que fosse aquela mulher-louva-a-deus, sabe, aquela do museu, que te contei?

Mas daí o Mitch olhou para mim e disse: "É a minha irmã mais nova."

Então, claro que eu falei assim: "Ela parece estar mal, acho melhor falar para ela subir."

E ele falou, mas dava para ver que ele não estava nem um pouco a fim. Daí, antes que eu tivesse tempo de fazer qualquer coisa, tinha uma menina com cabelo verde chorando no sofá, onde a gente tinha ficado se agarrando (não dá para acreditar que eu escrevi isto, mas é verdade. A gente ficou se agarrando! Naquele sofá! E FOI DEMAIS!!!!!!!!!!!! Ai, meu Deus, eu vou direto para o inferno).

Bom, mas coitada da Sean — a irmã dele. Ou melhor, o nome dela é Janice, mas ela quer que todo mundo a chame de Sean, e quem pode culpá-la? Janice é mesmo um nome um tanto antiquado para uma garota como ela. Quer dizer, ela só tem 19 anos — estava obviamente tendo uma crise e estava louca para contar tudo para o Mitch. Eu me ofereci para ir embora, porque imaginei que ela não ia querer que uma desconhecida completa ficasse lá ouvindo, seja lá o que fosse.

Mas, antes que eu conseguisse sair, ela falou tudo — como a mãe dela a tinha obrigado a largar a faculdade porque estava preocupada com o tipo de "amizade" que a Sean tinha feito com a colega de quarto dela, e como a Sean tinha tentado ser razoável, mas que a sra. Hertzog a tinha proibido de se comunicar com a outra menina — Sarah — e que agora ela tinha tirado o computador dela (da Sean) para que ela e a Sarah não pudessem nem trocar e-mails. Porque, é claro que a sra. Hertzog estava lendo os e-mails da Sean para a Sarah, e tinha descoberto que a relação das garotas não era exatamente do tipo platônico, se é que você me entende.

Coitado do Mitch! Quer dizer, ficou bem claro que ele adora a irmã mais nova dele, e ele foi muito bonzinho e simpático com ela, se ofereceu para

Garoto Encontra Garota 313

fazer um pouco de chocolate quente — "daquele tipo com *minimarshmallows*" — e falou que ela podia dormir lá se quisesse.

Mas daí, quando ele ouviu a parte referente ao "amor proibido" — estas foram as palavras dela, não as minhas — da Sean e da Sarah, achei que ele fosse sair correndo dali e nunca mais voltar. Quer dizer, ele lida — ou melhor, lidava — com assassinos todos os dias, mas a idéia de ter de lidar com a crise de identidade sexual da irmã mais nova obviamente fez com que ele entrasse em pânico. Ele me deu um olhar de desalento tão grande que, bom, eu percebi que não ia ter como ir embora. Quer dizer, ele estava PRECISANDO de mim, Jen. Ele estava mesmo precisando de ajuda para dar conta da irmãzinha lésbica dele.

Então eu fui logo me sentando e, igualzinho o professor Wingblade falou que era para a gente fazer, eu segurei a mão da Sean e escutei tudo que ela tinha a dizer, que foi mais ou menos o que qualquer jovem que está saindo do armário na frente da família diz. E eu expliquei para a Sean que a mãe dela ainda a amava, mas que a sra. Hertzog estava só assustada e confusa, e que ela não falou sério nada do que disse, e que a Sean precisava dar alguns dias para que ela conseguisse processar a informação, e que ela provavelmente se acalmaria e então seria capaz de voltar a discutir a situação de maneira racional.

Só que o Mitch estava com uma cara de quem não estava acreditando nem um pouco em nada daquilo. Na verdade, ele até soltou uma gargalhada... o que, eu disse para ele, não ajudava em nada. Sabe como é, quando a Sean não estava escutando. Mas o Mitch só disse que eu não conhecia a mãe dele, e que ser racional não era um dos pontos fortes dela.

Mas eu acho isso muito difícil de acreditar. Quer dizer, ela deu à luz o Mitch, não foi? E — além do negócio todo de ter feito com que eu fosse demitida — ele parece ser uma das pessoas mais racionais que eu já conheci. Quer dizer, depois do choque inicial, ele conseguiu lidar bem com a história toda da Sean. Aliás, quando a gente se despediu — depois de a Sean se acalmar e parar de chorar, e até fazer uma ou duas piadas sobre como ela sentia muito por ter atrapalhado o nosso "encontro" — ele disse que eu não precisava me preocupar, que conseguir o meu emprego de volta era a maior prioridade dele, principalmente agora que tinha me visto "em ação", como ele explicou.

Na verdade, ele disse que parecia um desperdício eu trabalhar em Recursos Humanos, e que eu devia abrir um consultório particular de terapia.

Mas é claro que isso nunca vai acontecer. O negócio do consultório particular de terapia. A menos que eu consiga um Mestrado em Serviço Social. E como é que eu vou ter dinheiro para voltar para a faculdade se nem tenho emprego?

Mas foi bom me sentir útil para variar, em vez de, sabe como é, só ficar me aproveitando dos outros, como eu tenho feito desde... sei lá, desde sempre, parece. A Sean parecia quase animada quando eu fui embora.

Mas não posso dizer a mesma coisa do Mitch. Quer dizer, ele não estava com cara de alguém que fosse cortar os pulsos ou qualquer coisa assim, mas ele não estava com a cara muito boa.

Tenho quase certeza absoluta de que ele estava certo de que ia se dar bem ontem à noite.

Hmm... para falar a verdade, eu também. Graças a Deus que a Sean apareceu naquela hora, ou então eu teria feito uma coisa muito, mas muito idiota mesmo.

Estou com saudade de você. Estou com saudade do escritório. O que está acontecendo? Alguém estragou a máquina de xerox sem querer querendo para sermos obrigadas a chamar aquele técnico gatésimo?

Garoto Encontra Garota 315

✉

Para: Kate Mackenzie <katydid@freemail.com>
De: Jen Sadler <jennifer.sadler@thenyjournal.com>
Assunto: E Aí?????

Uau. É pedindo que a gente recebe. Que história, hein?

Mas dá licença, Senhorita "O Técnico Gatésimo Está Aí". Parece que você tem um gostoso só seu, comendo na palma da sua mão. Quer dizer, você foi dar conselhos para a irmã mais nova dele no meio de uma crise de identidade sexual? É assim que se marcam pontos! O cara deve estar pensando que você é a porra do dr. Phil! Só que, sabe como é: você não é careca e tem peito.

Bom, mas chega de falar da irmã mais nova. Como assim, "Graças a Deus que a Sean apareceu naquela hora, ou então eu teria feito uma coisa muito, mas muito idiota mesmo"? Ele é um cara legal, Kate. Por que você não *deveria* ter aproveitado? Porque você não gosta da escolha profissional dele? Ou porque ele te viu com a cabeça enfiada na privada da Dolly Vargas?

J

P.S. Ele enfiou a mão por dentro do seu sutiã? Por favor, diga que sim.

J

✉

Para: Jen Sadler <jennifer.sadler@thenyjournal.com>
De: Kate Mackenzie <katydid@freemail.com>
Assunto: E Aí?????

PORQUE EU NÃO TENHO MAIS EMPREGO (GRAÇAS A ELE, ESTÁ LEMBRADA)!!!!

Isso sem falar que NÃO TENHO ENDEREÇO FIXO.

Além do mais, ACABEI DE SAIR DE UM RELACIONAMENTO.

Meu Deus.

Kate

P.S. A resposta é sim.

....

✉

Para: Amy Jenkins <amy.jenkins@thenyjournal.com>
De: Stuart Hertzog <stuart.hertzog@hwd.com>
Assunto: Más notícias

Não sei muito bem como te contar isto, querida. Na verdade, sinto-me hesitante ainda agora. Você sabe que eu não quero que nada atrapalhe o sonho que é o amor que sentimos um pelo outro.

Mas a verdade é que você vai se casar com um homem que vem... não exatamente de um lar desfeito, já que meus pais estão casados há quase quarenta anos. Mas um lar que já viveu boas doses de controvérsia — graças aos meus irmãos, que não desfrutaram das mesmas vantagens que eu, por serem mais novos e portanto não tão importantes para os nossos pais quanto eu, que fui filho único durante três anos.

Você já conheceu a Stacy, eu sei, e comentou como ela parece normal, apesar da minha descrição dela como sendo uma cobra sem coração que me trancou no porta-malas de um carro certa vez.

E você já conheceu o Mitch que — bom, o que eu posso dizer sobre o Mitch que você já não saiba? Quer dizer, ele é o homem que afirma que você o chamou de um nome feio. Este é o tipo de recurso baixo que ele está disposto a usar.

Garoto Encontra Garota   317

Mas você não conheceu a minha irmã mais nova, a Janice. Eu tinha esperança, confesso, de que você não viesse a conhecer — até o cabelo dela crescer, pelo menos. Mas agora parece que o cabelo da Janice é o menor dos problemas dela. Creio que tenho notícias muito duras, Amy, que podem de fato exercer influência sobre o resultado do nosso teste genético — já que dizem que essas coisas estão no sangue. Sinto que não tenho outra escolha além de contar-lhe tudo.

A minha irmã Janice foi seduzida por outra mulher.

Eu sei que é chocante. A minha mãe, com toda a razão, proibiu a Janice de voltar a se comunicar com a tal mulher — a companheira de quarto dela da faculdade. Mas esta garota enfeitiçou minha irmã de tal maneira que a coitada da Janice está se considerando lésbica.

O que é a coisa mais ridícula que eu já ouvi, porque é ÓBVIO que a Janice não é lésbica coisa nenhuma. Quer dizer, sim, ela sempre gostou de cabelo curto, mas nunca gostou de esportes quando era criança. É verdade, nunca brincou de Barbie tanto quanto a minha irmã Stacy, mas nunca expressou interesse por caminhadas, nem por calças cargo.

Só posso presumir que esta coisa toda seja resultado de lavagem cerebral feita pela colega de quarto. Não sei exatamente o que os meus pais estavam esperando, afinal, a Janice foi estudar em Berkeley, foi escolher logo esta universidade, entre todas as que existem no mundo. Mas... bom, eu só queria que você soubesse, Amy, para que tenha total consciência de onde exatamente está se metendo ao se casar com um integrante do clã dos Hertzog.

Espero que você me ligue assim que receber este *e-mail*. Tentei ligar agorinha há pouco, mas disseram que você estava em uma reunião com os funcionários. Só se lembre da coisa mais importante de todas: Querida... eu te amo.

Stuart

Stuart Hertzog, sócio sênior
Hertzog, Webber e Doyle, Escritório de Advocacia
444 Madison Avenue, conjunto 1.505
Nova York, NY 10022
212-555-7900

....

✉

Para: Stuart Hertzog <stuart.hertzog@hwd.com>
De: Amy Jenkins <amy.jenkins@thenyjournal.com>
Assunto: Más notícias

Querido! Não consigo acreditar que você está preocupado em como *eu* devo estar me sentindo em uma hora destas. Você realmente é a pessoa mais doce do mundo. Por favor, não esquente a cabeça comigo. É com a coitada da sua mãe que você deve se preocupar. Como esta mulher já sofreu por causa dos seus irmãos! Não sei como ela agüenta. Por favor, envie a ela meus mais profundos sentimentos.

E diga a ela que não se preocupe. Uma das meninas na casa Pi Delta — uma que era descendente de antigas integrantes, dá para acreditar? — ficou lésbica durante a pós-graduação, mas parou com isso há dois anos. Algumas das mulheres mais bem-casadas de Manhattan são ex-lésbicas, e não dá nem para imaginar quando a gente olha para elas. Tenho certeza de que a Janice vai ficar bem.

Beijos,

Amy

Amy Denise Jenkins
Diretora
Recursos Humanos
The New York Journal
216 W. 57th Street

Nova York, NY 10019
212-555-6890
amy.jenkins@thenyjournal.com

Esta mensagem, incluindo seus anexos, contém informações legais privilegiadas e/ou confidencias, não podendo ser retransmitida, arquivada ou copiada sem autorização do remetente. Caso tenha recebido esta mensagem por engano, por favor informe o remetente respondendo imediatamente a este *e-mail* e em seguida apague-a do seu computador.

....

✉
Para: Courtney Allington <courtney.allington@allingtoninvestments.com>
De: Amy Jenkins <amy.jenkins@thenyjournal.com>
Assunto: A irmã do Stuart

Ouve só esta: a irmã mais nova? Não a mais velha que diz que é bruxa e é casada com um dos Trent da Park Avenue (mas só Deus sabe o que ele vê nela), mas a mais nova? É. Acontece que ela é uma sapatona de marca maior.

Que diabos eu vou fazer? Eu não quero saber de nenhuma machona no meu chá de cozinha.

Vamos beber alguma coisa depois do trabalho? Preciso me anestesiar.

Ames

Amy Denise Jenkins
Diretora
Recursos Humanos
The New York Journal
216 W. 57th Street

320   Meg Cabot

Nova York, NY 10019
212-555-6890
amy.jenkins@thenyjournal.com

Esta mensagem, incluindo seus anexos, contém informações legais privilegiadas e/ou confidencias, não podendo ser retransmitida, arquivada ou
copiada sem autorização do remetente. Caso tenha recebido esta mensagem por engano, por favor informe o remetente respondendo imediatamente a este *e-mail* e em seguida apague-a do seu computador.

....

✉
Para: Mitchell Hertzog <mitchell.hertzog@hwd.com>
De: Stacy Trent <IH8BARNEY@freemail.com>
Assunto: Janice, ou melhor, Sean

Certo, olha: não é exatamente a maior surpresa do mundo.

E o negócio é que é melhor ela perceber agora e não mais tarde, depois de
estar casada com algum idiota e ter feito um par de filhos.

Mas tanto faz. O negócio é: o que a gente vai fazer com ela? Eu sei que
você não quer que ela fique na sua casa, porque está estragando todas as
suas oportunidades com a Senhorita Mulher dos Seus Sonhos. Mas eu não
quero que ela fique na minha casa, porque o Jason não agüenta Bikini Kill.
E isso vai acabar com as MINHAS oportunidades de trepar um pouco.

E Deus bem sabe que a gente nunca ia conseguir fazer o Stuart hospedá-la.
E, se ele oferecesse, eu também não ia deixar que ela fosse.

Então, o que sobra? Quer dizer, a mamãe. Basicamente, é isso. Quem sabe,
se a gente conseguir falar com o papai antes dela e explicar a coisa toda,
pode ser que ele convença a mamãe a deixar a coitada da garota em paz.
O que você acha?

Stace

Garoto Encontra Garota   321

P.S. Será que a mamãe nunca assiste à TV? Será que ela ainda não sabe que dizer para a filha que ela não aprova as companhias dela é praticamente a mesma coisa que desafiar a filha a ir para a cama com aquela pessoa? Caramba. Parece que ela nem vive neste PLANETA.

....

✉

Para: Stacy Trent <IH8BARNEY@freemail.com>
De: Stuart Hertzog <stuart.hertzog@hwd.com>
Assunto: Janice

Sei que você e o Mitchell se reuniram hoje para discutir sobre a Janice. Nem se dê ao trabalho de negar, eu vi quando você se escondeu atrás do vaso de palmeira na recepção do prédio.

Bom, enquanto vocês dois estavam jogando conversa fora na Gramercy Tavern ou sei lá onde, eu acabei fazendo uma pesquisa e encontrei a solução para o nosso problema.

Existem diversas organizações muito boas e respeitáveis que, mediante o pagamento de uma taxa, transportam crianças (com o uso de força, se necessário) para centros de reabilitação de orientação sexual. O maior índice de sucesso foi registrado em uma instituição chamada Caminho Certo, no estado do Utah. Lá, no decurso de seis semanas de terapia intensiva, ela será desprogramada e, no final, verá que está errada.

Eu já liguei para a Caminho Certo, e eles estão com um quarto vazio no momento. Se mandarmos a Janice para lá até o fim de semana, ela vai sair bem antes do meu casamento. Acho que é uma coisa a ser considerada com toda a seriedade. Já conversei com a mamãe, e ela concorda: Este é obviamente o jeito mais apropriado de lidar com a situação.

Eu sei, é claro, que o Mitch — tendo em vista os desclassificados com quem ele costumava se associar — vai começar a falar coisa do tipo "é genético, ela não tem escolha". Mas, no caso da Janice, essa história toda de lesbianismo é obviamente o jeito que ela encontrou para aparecer, já que ela é a mais nova e a mamãe e o papai nunca estabeleceram limites muito definidos para ela. Depois do Mitch, eles ficaram tão cansados que, quando a Janice chegou, era só: "Faça como bem entender, querida."

Bom, eu, pelo menos, não posso ficar quieto enquanto uma das minhas irmãs se transforma em vítima da esquerda e, no final, em um membro marginalizado da sociedade. Espero que você, na posição de uma das integrantes mais racionais desta família, dê o seu apoio à minha idéia. Diga o que você acha.

Stuart

Stuart Hertzog, sócio sênior
Hertzog, Webber e Doyle, Escritório de Advocacia
444 Madison Avenue, conjunto 1.505
Nova York, NY 10022
212-555-7900

⊠
Para: Stuart Hertzog <stuart.hertzog@hwd.com>
De: Stacy Trent <IH8BARNEY@freemail.com>
Assunto: Janice

Você andou cheirando cola ou qualquer coisa do gênero? Não vou contratar uma empresa qualquer para seqüestrar a Janice e mandá-la para o Utah para fazer com que ela deixe de ser *gay*. Caramba, Stuart, você por acaso ia gostar se a gente contratasse uma empresa para fazer você desistir de se casar com uma vaca que parece andar com um espeto enfiado no rabo?

Acho que não, né?

Deixa que o Mitch e eu cuidamos da Janice. Acho que a gente agüenta o tranco.

Stacy

....

✉

Para: Stacy Trent <IH8BARNEY@freemail.com>
De: Margaret Hertzog <margaret.hertzog@hwd.com>
Assunto: Janice

Stacy, o Stuart me encaminhou o seu último *e-mail* para ele, de uma grosseria ímpar. Não consegui acreditar — até ler com os meus próprios olhos — que você teria coragem de dizer algo tão cruel sobre a noiva do seu irmão. A Amy é uma moça adorável. Só posso imaginar que esse negócio do "espeto" tem a ver com a influência do Mitch. O Stuart me disse que o Mitch, parece, está envolvido com uma jovem que, pelo que eu entendi, a Amy foi obrigada a demitir por ter mentido — sob juramento, nada menos. Ao passo que não me surpreende nem um pouco o fato de o Mitch se envolver com tal pessoa, o que me deixa pasma MESMO é o fato de você não censurar — ao contrário, até mesmo de incentivar — tal relacionamento.

Preciso ser sincera com você, Stacy. Acredito que a escolha da Janice de ficar com o Mitch neste momento tão crucial do desenvolvimento psicossexual dela é uma *péssima* idéia. O Mitch só vai INCENTIVAR os sentimentos nada naturais que a Janice nutre por esta pessoa pavorosa que é a tal de Sarah. Por acaso eu sei, com toda a certeza, que ele fez uma doação para a Coalizão Arco-Íris. Se isso não é incentivar práticas sexuais perversas, não sei o que seria.

Bom, mas eu só queria sugerir, mocinha, que você peça desculpas ao seu irmão por dizer uma coisa tão terrível sobre a noiva dele. E é melhor que o faça logo, porque tive notícias do seu pai agora há pouco. Ele está voltando para casa.

Finalmente.

Prefiro nem mencionar que ele teve de descobrir que a filha mais nova está tendo um *caso homossexual* para se decidir a voltar. Ele está a caminho. Pense NISSO.

Mamãe

....

✉

Para: Mitchell Hertzog <mitchell.hertzog@hwd.com>
De: Stacy Trent <IH8BARNEY@freemail.com>
Assunto: A mamãe

O papai está vindo para casa. Por causa da coisa toda com a Janice. Só achei que você deveria saber.

Ah, além disso, espero sinceramente que você não esteja pensando em se casar com esta moça, a Kate. Porque acho que a mamãe não vai ser muito receptiva à entrada dela na família.

Não, é claro que uma coisa dessas não seria empecilho para você. Mas pode ser que a sua namorada fique um pouco incomodada.

S

....

✉

Para: Stacy Trent <IH8BARNEY@freemail.com>
De: Mitchell Hertzog <mitchell.hertzog@hwd.com>
Assunto: A mamãe

Casar com ela? Parece que eu nem consigo ficar cinco minutos sozinho com ela sem o ex dela ou algum integrante da minha família aparecer para estragar tudo.

Garoto Encontra Garota

Mas vou dizer uma coisa... Estou com uma sensação boa a respeito desta aqui. Da Kate, quer dizer.

Bom, certo. Até agora, eu consegui fazer com que ela fosse demitida e a meti em uma situação de moradia que eu não classificaria exatamente de ideal, levando em conta que no mesmo lugar mora um instrutor de esqui alemão de dois metros de altura.

Mas eu tenho planos para recompensar. Vou arrumar um emprego para ela. E daí, talvez a situação da moradia se resolva por si só.

Mas, para que isso aconteça, eu vou ter de tirar a minha irmã mais nova do quarto de hóspedes.

Uma coisa de cada vez...

Mitch

Você ligou para Fechaduras Relâmpago. Ficou trancado do lado de fora? Não ligue para um amigo! Ligue para Fechaduras Relâmpago. Trocamos fechaduras, fazemos chaves na hora. É só deixar um recado e o Ed liga para você em cinco minutos — sem falta.

(*Sinal*)

Eddie, sou eu, o Mitch Hertzog. Você lembra. O seu advogado, daquele pequeno contratempo em que você se meteu em Kip's Bay. Você me disse que se eu precisasse de você algum dia, era só chamar. Bom, acho que finalmente você vai poder fazer algo por mim. Me liga.

(*Clique*)

Garoto Encontra Garota

✉

Para: Jen Sadler <jennifer.sadler@thenyjournal.com>
De: Mitchell Hertzog <mitchell.hertzog@hwd.com>
Assunto: Kate

Oi, Jen. Obrigado por me colocar em contato com o cara que cuida dos computadores aí. Infelizmente, o Tim não pôde me fornecer o tipo de ajuda que eu precisava. Mas eu falei com uma pessoa que por acaso é especialista na área de extração de dados. E estava aqui pensando que, se você e eu pararmos para pensar juntos, pode ser que a gente consiga fazer alguma coisa para remediar a situação.

Com a Kate, quer dizer. E a atual situação de desemprego dela.

Claro que o que eu estou sugerindo vai envolver... bom, não é nada exatamente ilegal. Mas uma coisa que pode causar problemas para você, caso venham a descobrir. Pode até ser que você seja demitida. Eu nem pediria para você se envolver se não fosse pelo fato de não haver absolutamente nenhuma alternativa, que eu saiba, para contornar a situação.

Bom, se você quiser entrar nesse barco, me dá uma ligada. Você tem o meu cartão.

E seria ótimo se você não comentasse nada com a Kate por enquanto. Pode ser que não dê certo, e eu detestaria que ela ficasse toda esperançosa por nada.

Mitch

✉

Para: Mitchell Hertzog <mitchell.hertzog@hwd.com>
De: Jen Sadler <jennifer.sadler@thenyjournal.com>
Assunto: Kate

328   Meg Cabot

Está brincando? Pode contar comigo.
É só dizer o dia e a hora, e eu sou toda sua.

J

....

✉

Para: Kate Mackenzie <katydid@freemail.com>
De: Dale Carter <imnotmakinganymoresandwiches@freemail.com>
Assunto: Vivica

Olha, a Viv me disse que você não responde os e-mails dela e toda essa
merda. E eu consigo entender por que você deve estar brava, Kate. Quer
dizer, pode até parecer que, em um minuto, eu estava confessando o meu
amor imortal por você na recepção do prédio onde você trabalha, sabe
como é, e no outro eu já estava, hmm, agarrando uma top model.

Mas a verdade é que se eu achasse que existia uma CHANCE de a gente voltar, eu largava a Vivica em um minuto de Nova York. Seja lá o que isso for.

Mas, caramba, Kate, você deixou bem claro na última vez que eu te vi que
estava tudo acabado entre a gente. Então eu achei melhor aceitar o seu conselho, sabe como é, e seguir em frente.

Mas se você mudou de idéia e quiser voltar, é só dizer. A gente vai sair em
turnê daqui a uns dias, mas você pode vir junto como mulher das roupas ou
sei lá o quê, e viajar com a gente no ônibus.

É isso aí, Kate, a gente vai atravessar o país inteiro em um ônibus só nosso.
Igual a sua mãe faz com o trailer dela.

Não me entenda mal. A Vivica é gostosa e tudo, e ela também é legal. Mas
ninguém nunca vai cair aos seus pés, Kate. É só falar que eu volto para
você.

Dale

Garoto Encontra Garota

✉

Para: Dale Carter <imnotmakinganymoresandwiches@freemail.com>
De: Kate Mackenzie <katydid@freemail.com>
Assunto: Vivica

Chegar aos seus pés. Não CAIR aos seus pés.

E o motivo por que eu não respondi aos *e-mails* da Vivica é que eu ando ocupada, Dale. Mas falando sério, acho legal vocês dois estarem juntos, espero que sejam muito felizes. Estou falando de coração. Fico contente por você estar seguindo em frente, porque eu também estou.

Pelo menos, estou tentando.

Se cuida, Dale. E boa sorte para encontrar alguma palavra que rime com Vivica.

Kate

✉

Para: Kate Mackenzie <katydid@freemail.com>
De: Sean <psychodramabeautyqueen@freemail.com>
Assunto: Ontem à noite

Oi. Eu achei o seu *e-mail* na caderneta de endereços do meu irmão. Eu só queria agradecer por você ser tão compreensiva e tudo o mais ontem à noite. Você é mesmo uma pessoa muito legal. Você fez com que eu parasse de me sentir a maior desajustada do mundo que, sinceramente, nos últimos tempos eu ando pensando que sou.

Então. Obrigada.

330   Meg Cabot

E desculpa por eu ter estragado a sua noite com o meu irmão. Mas se servir
de consolo, acho que ele gosta de você de verdade, porque ele só fala de
você. Tipo, ele praticamente me matou depois que você foi embora porque
eu estraguei o jantar de vocês. E ele nunca ficou assim por causa de nenhuma outra mulher.

Então... a gente se fala depois.

Sean

....

✉
Para: Vivica <vivica@sophisticate.com>
De: Kate Mackenzie <katydid@freemail.com>
Assunto: Dale

Cara Vivica,

Desculpa não ter escrito antes, mas as coisas andam meio... confusas. Quer
dizer, eu perdi o emprego, e meio que não tenho lugar para morar — mas
o Dale pode explicar melhor a situação.

Bom, mas respondendo às suas perguntas sobre o Dale, até onde eu sei, ele
nunca tentou matar ninguém. Uma vez um cara jogou uma garrafa nele
quando ele estava no palco em Jersey City, e o Dale e ele começaram a bri-
gar, mas o cara provocou mesmo. E conseguiram colocar o dedo de volta
na mão dele sem problema nenhum.

Eu não sei exatamente o que o Dale acha de escultura em madeira de naufrágio — acho que nenhum de nós já viu isso. Como você sabe, em Kentucky
não tem mar.

Mas tenho certeza de que o Dale não DESGOSTA de escultura em madeira
de naufrágio. E, sim, ele gosta de bichos. Ele até teve um cachorro durante
a maior parte do tempo em que a gente ficou junto, até que uma vaca deu
um coice na cabeça dele (é uma longa história).

Garoto Encontra Garota

A minha única reclamação a respeito do Dale — e parece que ele já disse para você — é o negócio do compromisso. Acho que se duas pessoas ficam juntas tanto tempo quanto o Dale e eu ficamos, e daí ele vira e diz que tem de viver um dia de cada vez e que não tem certeza se é capaz de se comprometer, não existe alternativa além de cair fora.

Mas talvez eu é que seja assim.

E talvez as coisas sejam diferentes para você e o Dale. Você parece ser uma pessoa muito legal — eu te vi na capa da *Vogue* deste mês e você também tem a APARÊNCIA de uma pessoa muito legal. Sinceramente espero que dê tudo certo entre você e o Dale.

Nesse ínterim, será que você pode dizer para ele que, se ele está pensando em abrir mão do apartamento para sair em turnê, eu continuo esperando a minha metade do seguro-fiança de volta. No momento estou desempregada, como acho que já comentei, e o dinheiro me seria muito útil.

Boa sorte,

Kate

....

✉

Para: Kate Mackenzie <katydid@freemail.com>
De: Vivica <vivica@sophisticate.com>
Assunto: Dale

Ai, meu deus, MUITO obrigada pelo seu *e-mail*. Você me fez ganhar o meu dia. Estou TÃO feliz por o Dale nunca ter tentado matar ninguém (mas que história é essa do dedo? Bom, tenho certeza de que ele vai me contar quando se sentir preparado)!

Você também parece ser uma pessoa muito legal. Sinto muito por você não ter emprego, namorado, nem lugar para morar. Você pode não acreditar, mas quando eu cheguei a Nova York, era igualzinha a você. Quer dizer, sem-teto e pobre. Até eu ser contratada pela agência e tal.

Ei, você já pensou em ser modelo, como eu? O Dale me mostrou a foto de vocês dois na frente da loja de *bagels*, e você me pareceu tão lindinha! Você é baixinha demais para a passarela, claro, mas poderia ser modelo fotográfico. Por que a gente não sai para almoçar nesta semana e conversa sobre o assunto? Descobri um restaurante novo que é uma DELÍCIA. Não sei se você gosta de cozinha internacional, mas se chama Olive Garden. É italiano... igual à Pizza Hut. Só que não tem pizza.

Bom, mas me fala!!!! Eu adoraria te conhecer!!!!!

Com carinho,
Vivica

....

✉
Para: Sean <psychodramabeautyqueen@freemail.com>
De: Kate Mackenzie <katydid@freemail.com>
Assunto: Você

Muito obrigada pelo seu *e-mail*, Sean, mas, falando sério, eu não fiz nada. Foi você quem deu o passo corajoso de admitir os seus verdadeiros sentimentos para a sua família e, o mais importante, para você mesma. É uma pena que alguns dos seus parentes não tenham ficado muito felizes com a notícia, mas pelo menos você pode se sentir satisfeita por ter sido o mais sincera possível com eles. Espero que você compreenda que a preocupação deles se deve ao amor profundo que têm por você, e talvez um pouquinho de medo de uma coisa que talvez lhes seja desconhecida. Cabe a você tentar educá-los, e fazer com que vejam que as suas não são absolutamente autodestrutivas, mas sim escolhas baseadas inteiramente no seu amor por eles, por você mesma e pela Sarah.

Garoto Encontra Garota

Uma coisa que o Mitch comentou e que eu quase esqueci: Não é verdade que o seu avô deixou para cada um dos netos duzentos mil dólares, que ficariam indisponíveis até vocês completarem 18 anos?

Bom, você não está com 19?

Se os seus pais continuarem se recusando a pagar pela sua educação, será que você não pode usar o dinheiro que o seu avô deixou para pagar sozinha?

Só uma idéia.
Espero que a gente se veja de novo, em breve.

Kate

....

✉
Para: Jason Trent <jason.trent@trentcapital.com>
De: Stacy Trent <IH8BARNEY@freemail.com>
Assunto: Janice

Olha, vão ser só umas duas semanas. Você sabe que as crianças a adoram. Então, qual é o problema? Vou pedir para ela colocar fone se for ouvir Tori Amos. Não seja tão irracional. Eu agüento os SEUS parentes o tempo todo.

Stacy

P.S. Acabou o cereal matinal.

....

✉
Para: Stacy Trent <IH8BARNEY@freemail.com>
De: Jason Trent <jason.trent@trentcapital.com>
Assunto: Janice

Meg Cabot

Dá licença, mas nenhum parente MEU é capaz de citar Ani Di Franco na mesa de jantar. Todos os MEUS parentes estão na cadeia, onde é o lugar deles.

Você está pedindo demais, Stace. Quer dizer, o que você vai fazer quando a Haley e a Brittany quiserem tingir o cabelo DELAS de verde também?

Jason

P.S. Nós empregamos uma *au pair*, um jardineiro, uma faxineira, um limpador de piscina e uma cozinheira. Nenhuma DESSAS pessoas pode ir ao mercado comprar cereal? *Eu* preciso parar para comprar quando estiver voltando do trabalho? Por que a gente paga todo esse PESSOAL?

....

✉

Para: Jason Trent <jason.trent@trentcapital.com>
De: Stacy Trent <IH8BARNEY@freemail.com>
Assunto: Janice

Dá licença, mas a gente recebe o seu irmão e a mulher dele e o filho deles quase toda semana. ELE não está preso.

E se a Haley e a Brittany quiserem pintar o cabelo de verde, a gente vai dizer que podem, quando tiverem a idade da Janice.

Fala sério, Jason, isto é importante. Não só porque eu acho que a mamãe vai pagar alguém para seqüestrar a Janice e mandar para o Utah para ser desprogramada, mas porque eu acho que o Mitch finalmente conheceu uma moça de que gosta de verdade. Ele precisa passar um tempo sozinho com ela para... você sabe.

S

P.S. Meu Deus, é só uma caixa de cereal, qual é o seu problema?

Garoto Encontra Garota   335

....

✉
Para: Stacy Trent <IH8BARNEY@freemail.com>
De: Jason Trent <jason.trent@trentcapital.com>
Assunto: Janice

Ah, então agora eu tenho de deixar a sua irmã morar na nossa casa para
o seu irmão poder transar? Vou te dizer uma coisa, a Janice pode ficar se
você prometer que ELA vai comprar o cereal. Mas ela não pode dirigir o
Range Rover!

Jason

....

✉
Para: Katydid <katydid@freemail.com>
De: Jen Sadler <jennifer.sadler@thenyjournal.com>
Assunto: Você

Faz um tempinho que não tenho notícias suas. O que você está fazendo? Ele
já ligou?

A T.P.M. está com a loucura dela ligada no máximo hoje. Já fez as recepcionistas chorarem. Ela disse que elas não iam mais poder fazer hora-extra
para trabalhar nos arquivos, que iam ter de arquivar durante o expediente.
Elas querem saber como é que vão conseguir estar no arquivo E atender ao
telefone ao mesmo tempo, e a T.P.M. só respondeu: "Dêem um jeito", e
bateu a porta da sala dela.

Se ela não tomar cuidado, ela vai se transformar na pessoa mais odiada de
Nova York.

Por onde você anda, aliás? Liguei e ninguém atendeu.

J

✉

Para: Jen Sadler <jennifer.sadler@thenyjournal.com>
De: Katydid <katydid@freemail.com>
Assunto: Eu

Acabei de sair para comprar o jornal. Sabe como é. Aquele negócio todo de procurar emprego?

É difícil.

Ah, droga. O porteiro está chamando. Espera um pouco.

Floricultura do East Side
"Diga com flores!"

1.125 York Avenue ∗ Nova York NY 10028

Para: Kate Mackenzie
a/c Dolly Vargas
610 East End Avenue, cobertura A

Obrigado por tudo naquela noite. Você foi ótima com a Janice. Será que a gente pode tentar jantar de novo? Logo?

Mitch

Sleaterkinneyfan:	O que foi que você recebeu?
Katydid:	Você está louca? Não me manda mensagem instantânea. Você está no trabalho, vai ser demitida, como eu fui.
Sleaterkinneyfan:	Está de brincadeira? Sem você aqui, a Amy precisa cuidar dos funcionários de L a Z até encontrarmos alguém para o seu lugar. Ela tem tanta papelada com que lidar que não está conseguindo nem separar um minutinho para planejar a festa de casamento, e está louca da vida. Eu nunca estive tão certa de que não vou perder o emprego. Agora, conta tudo. O que foi que você recebeu????
Katydid:	Ah. Flores.
Sleaterkinneyfan:	DELE??????
Katydid:	É.
Sleaterkinneyfan:	Descreva.
Katydid:	Rosas amarelas desta vez. Duas dúzias.
Sleaterkinneyfan:	Hmm, se você não quiser ficar com ele, eu fico.
Katydid:	Sai fora! Você é casada.
Sleaterkinneyfan:	Quer trocar?
Katydid:	Hmm, não, obrigada.
Sleaterkinneyfan:	Vaca. Então, o que você vai fazer?
Katydid:	Não sei. Procurar emprego?
Sleaterkinneyfan:	ESTOU FALANDO DO CARA!!!!!!!!
Katydid:	Lembra do professor Wingblade?
Sleaterkinneyfan:	Como é que eu podia esquecer? Você só cita o cara de cinco em cinco minutos.
Katydid:	Bom, lembra de como ele dizia que, antes de amar alguém, a gente precisa amar a nós mesmas?
Sleaterkinneyfan:	Não. Eu nunca fui à aula idiota dele. Nem precisava. Todas as provas eram com questões de múltipla escolha, e ele tirava direto do livro.
Katydid:	Bom, ele costumava dizer isso. E o negócio é que... eu acho que ele tem razão.

Garoto Encontra Garota

Sleaterkinneyfan: Credo, come um chocolate e desencana.

Katydid: Estou falando sério! Eu sei que é errado a gente se definir pelo trabalho, mas, Jen, eu meio que me definia assim, e agora, sem ele... eu simplesmente não sei nem o que estou fazendo aqui. Neste planeta, quer dizer.

Sleaterkinneyfan: Ai, meu Deus, você está precisando MUITO de um chocolate.

Katydid: Estou falando sério. Não quero cometer outro erro a respeito de um cara. Não depois do que aconteceu com o Dale. Quer dizer, eu achava mesmo que a gente ia se casar.

Sleaterkinneyfan: Certo, certo. Não estou dizendo que você deveria se mudar para a casa do cara. Mas podia pelo menos ligar para ele. E agradecer pelas flores.

Katydid: Acho que sim.

Sleaterkinneyfan: E convidar ele para te visitar. E tomar um banho de espuma com ele na banheira de hidromassagem da Dolly.

Katydid: JEN!!!!!!!! Estou falando SÉRIO!!!!!!!!! Será que a gente pode se encontrar no Lupe depois do trabalho para conversar sobre isso?

Sleaterkinneyfan: Hmm. Não posso.

Katydid: Por quê?

Sleaterkinneyfan: Já marquei uma coisa. Desculpa. Vamos deixar para outro dia?

Katydid: Ai, meu Deus. Você achou outra melhor amiga. Estou longe do escritório só há uns dias e você já achou outra melhor amiga!

Sleaterkinneyfan: É, é exatamente isso. Vou sair com a minha mais nova melhor amiga. Caramba, se liga. Olha, preciso ir. Tenho uma reunião às 16h30, e o funcionário acabou de chegar. A gente se fala mais tarde.

Sleaterkinneyfan: Log off

340   Meg Cabot

✉

Para: Orin Wingblade <orin.wingblade@universityofkentucky.edu>
De: Kate Mackenzie <katydid@freemail.com>
Assunto: A vida

Caro professor Wingblade,

O senhor provavelmente não se lembra de mim. Meu nome é Kate Mackenzie. Eu fiz o curso de sociologia no primeiro ano da faculdade, há muitos anos.

Eu só queria que soubesse que me formei e comecei a trabalhar com serviço social. Eu queria "fazer diferença", como o senhor nos incentivou. Trabalhei no departamento de serviço social da prefeitura (de Nova York) durante um ano, mas daí percebi que não estava dando certo.

Professor Wingblade, fico muito triste em ter de dizer isto, mas eu realmente não acho que uma pessoa PODE fazer diferença. Já tentei e tentei. Quando eu trabalhava no Serviço de Proteção ao Menor, eu tentei e, mais recentemente, quando trabalhei no departamento de RH de um dos principais jornais de Nova York, eu também tentei.

Mas, nas duas ocasiões, professor, era como se eu estivesse batendo com a cabeça em uma parede de tijolo. Criancinhas continuavam indo para a cama com fome enquanto os pais assistiam a DVDs nas TVs de tela plana deles, e gente boa — gente de quem eu gostava muito mesmo — era demitida sem nenhum motivo plausível. Além do mais, as pessoas para quem eu trabalhava MENTIRAM a respeito da demissão de uma pessoa, e daí *eu* fui demitida.

A razão por que eu estou escrevendo é... professor Wingblade, o que eu devo fazer agora?

Garoto Encontra Garota

Eu saí para o mundo e tentei fazer diferença, mas a vida de ninguém melhorou por minha causa, e a minha vida está em frangalhos, para ser bem sincera. Eu acabei com um relacionamento porque o homem com quem eu estava envolvida fazia eu sentir que não tinha lá muito significado para ele.

Então agora eu não tenho namorado, nem emprego, nem endereço fixo.

Não quero mais sobrecarregar os meus amigos com os meus problemas — eles já têm os deles. A minha melhor amiga quer ter um filho mais do que qualquer outra coisa, então ela está tomando remédios de fertilidade, e eu não quero ficar na casa dela — não enquanto ela e o marido estiverem tentando construir uma vida nova.

Enquanto isso, sabe como é, garotas que ainda estão na escola engravidam a torto e a direito, e elas nem QUEREM ter a responsabilidade da maternidade.

Eu quero ter filhos algum dia, mas parece que não consigo encontrar um cara a fim de se comprometer até amanhã, ficar por perto tempo bastante para fertilizar um óvulo ou ver o ovo se transformar em um bebê, e ver o bebê. Se transformar em um universitário então, nem pensar. Eu conheci um cara novo, mas — bom, ele tem uma certa responsabilidade sobre o fato de eu ter sido demitida para começo de conversa, e pode ser que esteja interessado em mim porque está com pena. Nós sentimos atração sexual um pelo outro com toda a certeza, e ele parece gostar de mim... só que como é que pode, realmente, se eu mesma não gosto de mim?

Eu preciso dizer também que ele é advogado. Eu sei que o senhor disse que todas as pessoas têm valor e dignidade. Mas tem certeza que isso inclui advogados?

Como é que eu vou poder me abrir para um novo relacionamento com alguém que não só fez com que eu fosse demitida, mas que também é um defensor público que se transformou em um poderoso advogado corporati-

342   Meg Cabot

vo? Só que eu já nem consigo tirar este cara da minha cabeça, e estou ficando LOUCA.

Outra coisa: conheci dois integrantes da família dele. Uma era bem legal, mas o outro... Ai, meu Deus! Que canalha! E as coisas ficaram complicadas. E não só porque eu deixei ele enfiar a mão por baixo da minha blusa.

Ai, meu Deus. Agora não vou mais poder enviar isto aqui para o senhor.

Bom, é, acho que vou poder, sim, porque sinto que o senhor vai compreender, afinal, o senhor contou para a gente sobre quando a sua mulher pegou as chaves do carro e foi embora sem dizer ao senhor para onde. Eu sinceramente espero que tenha dado tudo certo com o senhor e a sua mulher.

Bom, professor, preciso ir agora. A empregada da Dolly está aqui e quer trocar o lençol da cama em que eu estou deitada.

Mas, por favor, se o senhor tiver a oportunidade, eu ficaria muito feliz se o senhor me mandasse uma mensagem. Eu não tenho mais ninguém a quem recorrer.

Muito obrigada,
Kate Mackenzie

....

✉
Para: Jen Sadler <jennifer.sadler@thenyjournal.com>
Tim Grabowski <timothy.grabowski@thenyjournal.com>
De: Mitchell Hertzog <mitchell.hertzog@hwd.com>
Assunto: Hoje à noite

Vocês estão preparados?

Mitch

Garoto Encontra Garota

✉

Para: Mitchell Hertzog <mitchell.hertzog@hwd.com>
De: Tim Grabowski <timothy.grabowski@thenyjournal.com>
Assunto: Hoje à noite

Os caças estão posicionados.

Tim

✉

Para: Mitchell Hertzog <mitchell.hertzog@hwd.com>

De: Jen Sadler <jennifer.sadler@thenyjournal.com>
Assunto: Hoje à noite

Está de brincadeira? Mal consigo esperar.

J

> Entrega para
> Kate Mackenzie
> a/c Dolly Vargas
> 610 East End Avenue, cobertura A

Cara Kate,

Meu advogado me contou que você também foi demitida! E por minha causa! Sinto muito por esta notícia. Então, eu trouxe para você alguns biscoitos daqueles que você tanto gosta. Espero que eles façam você se sentir melhor. Também estou levando um pouco para aquele advogado que causou a sua demissão. Aquele que é irmão do feioso. Ele é um bom rapaz, o irmão, apesar de ter feito com que você fosse demitida. Acho que ele seria bom para você... não como aquele outro namorado imprestável com quem você andava.

    Aqui está a receita dos biscoitos. Agora você vai poder assar alguns para este homem, e ele vai te amar.

Ida

Biscoitinhos de gengibre da Ida Lopez

250 g de manteiga sem sal (amolecida)
1 1/3 xícara de açúcar
1 ovo
1/4 xícara de melado
2 xícaras de farinha
2 colheres de sopa de gengibre ralado
1 colher de sopa de bicarbonato de sódio
1 colher de sopa de canela
1/4 de colher de sopa de cravo moído
1/4 de colher de sopa de sal

Pré-aqueça o forno a 180°C. Bata a manteiga com 1 xíca-ra de açúcar na velocidade média até ficar bem misturado. Adicione o ovo e o melado. Bata até ficar espumante.

Misture o gengibre, o bicarbonato de sódio, a canela, o cravo e o sal à farinha. Adicione a mistura de farinha à mistura de manteiga e açúcar e bata em velocidade baixa.

Usando 1/2 colher de sopa de massa, faça bolinhas. Passe as bolinhas no restante do açúcar (1/3 de xícara). Coloque-as em fôrma de assar untada, com 5 centímetros de distância uma da outra. Usando a ponta dos dedos, coloque um pingo d'água em cima de cada biscoito. Não aperte a massa.

Asse de 12 a 15 minutos ou até que os biscoitos fiquem achatados ou crocantes. Deixe esfriar dois minutos na fôrma, depois retire.

Observação: 12 minutos para biscoitos macios, 15 para crocantes.

Oi, você ligou para a Jen — e o Craig! A gente não pode atender agora, mas se você deixar um recado, retornamos rapidinho! Prometido.

(*Sinal*)

Oi, sou eu, a Kate. Onde é que vocês se meteram? Certo, é a noite de pôquer. Isso explica onde o Craig está. Mas e você, Jen? Bom, mas você está perdendo. A sra. Lopez deixou uma cesta de biscoitos para mim, porque ficou sabendo que eu fui demitida. Deve ter umas cinco dúzias de biscoitos aqui. Os famosos biscoitinhos de gengibre da Ida Lopez. Mas acho que não vai sobrar nenhum para você. Bom, que pena, que triste. Eu vou comer TUDO.

(*Clique*)

THE NEW YORK JOURNAL
A publicação fotográfica líder de mercado em Nova York

Registro de entrada da segurança

Nome:	Funcionário	Entrada	Saída
Mitchell Hertzog	Jen Sadler/RH		
	3º andar	21h30	22h17
Eddie Barofsky	Jen Sadler/RH		
	3º andar	21h30	22h17

Garoto Encontra Garota

✉

Para: Sean <psychodramabeautyqueen@freemail.com>
De: Stacy Trent <IH8BARNEY@freemail.com>
Assunto: Você

Ei. Olha, eu sei que você está magoada. E quero que você saiba que estou do seu lado. No que depender de mim, você pode amar quem o seu coraçãozinho quiser (ai, meu Deus, menos um cara casado. Isto, acho, eu não poderia aceitar).

Mas, você sabe como é, a mamãe não é exatamente a sra. Mente Aberta. Realmente, você não pode culpá-la. Quer dizer, ela só quer o melhor para a gente.

Ah, desculpa. Falei besteira. Não sei onde eu estava com a cabeça. A mamãe não está nem aí para o que é melhor para a gente. Ela só quer que a gente pareça bem na frente da Coalizão dos Antiquários.

Bom, mas o Jason e eu conversamos, e achamos que pode ser divertido se você vier morar com a gente por uns tempos. Eu sei que o Mitch está cuidando de você, mas, sabe como é, nossa casa é maior, e a gente pode deixar você ficar na casa de hóspedes. Tem uma cozinha só para você, daí você vai poder fazer aquelas bagunças macrobióticas de que tanto gosta... tudinho. E o Jason disse que você pode usar o Audi enquanto estiver aqui

Eu sei que não tem assim muita coisa para fazer em Greenwich, mas a gente pode se divertir. As meninas estão loucas para ver a tia Sean, e o Mitch ensinou algumas palavras novas para o Little John, que ele está morrendo de vontade de usar.

Pense nisso, certo? É que eu sei que o Mitch trabalha muito, e fico preocupada com você sozinha naquele apartamento durante horas a fio. Venha para Greenwich. Você não vai se arrepender. A gente tem cachorrinhos... Bom, um cachorrinho. O Jason finalmente se rendeu, e a Haley não sofre tanto com a alergia se não dormir com ele. Estou falando do cachorro.

Me liga.

Com carinho,
Sua Irmã Mais Velha

....

✉
Para: Stacy Trent <IH8BARNEY@freemail.com>
De: Sean <psychodramabeautyqueen@freemail.com>
Assunto: Eu

Ei, obrigada pelo convite. Adoraria ir até aí fazer uma visita, mas eu meio que tenho outros planos. Não se preocupe comigo, está tudo bem. Eu sei que o Mitch quer que eu saia daqui para ele poder traçar a namorada nova (aliás, ela é superlegal). Mas está tudo bem... eu tenho um plano.

E, não, não é um plano para me suicidar. Credo, eu queria que todo mundo se acalmasse (mas acho que o Stuart prefere uma irmã morta a uma irmã lésbica).

A gente se fala.

Com carinho,
Sean

....

✉
Para: Mitchell Hertzog <mitchell.hertzog@hwd.com>
De: Stacy Trent <IH8BARNEY@freemail.com>
Assunto: Sean

Cadê você? Já tentei o seu escritório, a sua casa, o seu celular... Meu último recurso, mais uma vez, é o BlackBerry.

Bom, mas eu só queria avisar que eu convidei a Sean para ficar na nossa casa e ela disse que tem "outros planos". Não tenho muita certeza do que isso quer dizer. Mas ela garantiu que não vai se matar. De algum modo, não acho esta informação assim tão reconfortante quanto ela imaginou que seria.

Me liga quando você receber isto e me dá uma atualizada, certo? Estou mesmo muito preocupada com ela.

Stacy

P.S. Precisei prometer fazer todo tipo de favor sexual para o Jason para ele deixar a Sean se mudar para cá. Se ela não aceitar o convite, eu preciso cumprir as promessas? Preciso da perspectiva de um advogado sobre este assunto.

....

✉
Para: Amy Jenkins <amy.jenkins@thenyjournal.com>
De: Stuart Hertzog <stuart.hertzog@hwd.com>
Assunto: O teste

Perdoe-me por estar escrevendo em vez de ligar, ou de falar pessoalmente com você... mas está tarde, e sei que você está malhando.

Além do mais, se eu tivesse de escutar a sua vozinha, ou olhar nos seus olhos para dizer o que tenho a dizer, acho que eu não conseguiria chegar até o fim. E eu preciso. Eu preciso. Então, permita-me tomar o caminho dos covardes.

Querida, sinceramente... não sei o que dizer. Gostaria de ter tido a capacidade de ser mais lúcido quando estávamos no consultório do geneticista, mas eu simplesmente fiquei estupefato. Você tem de tentar enxergar as coisas da minha perspectiva. Eu esperava, como acho que você já sabe, encontrar algumas anomalias. Quer dizer, qualquer pessoa que conhece o Mitch — isso sem falar na Janice, e até a Stacy, que às vezes se torna uma pessoa incrivelmente difícil, se você se lembrar do incidente do porta-malas do

Mercedes sobre o qual eu te contei — consideraria naturalmente que ALGUM tipo de distúrbio genético corre no DNA da família Hertzog.

Mas eu achei que seria algo como depressão patológica, ou até autismo. Mas *isto*... Nunca esperava por *isto*.

É por isso que eu estou escrevendo. Não consegui articular meus sentimentos no consultório do geneticista. Simplesmente fiquei estupefato demais. Mas agora que tive um tempo para digerir a informação, só posso chegar a uma conclusão, e é uma conclusão aterradora — ah, extremamente aterradora.

Sinto a obrigação moral, Amy, de dizer-lhe que, se você preferir terminar com o nosso noivado, eu compreendo. Claro que eu ficaria destruído. Minha vida perderia todo o sentido. Mas eu compreenderia, porque eu nunca ia querer rebaixar alguém tão jovem e adorável, com tanta esperteza e talento como você, ao meu nível. Você tem o direito, Amy, de se casar com o tipo de homem que deseja — o tipo de homem que eu acreditava ser... até hoje, quando minhas esperanças foram despedaçadas de maneira brutal.

Mas as suas não precisam ser, minha doce amada. Você pode seguir em frente e ter o casamento... e a vida... dos seus sonhos. Infelizmente, no entanto, temo que terá de ser com outra pessoa.

Seu para sempre,
Stuart

Stuart Hertzog, sócio sênior
Hertzog, Webber e Doyle, Escritório de Advocacia
444 Madison Avenue, conjunto 1.505
Nova York, NY 10022
212-555-7900

P.S. De acordo com a legislação do Estado de Nova York, um anel de noivado é considerado pagamento pelo estabelecimento de um contrato (con-

Garoto Encontra Garota

353

trato de casamento) e, caso o noivado seja rompido por qualquer razão, o anel deve ser devolvido a quem o adquiriu. Posso pedir ao serviço de mensageiros da empresa para retirá-lo pela manhã, se você preferir romper o noivado.

....

✉

Para: Stuart Hertzog <stuart.hertzog@hwd.com>
De: Amy Jenkins <amy.jenkins@thenyjournal.com>
Assunto: O teste

Stuart, você PRECISA ser tão bobinho? É CLARO que eu não vou romper o noivado. Por um motivo DESTES? Você deve ter bebido um pouco demais daquele *scotch* de trinta anos de que você tanto gosta.

Querido, o geneticista disse que não haveria nada de errado com os nossos filhos, lembra? Seria diferente se eu também fosse portadora, mas eu não sou. Como é que você pode ser tão bobo a ponto de achar que eu romperia com você por causa de uma coisa tão ridícula? Está tudo no passado, querido. Não tem nada a ver com o nosso futuro. O seu anel vai ficar aqui mesmo no meu dedo, onde é o lugar dele.

Agora, se você não se importa, preciso fazer mais meia hora de esteira antes de ir para cama. Beijos e durma bem, Stuart. Em menos de dois meses, vou ser a sua noiva coradinha.

Amy

Amy Denise Jenkins
Diretora
Recursos Humanos
The New York Journal
216 W. 57th Street
Nova York, NY 10019
212-555-6890
amy.jenkins@thenyjournal.com

354   Meg Cabot

Esta mensagem, incluindo seus anexos, contém informações legais privilegiadas e/ou confidencias, não podendo ser retransmitida, arquivada ou copiada sem autorização do remetente. Caso tenha recebido esta mensagem por engano, por favor informe o remetente respondendo imediatamente a este e-mail e em seguida apague-a do seu computador.

....

✉

Para: Amy Jenkins <amy.jenkins@thenyjournal.com>
De: Stuart Hertzog <stuart.hertzog@hwd.com>
Assunto: O teste

Querida! Nem posso dizer como meu coração amoleceu enquanto eu lia o seu último e-mail. Você é mesmo o anjo que eu sempre desconfiei que você era. E um anjo que caiu do céu para viver entre nós.

Você me tirou das profundezas do desespero para as alturas do êxtase total e completo. Sou o homem mais sortudo do mundo.

Eu te amo, mais do que palavras jamais conseguiriam expressar. Boa noite, minha linda.

Stuart
Stuart Hertzog, sócio sênior
Hertzog, Webber e Doyle, Escritório de Advocacia
444 Madison Avenue, conjunto 1.505
Nova York, NY 10022
212-555-7900

....

✉

Para: Courtney Allington <courtney.allington@allingtoninvestments.com>
De: Amy Jenkins <amy.jenkins@thenyjournal.com>
Assunto: Stuart

Ouve só esta: a gente foi fazer teste genético, sabe como é, para descobrir que PORRA há de errado com aquela PORRA da família dele, e adivinha

Garoto Encontra Garota

só? Ele é portador do gene do distúrbio de Tay Sach. Já ouviu falar disso? Não, não ouviu. Porque só pessoas de ascendência européia oriental — ou melhor, descendente dos asquenazes, ou melhor, descente dos JUDEUS — têm essa coisa.

É isso aí. O Stuart é JUDEU. Em algum ponto da história, alguém se converteu ao protestantismo. Mas isto não muda o fato de que, em algum lugar do passado, em algum vilarejo russo perdido, os Hertzog fugiam dos cossacos.

Quer dizer, com um nome como Hertzog, é claro que eu já tinha as minhas desconfianças.

E AGORA, o que eu faço? Quer dizer, já foi bem ruim quando eu fiquei sabendo que a irmã dele era sapatão. Agora eu descubro que eles também são judeus!

Ai, como é que isso pode estar acontecendo? COMIGO??? Eu fui a Pi Delta que ganhou a votação da Mais Propensa a Se Casar Bem.

Ele disse que podia romper o noivado se eu quisesse, mas eu disse não, porque, acorda, ele tem apartamento em Aspen e em Scottsdale, isso sem falar na casa em Ojai. E, falando sério, quem é que vai saber? Que ele é judeu, quer dizer? Só você, mas eu sei que você nunca vai contar para ninguém.

Bom, agora que eu já fiz mais um pouco de ginástica, estou aqui me perguntando se tomei a decisão certa. Quer dizer, sei que muitas das nossas amigas MORRERIAM se descobrissem que eu iria me casar com um judeu. Ah, claro, a Miriam e a Ruth não vão se importar nem um pouco. Mas elas SÃO judias. E é claro que a gente nunca mais se encontra, agora que não precisamos mais morar juntas.

O que você acha que eu devo fazer, Court? Quer dizer, você acha que eu não devo ficar com ele? Que posso arrumar coisa melhor? Também acho que sim, mas a verdade é que eu não sou mais menina — tive de trocar o creme hidratante Dramatically Different por Anti-Aging lá na Clinique — e também já estou cansada de namorar. Ficar saindo atrapalha todo o meu programa de exercícios.

Me diz o que você acha. Qualquer idéia — pró ou contra — vai me ajudar.

Ames

Amy Denise Jenkins
Diretora
Recursos Humanos
The New York Journal
216 W. 57th Street
Nova York, NY 10019
212-555-6890
amy.jenkins@thenyjournal.com

Esta mensagem, incluindo seus anexos, contém informações legais privilegiadas e/ou confidencias, não podendo ser retransmitida, arquivada ou copiada sem autorização do remetente. Caso tenha recebido esta mensagem por engano, por favor informe o remetente respondendo imediatamente a este e-mail e em seguida apague-a do seu computador.

Diário de Kate Mackenzie

Então, aqui estava eu toda inocente assistindo a MTV Cribs quando a Dolly e o Esquiador entraram tropeçando de bêbados e começaram a se agarrar bem na minha frente. Eu não tenho objeção nenhuma às pessoas ficarem se agarrando, sabe como é. Eu mesma gosto tanto quanto qualquer outra mulher de me agarrar com um cara.

Mas será que é mesmo inteiramente necessário que os dois fiquem fazendo isso no sofá BEM DO MEU LADO, com A LÍNGUA ENFIADA UM NA GARGANTA DO OUTRO?

Porque é exatamente o que estão fazendo neste momento, e está mesmo meio nojento. Quer dizer, a Dolly podia muito bem ir para o quarto dela enfiar a língua na garganta do namorado. Tenho a sensação de que os dois se sentiriam muito mais à vontade.

Mas NÃÃÃÃÃO, ela tem de fazer isso aqui, bem na minha frente, e praticamente bloquear a minha visão do palácio da Mariah Carey...

Diário de Kate Mackenzie

Desculpa aí. Quando eu estava escrevendo a última parte, a porta abriu de supetão e o Peter Hargrave entrou. Isso mesmo, sabe o Peter Hargrave, dono e presidente do New York Journal, e namorado da Dolly, o cara que colocou a Dolly neste apartamento fantástico para começo de conversa!

E o rosto dele assumiu todos os tons de roxo quando ele viu a Dolly por cima do esquiador!

Bom, mas o negócio é que, apesar de eu não aprovar traição — mesmo que você não seja casada com a pessoa em questão — eu devo muito à Dolly. Quer dizer, ela me deixou morar na casa dela sem pagar aluguel, e comer todo o Rye-Krisps e tomar todo o refrigerante que eu quisesse. O que é uma coisa bem generosa, sabe como é.

Então, quando eu vi o rosto do Peter, e como as veias dele começaram a saltar para todos os lados e tudo o mais, eu falei: "Tudo bem, tudo bem. Você tem toda a razão. Você beija muito melhor do que eu, Dolly. Agora, devolve aqui o meu namorado. Ah, oi, PETER!"

Quando a Dolly ouviu o nome do Peter, ela largou o Esquiador como se ele fosse uma pedra de massagem pelando de quente. Ela se levantou e disse: "Querido!", e jogou os braços em volta dele como se ele estivesse voltando da guerra ou algo assim.

Então eu puxei o Esquiador para o meu lado e o abracei, sabe como é, para parecer que a gente estava junto.

O Peter só ficou olhando para o Esquiador como se ele fosse o Osama Bin Laden, em carne e osso, ali na sala dele.

"Estão fazendo uma brincadeirinha, não é, mocinhas?", perguntou ele, com uma voz meio esganiçada.

"É", respondi. "A Dolly só estava me mostrando que eu não beijo direito. Não é, Dolly?"

Garoto Encontra Garota

"Com toda a certeza", respondeu a Dolly. Daí ela olhou para o Peter com aquela cara reluzente e cheia de Botox dela e falou: "A Katie não sabe usar a língua."

Bom, acho que não deve ter nada que deixa donos de grandes corporações do ramo editorial mais excitados do que o uso da palavra língua, porque o Peter deu um abração na Dolly e disse: "Eu senti tanta saudade sua...", e enfiou a linguona gorda dele na orelha dela.

O que, sabe como é, eca, mas cada um tem o seu gosto.

Daí o Esquiador – juro, ele tem mesmo uma quedinha para o teatro – enfiou a língua dele bem na minha orelha.

Então agora estamos sentados aqui – eu e o Esquiador, a Dolly e o Peter – bebendo Campari e assistindo a Cribs, vendo a casa do B2K (para que tantas salas completamente brancas?). Estou esperando o momento certo para tocar no assunto de Como eu Fui Demitida. A Dolly disse que vai dar um jeito para mim, mas está claro que o Peter não sabe de nada. Ele está ocupado demais cheirando o cabelo da Dolly. Caramba, é só um xampu da Aveda.

Eca, o Esquiador continua me fazendo carinho com o nariz. Ele está levando essa coisa toda longe demais. Se ele não tomar cuidado, vou ter de terminar com ele bem na frente da Dolly e do Peter. Sai fora – por que o porteiro está interfonando à meia-noite, caramba?

Katydid:	Então? O que está acontecendo?
Sleaterkinneyfan:	Ai, meu Deus. Onde você está?
Katydid:	Estou no andar de cima, na sala do Peter. A assistente dele, a Penny, deixou eu usar o computador interno. Então, O QUE ESTÁ ACONTE-CENDO?
Sleaterkinneyfan:	Não. Na-na-ni-nã-não. Você fala primeiro. O que aconteceu depois que o Tim e o Eddie e eu fomos embora? Anda logo, CONTA TUDO.
Katydid:	Você quer dizer, depois que o Esquiador colocou um bife no olho?
Sleaterkinneyfan:	Coitado do Esquiador. Ele não fazia a menor idéia do que ia acontecer, não é mesmo?
Katydid:	Pois é! Nunca um cara bateu em outro por minha causa. Tipo, uma vez, no *Réveillon*, o Scroggs passou a mão em mim, mas o Dale só achou engraçado.
Sleaterkinneyfan:	Quando a gente entrou e o Mitch viu aquele bobalhão com os braços todos em volta de você, achei de verdade que ele fosse ter um infarte. O Mitch, quer dizer. Ele bateu nele com FORÇA. A Dolly ficou chateada?
Katydid:	Com o olho roxo do esquiador? Ou com o piano de cauda dela?
Sleaterkinneyfan:	Os dois. Qualquer um dos dois.
Katydid:	Acho que ela ficou mais preocupada com o piano do que com o Esquiador. Mas aquele negócio estava mesmo precisando de uma afinação.
Sleaterkinneyfan:	Certo. Então, o que aconteceu depois do bife?
Katydid:	Bom, o Mitch sugeriu que a gente saísse para beber. Para comemorar.
Sleaterkinneyfan:	À MEIA-NOITE? Aonde diabos vocês foram???
Katydid:	Para a casa dele.
Sleaterkinneyfan:	Pode contar tudo AGORA mesmo.

Garoto Encontra Garota   361

Katydid: Não pelo computador! E se a T.P.M. estiver de
                          olho?
Sleaterkinneyfan: Vai ser a última vez que ela espiona. Mas você
                          tem razão. Me manda um *e-mail*. Quero DETA-
                          LHES.
Sleaterkinneyfan: Log off
Katydid: Log off

362   Meg Cabot

✉

Para: Jen Sadler <jennifer.sadler@thenyjournal.com>
De: Kate Mackenzie <katydid@freemail.com>
Assunto: Ontem à noite

Para começo de conversa, posso dizer, porque não acho que pareci totalmente inteligível ontem à noite, como fiquei estupefata de ver a amiga incrível, bacana, generosa, altruísta, bacana, inteligente e incrível que você é?
NINGUÉM nunca fez nada parecido por mim. Quer dizer, você e o Tim
arriscaram o EMPREGO de vocês por mim. Esta é a coisa mais fofa que
alguém já me fez na vida.

Estou falando de coração. Gostaria de poder fazer alguma coisa por você.

Kate

✉

Para: Kate Mackenzie <katydid@freemail.com>
De: Jen Sadler <jennifer.sadler@thenyjournal.com>
Assunto: Ontem à noite

Não era esse tipo de detalhe que eu queria.

E dãããã. Você é a minha melhor amiga, Kate. Claro que eu vou fazer tudo
que eu puder para te ajudar.

Além do mais, na verdade eu não fiz nada. A idéia foi toda do Mitch. Ele
falou com o Tim. Ele contratou o Eddie. A única coisa que eu fiz foi voltar
para o escritório ontem à noite, depois que todo mundo tinha ido embora,
e deixar os dois entrarem. Eles fizeram todo o resto... com a ajuda do Tim.

Eu sei que você teria feito a mesma coisa por mim.

Garoto Encontra Garota   363

Então. Detalhes, por favor. E lembre-se de que eu sou uma velha senhora casada e estou tomando quantidades cavalares de hormônios. Por isso, capricha.

J

....

⊠

Para: Jen Sadler <jennifer.sadler@thenyjournal.com>
De: Kate Mackenzie <katydid@freemail.com>
Assunto: Ontem à noite

Certo. Muito bem.

Sabe como é, depois que vocês chegaram lá com as boas notícias — pelo menos eu espero que no fim sejam mesmo boas notícias. Se o Peter fizer mesmo o que ele disse que ia fazer, de qualquer jeito — e o Mitch bateu no Esquiador e eu fingi terminar com ele (o Esquiador, quer dizer), e a gente esclareceu tudo, o Mitch ficou tipo assim: "Vamos sair daqui", e eu fiquei tipo: "Por quê?", e ele falou assim: "Por causa daquilo", e lá estava o Esquiador, sabe como é, todo deprimido no sofá.

E o ambiente ESTAVA mesmo meio deprimente, com a Dolly e o Peter se agarrando bem ali na frente dele.

Então, Jen, eu saí com ele. Você sabe que ele não mora assim tão longe, eram só uns quarteirões de caminhada, e a gente só ia MESMO tomar uns drinques até as coisas na casa da Dolly se acalmarem um pouco... Eu não achei que fosse passar de um ou dois drinques e tal, porque, sabe como é, achei que a irmã mais nova dele ainda fosse estar lá.

Mas daí, quando chegamos à casa dele e eu perguntei onde a Sean estava, ele disse que ela tinha deixado um bilhete dizendo que tinha ido para a casa da irmã em Greenwich...

... e foi aí que eu percebi que estava encrencada de verdade.

E, ai! Jen, eu sei que eu não devia, mas os lábios dele são tão gostosos, e ele tinha acabado de cometer roubo por mim, e tinha socado o Esquiador, e os nós dos dedos dele estavam todos vermelhos, então eu coloquei a mão dele embaixo da torneira da pia, e quando eu ergui os olhos, e lá estavam aqueles lábios e...

Bom, será que a culpa é minha mesmo pelo que aconteceu depois?

Jen, ele foi tão gentil e legal e FORTE (ele me CARREGOU da cozinha até o quarto) e por baixo da roupa ele é tão super-herói quanto os personagens das gravatas dele... aquele negócio de jogar basquete em cadeira de rodas deve mesmo ser um exercício e tanto, estou dizendo.

E eu sei que só fiquei com um cara antes dele, e não tenho assim muita experiência para fazer comparações, mas, Jen, preciso dizer que... os advogados FAZEM mesmo melhor.

Ou talvez seja só o Mitch.

De todo modo, eu não dormi muito, mas não faz mal, não estou me sentindo cansada nem nada, só... FELIZ! Eu não me sinto assim tão feliz há semanas. Talvez há anos. Jen! Ele me ama! Ele me disse! Ele me amou desde a primeira vez que me viu, naquela sala de reunião, quando eu fiquei falando coisas desconexas sobre frango com molho de alho! Lembra que eu te contei?

Bom, durante todo aquele tempo, ele estava apaixonado por mim, e estava tentando achar um jeito de fazer com que eu também me apaixonasse por ele, porque sabia que eu detestava advogados, e com toda aquela história da sra. Lopez. Ele achou que, se conseguisse provar que a Amy tinha mentido a respeito da carta no dia em que eu dei o meu segundo depoimento, serviria para mostrar que ele estava mesmo do meu lado — do lado da sra. Lopez — e que daí talvez eu começasse a gostar dele. Mas daí a coisa toda

Garoto Encontra Garota   365

deu para trás e, em vez de arrumar problemas para a Amy, ele arrumou problemas para MIM, e daí ele se sentiu péssimo, e JEN!!!!

ELE ME AMA!!!!

Ah, o que foi que eu fiz para merecer um cara tão maravilhoso?

Ele quer que eu vá morar com ele.

Mas você ficaria mesmo muito orgulhosa de mim, Jen. Eu disse que não. Eu disse que era cedo demais. Eu disse que primeiro precisava conseguir o meu emprego de volta — ou algum outro emprego, sei lá — e daí a gente podia conversar sobre o assunto.

A gente fez café-da-manhã juntos, e depois fomos juntos de táxi até o centro. IGUALZINHO AO HARRISON FORD E À MELANIE GRIFFITH EM *UMA SECRETÁRIA DE FUTURO*!!!!!!

Ai, meu Deus, estou tão feliz, vou te dizer: mesmo que não consiga o emprego de volta, eu não ia ligar. Eu tenho o MITCH!

Bom, certo, eu não ia ligar muito.

Ah, tudo bem, eu ia ligar sim. Você está sabendo de alguma coisa?

Kate

....

✉
Para: Kate Mackenzie <katydid@freemail.com>
De: Jen Sadler <jennifer.sadler@thenyjournal.com>
Assunto: Ontem à noite

Desculpa. Não posso falar agora. Preciso ir ao banheiro jogar água fria no rosto.

J

✉

Para: Mitchell Hertzog <mitchell.hertzog@hwd.com>
De: Stuart Hertzog <stuart.hertzog@hwd.com>
Assunto: Trabalho

Você se lembra do que é trabalho, não é mesmo, Mitch? É aquele lugar a que a gente vai todos os dias e se senta a coisas chamadas mesas, e escrevemos coisas em máquinas chamadas computadores, e participamos do julgamento de coisas chamadas CASOS LEGAIS.

Cabe a mim lembrá-lo de que você tem emprego, e que deve se apresentar às nove em ponto. Não às nove e meia, como você parece acreditar. Você não pode simplesmente chegar aqui com essa cara no horário que bem desejar, só porque é filho do dono, como você sabe muito bem.

Falando nisso, quando o papai voltar, você está ferrado. Quando ele ficar sabendo daquela merda que você aprontou no depoimento do caso Lopez, você vai voltar para a porta da cadeia, para defender os irmãos Gomez por assalto e espancamento, ou seja lá que porra você costumava fazer o dia inteiro.

Stuart

Stuart Hertzog, sócio sênior
Hertzog, Webber e Doyle, Escritório de Advocacia
444 Madison Avenue, conjunto 1.505
Nova York, NY 10022
212-555-7900

✉

Para: Stuart Hertzog <stuart.hertzog@hwd.com>
De: Mitchell Hertzog <mitchell.hertzog@hwd.com>
Assunto: Trabalho

Jura?

Mitch

Garoto Encontra Garota   367

✉

Para: Amy Jenkins <amy.jenkins@thenyjournal.com>
De: Stuart Hertzog <stuart.hertzog@hwd.com>
Assunto: Você

Meu anjo. Nem posso dizer o quanto o seu último recado significou para mim. O fato de você querer continuar comigo, apesar da minha deficiência, significa mais para mim do que todo o dinheiro do mundo. Será que posso levá-la para almoçar em algum lugar refinado para comemorar? O Daniel, quem sabe? Por favor, me dê um retorno.

Stuart

Stuart Hertzog, sócio sênior
Hertzog, Webber e Doyle, Escritório de Advocacia
444 Madison Avenue, conjunto 1.505
Nova York, NY 10022
212-555-7900

✉

Para: Stuart Hertzog <stuart.hertzog@hwd.com>
De: Amy Jenkins <amy.jenkins@thenyjournal.com>
Assunto: Você

O Daniel me parece divino! Às 13h está bom?

Amy

Amy Denise Jenkins
Diretora
Recursos Humanos
The New York Journal
216 W. 57th Street

Nova York, NY 10019
212-555-6890
amy.jenkins@thenyjournal.com

Esta mensagem, incluindo seus anexos, contém informações legais privilegiadas e/ou confidencias, não podendo ser retransmitida, arquivada ou
copiada sem autorização do remetente. Caso tenha recebido esta mensagem por engano, por favor informe o remetente respondendo imediatamente a este *e-mail* e em seguida apague-a do seu computador.

....

✉

Para: Courtney Allington <courtney.allington@allingtoninvestments.com>
De: Amy Jenkins <amy.jenkins@thenyjournal.com>
Assunto: Oi

Não recebi resposta sua. Normalmente, você sempre responde na hora.
Você recebeu o último *e-mail*, falando que o Stuart é judeu? Tentei ligar
agorinha mesmo, mas a sua assistente disse que você tinha reunião o dia
inteiro. Vamos tomar um drinque depois do trabalho? Me fala.

Ames

P.S. Courtney, o fato de o meu noivo ser judeu — isso não te incomoda,
incomoda? Quer dizer, ele não é judeu PRATICANTE. Ele só tem ascendência judaica. Quer dizer, até parece que ele anda por aí de solidéu ou qualquer coisa assim. Até parece!

Ames

Amy Denise Jenkins
Diretora
Recursos Humanos
The New York Journal
216 W. 57th Street

Nova York, NY 10019
212-555-6890
amy.jenkins@thenyjournal.com

Esta mensagem, incluindo seus anexos, contém informações legais privilegiadas e/ou confidencias, não podendo ser retransmitida, arquivada ou copiada sem autorização do remetente. Caso tenha recebido esta mensagem por engano, por favor informe o remetente respondendo imediatamente a este *e-mail* e em seguida apague-a do seu computador.

....

✉
Para: Amy Jenkins <amy.jenkins@thenyjournal.com>
De: Penny Croft <penelope.croft@thenyjournal.com>
Assunto: Reunião com o Peter

Amy, Peter Hargrave quer falar com você hoje às onze horas. Por favor, ligue para mim para dizer se você pode ou não. Se não puder, a que horas você está disponível? Ele precisa mesmo falar com você hoje.

Penny

Penny Croft
Assistente de Peter Hargrave
Fundador e presidente
The New York Journal

....

✉
Para: Stuart Hertzog <stuart.hertzog@hwd.com>
De: Amy Jenkins <amy.jenkins@thenyjournal.com>
Assunto: Promoção

Stuart, querido, lembra que eu te contei que tinha me inscrito para o cargo de vice-presidente de Desenvolvimento de Pessoal? Bom, acabei de receber um *e-mail* da assistente do Peter Hargrave para marcar uma reunião com o chefão em pessoa. Querido, acho que aconteceu, eu vou ser VP!

É melhor ligar para o Daniel e mandar colocar o champanhe no gelo. A gente vai ter de fazer uma comemoração dupla!

Amy

Amy Denise Jenkins
Diretora
Recursos Humanos
The New York Journal
216 W. 57th Street
Nova York, NY 10019
212-555-6890
amy.jenkins@thenyjournal.com

Esta mensagem, incluindo seus anexos, contém informações legais privilegiadas e/ou confidencias, não podendo ser retransmitida, arquivada ou copiada sem autorização do remetente. Caso tenha recebido esta mensagem por engano, por favor informe o remetente respondendo imediatamente a este *e-mail* e em seguida apague-a do seu computador.

....

✉
Para: Mitchell Hertzog <mitchell.hertzog@hwd.com>
De: Stacy Trent <IH8BARNEY@freemail.com>
Assunto: Ontem à noite

Então, quem estava na sua casa ontem à noite, quando eu liguei? Não parecia a Sean. Sinto muito se interrompi alguma coisa, eu só queria saber se você tinha visto aquele cachorro hilário na TV. Ele estava acabando com o Eminem de novo, foi ENGRAÇADÍSSIMO. Eu sei que não costumo fiar acordada até tão tarde, mas o Little John está gripado.

Garoto Encontra Garota   371

Então, quem era? Era ELA? O que ela estava fazendo na sua casa depois da meia-noite? Seu safado!

Além disso, achei que ela te odiava por você ter feito com que ela fosse demitida e tudo o mais.

Stace

....

✉

Para: Stacy Trent <IH8BARNEY@freemail.com>
De: Mitchell Hertzog <mitchell.hertzog@hwd.com>
Assunto: Ontem à noite

É, era ELA. Ou melhor, a Kate, como é bom você ir se acostumando a chamá-la, já que espero que ela se transforme em membro adicional permanente da... bom, não da família, porque eu nunca desejaria isto para ninguém, mas pelo menos uma pessoa que sempre vai estar comigo.

Stacy, preciso dizer que, quando você se casou com o Jason, eu achei que você estivesse completamente louca. Quer dizer, CASAR com alguém? Afirmar que vai passar a vida inteira com uma pessoa, até a MORTE? Para quê? Para acabar igual à mamãe e o papai, que mal conseguem olhar um na cara do outro? Que pessoa com a cabeça no lugar seria capaz de desejar isso para o pior inimigo?

Mas agora eu entendi. Saquei. Quero ficar com ela, e só ela, para sempre. Para o resto da minha vida. Se ela quiser ficar comigo. O que eu acho que ela talvez queira, se eu fizer tudo direitinho...

Não agüento esperar para que vocês duas se conheçam. Acho que ela quase vai conseguir equilibrar a balança com a Amy.

Quase.

Meg Cabot

Ontem foi a noite mais incrível da minha vida. Foi assim que você se sentiu na primeira vez que você e o Jason... você sabe?

Não, esquece. Não quero saber. A idéia de vocês dois...

Preciso ir.

Mitch

....

✉

Para: Mitchell Hertzog <mitchell.hertzog@hwd.com>
De: Stacy Trent <IH8BARNEY@freemail.com>
Assunto: Ontem à noite

Ah, a idéia de eu e o meu marido na cama te dá vontade de vomitar?

Bom, não faz mal. Surte o mesmo efeito em mim.

Brincadeirinha.

Então, hmm, parabéns para você e a moça. Ela deve mesmo ter alguma coisa, se fez VOCÊ pensar em casamento. Mas eu sempre soube que você ia acabar encontrando a moça certa.

Aliás, você soube do teste genético do Stuart? Acontece que ele é portador do distúrbio de Tay Sach. O que significa que, em algum lugar do nosso passado genealógico, a gente foi judeu. Não é assim uma surpresa tão grande, não é mesmo, que algum parente nosso, ao ter presenciado algum massacre de judeus, tenha resolvido se converter por conveniência?

A mamãe está tendo ataques com a coisa toda. Ela acha que o clube de campo vai nos expulsar se descobrir. O Jason ficou tipo: "Por que ela quer pertencer a uma organização que tem preconceito étnico — ou qualquer outro, aliás?"

Garoto Encontra Garota

Coitado do Jason. Ele já deveria ter aprendido a esta altura, não é mesmo?

Ei, então, o que a Sean ficou fazendo enquanto você e a mocinha dos seus sonhos alcançavam as alturas do êxtase naqueles lençóis marrons que você tem? (A gente está mesmo precisando dar uma passadinha na Bloomingdale's.)

Stace

....

✉

Para: Stacy Trent <IH8BARNEY@freemail.com>
De: Mitchell Hertzog <mitchell.hertzog@hwd.com>
Assunto: Sean

Do que é que você está falando? A Sean deixou um bilhete dizendo que ia ficar na sua casa no fim de semana. Ela não está aí?

Mitch

THE NEW YORK JOURNAL
A publicação fotográfica líder de mercado em Nova York

Peter Hargrave
Presidente
The New York Journal
216 W. 57th Street
Nova York, NY 10019
212-555-6000

Amy Jenkins
Diretora
Recursos Humanos
The New York Journal
216 W. 57th Street
Nova York, NY 10019

Cara sra. Jenkins:

Esta carta tem como objetivo informá-la de que, a partir desta data, o seu contrato empregatício com o *New York Journal* foi suspenso. Os pertences pessoais da sua estação de trabalho foram listados e empacotados. Você será acompanhada pela segurança para fora do prédio, e foi listada como *persona non grata* neste local. Caso precise conversar com alguém em relação à sua demissão do *New York Journal*, terá de fazê-lo por telefone. Sua rubrica abaixo indica o recebimento desta carta.

Peter Hargrave
p/PH

THE NEW YORK JOURNAL

A publicação fotográfica líder de mercado em Nova York

Divisão de Segurança
The New York Journal
216 W. 57th Street
Nova York, NY 10019
212-555-6890

MEMORANDO
Para: Todos os funcionários
De: Administração de Segurança
Ref.:   *Persona non grata*

Notificação de *persona non grata*

Favor observar que o indivíduo abaixo mencionado foi classificado como *persona non grata* no edifício da W. 57th Street, número 216, a partir da data desta notificação, e vai continuar com este *status* indefinidamente. Este indivíduo não tem permissão para entrar nem ficar próximo ao edifício da W. 57th Street, número 216, em qualquer horário durante o termo desta sanção.

Nome: Amy D. Jenkins
RG: 3164-000-5001
Descrição: (fotografia anexa)
Caucasiana do sexo feminino, 30 anos de idade
1,70 metro, entre 55 e 60 quilos
Cabelo loiro, olhos azuis

Ao avistar este indivíduo, é favor entrar em contato com a segurança imediatamente.

THE NEW YORK JOURNAL
A publicação fotográfica líder de mercado em Nova York

Peter Hargrave
Presidente
216 W. 57th Street
Nova York, NY 10019
212-555-6000

MEMORANDO
Para: Todos os departamentos
De: Peter Hargrave, presidente
Ref.:   Diretora de Recursos Humanos

Por favor, estejam notificados de que Amy Jenkins não trabalha mais nesta empresa. A nova ocupante do cargo de Diretora de Recursos Humanos é Jennifer Sadler. Damos as boas-vindas à sra. Sadler à sua nova posição. Estamos muito contentes por ela ter aceitado um cargo que envolve tanta responsabilidade sem ter sido prevenida com antecedência. Temos muita sorte de tê-la conosco. Muito obrigado, Jennifer!

p/PH

THE NEW YORK JOURNAL
A publicação fotográfica líder de mercado em Nova York

Jennifer Sadler
Diretora
Recursos Humanos
The New York Journal
216 W. 57th Street
Nova York, NY 10019
212-555-6870

MEMORANDO
Para: Todos os departamentos
De: Jennifer Sadler, Diretora, Recursos Humanos
Ref.:   Kate Mackenzie

Como minha primeira ação no cargo de diretora de Recursos Humanos, gostaria de readmitir Kate Mackenzie ao departamento. Tenho certeza de que todos vocês concordarão comigo quando digo que Kate fez muita falta. Ela assumirá minha posição anterior. Muito obrigada, e seja bem-vinda de volta, Kate!

THE NEW YORK JOURNAL
A publicação fotográfica líder de mercado em Nova York

Divisão de Segurança
The New York Journal
216 W. 57th Street
Nova York, NY 10019
212-555-6890

MEMORANDO
Para: Todos os funcionários
De: Administração de Segurança
Ref.:   *Persona non grata*

Notificação de Isenção de *persona non grata*

Favor observar que o indivíduo abaixo mencionado foi desclassificado como *persona non grata* no edifício da W. 57th Street, número 216, a partir da data desta notificação.

Nome: Kathleen A. Mackenzie
RG: 3164-000-6794
Descrição: (fotografia anexa)
Caucasiana do sexo feminino, 25 anos de idade
1,65 metro, entre 55 e 60 quilos
Cabelo loiro, olhos azuis

O indivíduo acima tem permissão para circular nas premissas livremente.

THE NEW YORK JOURNAL
A publicação fotográfica líder de mercado em Nova York

Divisão de Reportagem
The New York Journal
216 W. 57th Street
Nova York, NY 10019

MEMORANDO
Para: Todos os departamentos
De: Divisão de Reportagem
Ref.: Promoção de Jennifer Sadler
Readmissão de Kate Mackenzie

Nós, abaixo-assinados, do Departamento de Reportagem do *New York Journal*, aplaudimos a promoção de Jen Sadler à posição de Diretora de Recursos Humanos e a readmissão de Kate Mackenzie. Esperamos que estas decisões brilhantes sejam seguidas de mais uma: a readmissão de Ida Lopez como operadora do carrinho de sobremesa no refeitório executivo.

E já que estamos aqui: CHEGA DE JOGOS DE PODER!!!!
OBAAAAAAAAA!!!!!!!!!!!!

George Sanchez
Melissa Fuller-Trent
Nadine Wilcock-Salerno
Dolly Vargas

Sleaterkinneyfan:	Dá para acreditar??
Katydid:	Estou enlouquecendo. Mesmo. Jen, consegui o meu emprego de volta. E você... você ficou com o emprego da T.P.M.! Você é DIRETORA! DIRETORA!!! Você merece, totalmente.
Sleaterkinneyfan:	Acho que você vai ter de me beliscar. Parece que eu estou sonhando.
Sleaterkinneyfan:	Ai, sua vaca, esta doeu!
Katydid:	Você viu como ela estava chorando? Eu até fiquei com um pouco de pena.
Sleaterkinneyfan:	Com pena dela? Depois do que ela fez com você? Kate, você é uma pessoa muito legal, legal demais. Então, aonde você quer ir almoçar para comemorar? Por minha conta.
Katydid:	Não posso. Já tenho compromisso.
Sleaterkinneyfan:	Com o Bonitão?
Katydid:	Não, para falar a verdade, é com a modelo do Dale. Eu prometi almoçar com ela no Olive Garden para conversar sobre o Dale.
Sleaterkinneyfan:	Ai, meu Deus. Você é mesmo legal DEMAIS.
Katydid:	Depois do trabalho? Vamos tomar um drinque no Lupe?
Sleaterkinneyfan:	Combinado. Mas eu não posso beber.
Katydid:	Por que? As diretoras não bebem?
Sleaterkinneyfan:	Não. As grávidas é que não bebem.

Garoto Encontra Garota

Para: Kate Mackenzie <kathleen.mackenzie@thenyjournal.com>
De: Jen Sadler <jennifer.sadler@thenyjournal.com>
Assunto: Você

Ai, meu Deus, tenho certeza de que ouviram os seus gritos lá em cima, no escritório do Peter Hargrave. Será que você pode se acalmar? Estou tentando guardar segredo. Você acha que eles vão ficar felizes de descobrir que promoveram uma moça que vai pedir licença-maternidade daqui a sete meses? Então, comemora com mais discrição, pode ser?

E, sim, é claro que você pode ser a madrinha.

Jen

Para: Mitchell Hertzog <mitchell.hertzog@hwd.com>
De: Margaret Hertzog <margaret.hertzog@hwd.com>
Assunto: As últimas notícias

Acredito que a esta altura você já deva ter recebido a notícia trágica. Acredito que VOCÊ não enxergue a tragédia nisto tudo. Acredito que você esteja ORGULHOSO de ser descendente Daquela Gente. Acredito que você tenha dado risada quando ficou sabendo, como o seu pai fez.

Mas acredite, isto não é motivo de risadas. E a informação está torturando o seu irmão. Eu sei que nós não temos entrado em acordo com muita freqüência ultimamente, mas talvez pelo menos seremos capazes de concordar com o seguinte: o seu irmão precisa de você, Mitchell. Ele está magoado, e profundamente. Será que você não pode, só para variar, tomar uma atitude decente e se oferecer para ir com ele depois do trabalho àquela charutaria de que ele tanto gosta? Ou talvez levá-lo para jogar basquete com aqueles seus amigos? Você sabe que nunca foi fácil para o Stuart se abrir com pessoas que ele não conhece — ele é sensível demais. Os poucos amigos que ele conseguiu fazer nunca duraram muito tempo... tirando, é claro, os amigos que ele fez no trabalho. Mas é claro que eles não podem se dar ao luxo de afastá-lo, ou ficariam sem emprego.

Mas o Stuart não está precisando de amigos neste momento. Está precisando de familiares. Será que você não pode, uma vez na vida, pensar em alguém que não seja você mesmo, e ajudar o seu irmão?

Eu pediria para a sua irmã Stacy, mas ela disse uma coisa muito grosseira para mim a respeito do Stuart pelo telefone, agora mesmo. Está claro que ela está passando por uma daquelas fases dela de mau humor.

Se você não quiser fazer pelo Stuart, Mitch, será que pode fazer por mim?

Sua Mãe

....

✉

Para: Margaret Hertzog <margaret.hertzog@hwd.com>
De: Mitchell Hertzog <mitchell.hertzog@hwd.com>
Assunto: As últimas notícias

Se você parasse de ter pena de si mesma durante um segundo, mãe, e desse uma olhada em volta, talvez notasse alguma coisa. É isso aí. Você está sozinha. Você está sozinha porque você, assim como o Stuart, também conseguiu afastar todas as pessoas que você conhece. Por exemplo, a sua filha Janice. Onde está a Janice, mãe? Você sabe? Não sabe, não é mesmo? Isso é porque ela FUGIU. Ninguém sabe onde ela está agora. A sua filha mais nova está desaparecida, e a única coisa em que você consegue pensar é que se casou com um judeu.

Garoto Encontra Garota   383

Vê se desencana, mãe. Uma vez na sua vida, vê se consegue pensar em alguém que não seja você. E faça um favor para todos nós: VÊ SE CRESCE.

Mitch

···

✉

Para: Stuart Hertzog <stuart.hertzog@hwd.com>
De: Amy Jenkins <amy.jenkins2000@freemail.com>
Assunto: ONDE VOCÊ SE ENFIOU???

Estou ligando sem parar. A sua assistente diz que você está em uma teleconferência. Bom, SAIA JÁ DELA. Stuart, eu fui DEMITIDA! DEMITIDA! Aquele irmão canalha que você tem... Não sei como ele conseguiu, mas de algum jeito ele colocou as mãos naquele *e-mail* que eu mandei para aquela vaca de Kate. Eu achei que tinha deletado todas as cópias, mas acho que esqueci a que estava na pasta de *itens enviados*, e ele mostrou ao Peter Hargrave, que me demitiu por falsificação e insubordinação e, Stuart, EU ESTOU DESEMPREGADA!!!! AGORA EU ESTOU DESEMPREGADA, e é tudo culpa daquele canalha do Mitch!

Me liga. Vou estar na academia, tentando queimar um pouco da minha frustração.

Como puderam fazer isso comigo? A Jen, a Kate, todas elas... depois de tudo que eu fiz por elas em todos estes anos? Eu sou a melhor chefe que elas já tiveram na vida! Que vacas mais ingratas.

···

✉

Para: Mitchell Hertzog <mitchell.hertzog@hwd.com>
De: Stuart Hertzog <stuart.hertzog@hwd.com>
Assunto: Você

A Amy me contou tudo.

Não faço a menor idéia de como você tem coragem de dar as caras neste escritório hoje. Ah, espera, faço sim, porque essas são as duas coisas que eu mais detesto na sua pessoa: a(s) sua(s) cara(s).

Acho que você pensou que ia sair impune desta. Aliás, como foi que você conseguiu? Pediu para um dos seus ex-clientes desclassificados para arrombar a sala dela e imprimiu o e-mail pessoalmente? Nem tente negar, a Amy disse que viu o seu nome no registro de entradas da segurança na noite passada.

Afinal de contas, você queria provar exatamente o quê? A Amy não se lembra de ter escrito aquele e-mail. Se ela escreveu, então pronto, ELA SÓ COMETEU UM ERRO. Por acaso ela precisava ser DEMITIDA por isso?

Tenho certeza de que você acha que sim, porque acredita que a Amy estava mentindo.

Mas eu conheço a minha amada, e sei que ela não tem nenhum osso maldoso naquele corpo.

Naquela porcaria de empresa tinha gente demais perseguindo a Amy, assim como o emprego dela. Qualquer uma dessas pessoas poderia ter falsificado aquele documento, para fazer a Amy ficar mal. Funcionários incompetentes desprezam naturalmente as pessoas que chamam atenção para seus erros. E a Amy nunca foi do tipo de ficar quieta ao ver algo de errado que precisa ser consertado. Ela é tão severa com o trabalho dela quanto com os seus esforços para não passar do manequim 36.

E eu, pelo menos, aplaudo os esforços dela.

Ah, mas acontece que eu tenho uma coisa que você não tem: um coração.

Garoto Encontra Garota

Espero que você esteja ciente de que este é o fim do nosso relacionamento. Valeu a pena? Romper relações com o próprio irmão, só para conseguir o emprego da sua namorada de volta? Para que uma velha possa voltar a se recusar a servir torta para pessoas das quais ela se ressente por terem mais sucesso do que ela jamais terá na vida? Ah, sim, você demonstrou mesmo como você tem uma alma inteiramente humanitária. Caramba, aposto que vão te dar a porra do prêmio Nobel. A sra. Lopez conseguiu de volta o emprego dela de fazer torta de volta. Oba! A Kate sei-lá-quem pode voltar para o arquivo. Viva!

Enquanto uma das mulheres mais gentis, mais brilhantes e mais lindas do mundo está em casa neste momento, soluçando na esteira dela.

Espero que isso te deixe feliz.

Ah, mas não fique assim tão animado. A Amy não vai ficar desempregada por muito tempo. Ela já foi contatada por três *headhunters*. Vai conseguir ganhar três vezes mais do que ganhava naquela pocilga em semanas.

E se você acha que isso vai impedir que eu me case com ela, pode mudar de idéia. Continuo com a intenção de me casar com ela, mas você — e qualquer pessoa que tenha ligações com o *Journal* — NÃO será bem-vindo à cerimônia. E não só por causa do que você aprontou ontem à noite. Já avisei à Stacy que ela também não será convidada para as nossas núpcias. Não depois da maneira como vocês dois se comportaram em relação à Janice. Parece que "estilos de vida alternativos" são inteiramente aceitáveis para vocês dois (tenho arrepios só de pensar nos tipos de valor que a Stacy está ensinando àqueles coitadinhos e inocentes dos filhos dela). Bom, relacionamentos entre pessoas do mesmo sexo não são aceitáveis para mim, nem para a minha futura esposa. A Janice é uma pirralha mimada e sempre foi, e essa história com a tal de "Sarah" só serve para chamar a atenção da mamãe e do papai. Quanto mais cedo você se der conta disto, melhor será.

Fico magoado por ter de dizer isto, mas acredito que você não tenha me deixado nenhuma alternativa: Mitch, nunca mais quero vê-lo ou falar com você. Até mesmo a idéia de trabalhar no mesmo escritório que você já me deixa enojado. Tenha a bondade de ficar fora da minha vida.

Stuart Hertzog, sócio sênior
Hertzog, Webber e Doyle, Escritório de Advocacia
444 Madison Avenue, conjunto 1.505
Nova York, NY 10022
212-555-7900

⠿⠿⠿

✉
Para: Stuart Hertzog <stuart.hertzog@hwd.com>
De: Mitchell Hertzog <mitchell.hertzog@hwd.com>
Assunto: Você

Só posso dizer o mesmo, meu camarada.

Mitch

Garoto Encontra Garota

JIFFY-FAX   ENVIAMOS FAX NA HORA   BERKELEY, CA

Queridos Mãe, Pai, Stuart, Stacy e Mitch,

Acho que alguns de vocês andaram preocupados comigo nas últimas 24 horas, e por isso peço desculpas. Na verdade, estou ótima. É que eu finalmente tomei uma decisão a respeito da minha vida e, bom, assim que me decidi, resolvi colocar em ação. Eu não queria esperar. Mas achei melhor escrever para avisar que está tudo bem comigo. Na verdade, voltei para Berkeley. Estou com a Sarah.

Mãe, eu sei que você me tirou da faculdade porque não gosta da Sarah — ou não gosta do fato de eu amá-la, acho que seria mais preciso dizer isto. Mas uma amiga do Mitch — A Kate, Mitch. Ela é muito maneira. Você devia tentar ficar com ela de verdade — me lembrou de que o vovô tinha me deixado um dinheiro. Eu sei que você disse que não era para eu encostar nele, mãe, e que eu devia guardar para quando realmente precisasse. Mas, bom, o negócio é o seguinte: estou precisando. Eu vou usar o dinheiro que o vovô deixou para mim para pagar o resto da faculdade, e depois, a Sarah e eu, a gente está pensando em abrir um serviço de caiaque lá em Puget Sound. Vocês sabem, onde tem as orcas? A Sarah e eu simplesmente adoramos orcas.

Mãe, eu sei que você vai ficar bem brava com isso, mas o negócio é que o vovô me deixou aquele dinheiro para quando eu fizesse 18 anos, para fazer o que eu bem entendesse. Sinceramente, acho que pagar a faculdade que eu quero e depois abrir meu negócio é exatamente o que o vovô queria — e eu também duvido muito que ele teria achado ruim o fato de o Mitch ter gastado o dinheiro dele naquela viagem ao redor do mundo, ou de a Stacy ter gastado o dela naqueles cavalos, e de o Stuart ter gastado o dele em... Stuart, você chegou a gastar o seu dinheiro?

Bom, mas eu só queria dizer que está tudo bem comigo, que eu não guardo rancor e tudo o mais.

Stuart, espero que você ainda me convide para o seu casamento e tal, mas se eu não puder levar a Sarah como minha acompanhante, eu não vou.

Pai, me liga uma hora dessas. Você tem o número.

Mãe. Tanto faz.

Mitch e Stacy, obrigada por tudo.

Com muito carinho para todos vocês,
Sean

Garoto Encontra Garota

389

✉

Para: Mitchell Hertzog <mitchell.hertzog@hwd.com>
De: Stacy Trent <IH8BARNEY@freemail.com>
Assunto: Sean

Ela já te mandou um fax com a carta dela? Estou quase explodindo de tanto orgulho. Espero que ela e a Sarah venham MESMO para o casamento do Stuart, independentemente de ele convidar as duas ou não. Você sabe que elas vão formar o único casal com que vai valer a pena conversar.

S

✉

Para: Stacy Trent <IH8BARNEY@freemail.com>
De: Mitchell Hertzog <mitchell.hertzog@hwd.com>
Assunto: Sean
Enc: ✉ Assunto: Você

Acho que nenhum de nós vai ser convidado. Dá uma olhada no *e-mail* que eu estou encaminhando.

✉

Para: Mitchell Hertzog <mitchell.hertzog@hwd.com>
De: Stacy Trent <IH8BARNEY@freemail.com>
Assunto: Sean

Não é justo! Eu também quero que o Stuart se recuse a falar comigo! Você é mesmo o mais sortudo.

Só para você saber, graças à carta da Sean, a mamãe caiu de cama. Ela mandou alguém buscar a receita de Valium dela na farmácia.

A minha pergunta é a seguinte: onde diabos o papai se enfiou? Achei que ele já iria estar em casa a esta altura. Ah, que se dane.

Stace

....

✉

Para: Kate Mackenzie <katydid@freemail.com>
De: Vivica <vivica@sophisticate.com>
Assunto: Almoço

Ai, meu Deus, como foi legal te conhecer! Você é mesmo tão fofa quanto a sua foto. Sinto muito por o Dale não ter aceitado se casar com você, como você queria. Você com certeza merece ter um marido bacana... principalmente depois que você trocou de prato comigo (quem ia saber que *bococino* significa queijo?). Não é nada fácil ter intolerância à lactose. Nem posso mais comer batatinha com creme azedo!

É uma pena você não querer dar uma chance para a carreira de modelo. Falando sério, é mesmo muito divertido. Tenho quase certeza de que o Ricardo podia te arrumar um ou dois trabalhos. Quer dizer, talvez não na *Vogue*, mas uns catálogos e coisa do tipo.

Bom, mas foi mesmo muito divertido te conhecer, e espero que a gente possa se encontrar logo de novo. Mas não sei quando porque, como eu disse, a banda sai amanhã para a turnê e eu estou indo para Milão... mas eu te ligo quando voltar!!!!!

Com carinho,
Viv

Garoto Encontra Garota

Serviço de Mensageiros Best Way
Envelope para
Kate Mackenzie
The New York Journal
216 W. 57th Street

Recado de
Dale Carter da
I'm Not Making Any More Sandwiches
Liberation Records

Querida Kate,

Olha, Kate, eu sei que neste momento eu não sou a sua pessoa preferida no mundo, mas eu só queria agradecer por você não ter contado para a Vivica sobre aquela vez que eu arranquei o dedo de um cara a dentada. Quer dizer, arrancar o dedo de um cara com uma mordida é tipo jogar sujo, e eu não quero que a Vivica fique achando que eu jogo sujo. Quer dizer, o cara ficou MESMO enfiando a mão na minha boca, então eu, tipo, não tive outra escolha.

Mas a Viv não tem como saber. Então, valeu. Mesmo. Por não ter contado para ela.

Sinto muito mesmo por as coisas não terem dado certo entre a gente e tal, mas acho que você tem razão: é melhor assim. Quer dizer, a Vivica é total uma mina muito legal, e a gente nunca teria se conhecido se você não tivesse me dado o pé na bunda.

E não se preocupe com o seu seguro-fiança. Eu estou me sentindo péssimo com esta história toda, e de você ter perdido e emprego e tudo o mais. Então, estou mandando um cheque pela sua parte do seguro-fiança e outras coisas. Tipo, sabe como é, para te devolver o dinheiro de todas as merdas que você comprou para a casa, tipo a TV e tudo o mais. Espero que seja o bastante para te ajudar a achar um cantinho só seu.

Bom, certo, acho que é isso. Paz e amor

Dale

P.S. O que você acha desta música nova?

Quando as estrelas saírem hoje no firmamento
Vou batizar todas de Vivica
E quando a lua brilhar como um grande alento
Vou batizar tudo de Vivica
E quando o sol nascer para nos esquentar
com seus raios reparadores
Vou chamar tudo de Vivica
Vivica,
Minha Vivica

Dale Carter   002
207 E. 3rd. St., Apt. 10J
Nova York, NY 10003   DATA 23 de março de 2004

Kathleen Mackenzie _____ US$ 10.000,00

PAGÁVEL A

Dez mil   DÓLARES

NY Metro Bank
Park Avenue, Nova York

PAGO   Apto. e outras merdas   Dale Carter

1.0003058939 1, 85978533911 0002

Garoto Encontra Garota

....

✉

Para: Jen Sadler <jennifer.sadler@thenyjournal.com>
De: Kate Mackenzie <kathleen.mackenzie@thenyjournal.com>
Assunto: Dale

Ai, meu Deus. Aquele maluco do Dale... sabe o que ele fez? Mandou me entregar um cheque de dez mil.

DEZ MIL.

O que eu FAÇO????

Kate

....

✉

Para: Kate Mackenzie <kathleen.mackenzie@thenyjournal.com>
De: Jen Sadler <jennifer.sadler@thenyjournal.com>
Assunto: Dale

Como assim, o que você faz? Desconta!

E não vem me dizer que você acha que não deve. Você GANHOU este dinheiro. Você cozinhou e limpou para ele como uma escrava durante todos aqueles anos, e para quê? Para ouvir "Eu tenho de viver um dia de cada vez"? Você pega o cheque e corre, não anda, até o Chase e deposita, antes que ele fique sóbrio.

....

✉

Para: Jen Sadler <jennifer.sadler@thenyjournal.com>
De: Kate Mackenzie <kathleen.mackenzie@thenyjournal.com>
Assunto: Dale

Você tem razão. Vou depositar depois do trabalho. Mas tem mais uma coisa que eu preciso fazer agora.

Kate

Hola! Você ligou para Ida Lopez. A Ida não está aqui para atender ao seu telefonema. Deixe um recado que ela retorna.

(Sinal)

Oi, sra. Lopez? É a Kate. A Kate Mackenzie? Sabe, do *Journal*? Eu só queria agradecer muitíssimo pelos biscoitos. Estavam mesmo deliciosos. A senhora não precisava ter se incomodado. Mas muito obrigada por se lembrar de mim.

Também estava aqui pensando se o seu advogado já falou com a senhora. Porque — não sei se a senhora já sabe — mas eu consegui meu emprego de volta, e estou com os papéis para a sua readmissão bem aqui na minha frente. Isso significa que o jornal quer a senhora de volta, sra. Lopez. Com todos os benefícios, e sem a suspensão do pagamento pelo período em que a senhora ficou afastada. Ah, e eu espero mesmo que a senhora volte, sra. Lopez. Estamos sentindo muita falta da senhora por aqui. E sabe como é, o Stuart Hertzog acabou de entregar a carta de desligamento dele do *Journal*, ele não é mais o consultor jurídico da empresa, então a senhora também não vai mais vê-lo por aqui. Tanto ele quanto a Amy — sabe, a minha chefe? Eles foram embora. Então, por favor, sra. Lopez, me diz se a senhora vai voltar. Estou cruzando os dedos!

(Clique)

Garoto Encontra Garota

✉

Para: Kate Mackenzie <kathleen.mackenzie@thenyjournal.com>
De: Tony Salerno <foodie@fresche.com>
Assunto: Ida Lopez

Oi, Kate, você não me conhece. Eu sou o marido da Nadine Wilcock, sabe, a crítica gastronômica do *Journal*?

Bom, mas eu sou dono do restaurante Fresche — você já deve ter ouvido falar. Também sou o novo chefe da Ida Lopez. É isso aí. A Nadine me falou tudo sobre a sra. Lopez e o os *cookies* com pedacinhos de chocolate dela, então eu pesquisei um pouco e, bom... agora ela é a minha nova *chef* de doces. Não quero ofender, mas eu pago a ela bem mais do que ela ganhava aí, então dá para saber por que ela talvez não queira sair daqui. Você já experimentou os *blintzes* de *blueberry* dela? São de arrasar.

Então, parece que a sua perda é o nosso ganho... mas também é ganho para a Ida.

E você pode dizer para todo o pessoal esfomeado aí da empresa que, se eles estão com saudade dos doces da Ida, podem vir ao Fresche sempre que quiserem!

Tudo de bom,

Tony Salerno
Proprietário/*chef* principal
Fresche

✉

Para: Margaret Hertzog <margaret.hertzog@hwd.com>
Stuart Hertzog <stuart.hertzog@hwd.com>
Stacy Trent <IH8BARNEY@freemail.com>

Mitchell Hertzog <mitchell.hertzog@hwd.com>
Janice Hertzog <janice.hertzog@hwd.com>
De: Arthur Hertzog <arthur.hertzog@hwd.com>
Assunto: Todos vocês

Só vou escrever rapidinho porque parece que houve algum tipo de mal-entendido em relação ao meu paradeiro. Eu não vou voltar agora para Nova York, como parece que muitos de vocês parecem acreditar. Os rapazes e eu estamos indo para Pebble Beach, para tentar a sorte no campo de golfe mais desafiador que a humanidade conhece.

Sei que esta informação pode ser um tanto desconcertante para alguns de vocês. No entanto, há um ano, eu quase morri, e isso me ensinou uma coisa: não perca o seu tempo com merdas idiotas. E, francamente, algumas das coisas que eu tenho ouvido de alguns de vocês não passam de merdas idiotas.

Stuart, poderia haver muito mais coisa errada com você do que o fato de você ser o portador de uma doença que você nunca vai ter. Ouvi dizer que você está noivo daquela moça que levou lá em casa no jantar de Ação de Graças. *Mazel Tov*. Diz para ela comer mais, porque ela é muito magra.

No que diz respeito aos seus problemas com o seu irmão, acredito que eles logo vão ser sanados: acabei de falar com o Mitch no telefone, e ele me informou que não quer mais saber de direito corporativo. Ele vai reassumir a posição de defensor público no centro da cidade onde, segundo ele, os clientes são mais simpáticos e menos inclinados a cometer perjúrio. Eu não vou ficar no caminho dele. Stuart, eu sei que, a esta altura, todo mundo na Hertzog, Webber e Doyle já vai ter se acostumado com a minha ausência, e o fato de o Mitch deixar a empresa não vai afetar em nada.

Margaret, compreendo que você está aborrecida com o Mitchell por alguma coisa que ele fez à noiva do Stuart. Eu já disse quando eles eram crianças, e vou repetir agora que são adultos: não se meta. Aliás, a culpa é toda sua. Se você não ficasse dizendo o tempo todo para o Stuart que ele é o seu preferido, a cabeça dele não ia ter ficado tão inchada assim.

Garoto Encontra Garota

E, não, Stuart, não estou falando de maneira literal.

No que diz respeito à Janice se tornar lésbica e usar o capital dela: mais uma vez, Margaret, não se meta. Não sei nada sobre esse negócio de ser lésbica e, sinceramente, nem quero saber. Mas o dinheiro é da Janice, para que ela gaste como bem entender. Mas eu vou me opor a ela o gastar com a faculdade. Nunca ouvi nada mais ridículo na vida. Eu vou pagar pela educação da Janice, como fiz com todos os meus filhos. Janice, essa sua idéia do negócio das orcas parece uma idéia bem idiota, mas o dinheiro é seu e, se isso te faz feliz, pode andar de caiaque em Puget Sound o quanto quiser.

Então, eu ficaria muito feliz se todos vocês parassem de me telefonar, de me mandar e-mail, de me enviar pacotes pela Fed-Ex, de passar faxes, de deixar recados no hotel. Estou de FÉRIAS. Quando terminar, eu aviso. Mas já posso adiantar que ainda vai demorar bastante.

Acho que ainda consigo fazer nove buracos antes de escurecer, então, estou indo. Tchauzinho.

Papai

....

✉
Para: Kate Mackenzie <katydid@freemail.com>
De: Helen Green <helen.green@universityofkentucky.edu>
Assunto: Professor Wingblade

Cara sra. Mackenzie,

Sinto informar que o professor Wingblade tirou um ano sabático e o está passando em Uganda. Devido à falta de eletricidade no vilarejo remoto em que ele está fazendo sua pesquisa, ele não tem acesso a e-mail. Se a sua mensagem for de natureza urgente, a senhora pode tentar enviá-la por correio normal. No entanto, o sistema postal na região onde o professor se encontra atualmente é, na melhor das hipóteses, nada confiável. Ele pediu que toda a correspondência que não for de natureza urgente seja guardada aqui até que ele retorne. Por favor, se pudermos ajudar de alguma forma, é só entrar em contato.

Atenciosamente,
Helen Green
Assistente Administrativa
Departamento de Psicologia
Faculdade de Artes e Ciências
University of Kentucky

✉

Para: Helen Green <helen.green@universityofkentucky.edu>
De: Kate Mackenzie <katydid@freemail.com>
Assunto: Professor Wingblade

Cara Helen,

Sabe o quê? Não faz mal. Acho que vai dar tudo certo. Quando o professor Wingblade voltar, diga que eu deixei um oi.

Kate

✉

Para: Kate Mackenzie <kathleen.mackenzie@thenyjournal.com>
De: Mitchell Hertzog <mitchell.hertzog@hwd.com>
Assunto: Você

Então, agora que você recuperou o seu emprego, provavelmente vai começar a procurar algum lugar para morar.

E eu queria te dizer que tem uma vaga no meu prédio. No meu apartamento, para ser mais exato. E eu estava aqui pensando o que você acharia disso.

Mitch

✉

Para: Mitchell Hertzog <mitchell.hertzog@hwd.com>
De: Kate Mackenzie <kathleen.mackenzie@thenyjournal.com>
Assunto: Você

Proposta interessante. Vamos nos encontrar na sua casa hoje depois do trabalho para conversar sobre o assunto.

Kate

Este livro foi composto na tipologia Futura,
em corpo 9/13, e impresso em papel
off-set 90g/m² no Sistema Cameron
da Divisão Gráfica da Distribuidora Record.